Ein Funkeln in der Dunkelheit

Klapper, Jasmin:
Ein Funkeln in der Dunkelheit
ISBN 978 3 522 50604 5
Umschlaggestaltung: Valentina Beltrame
Druck und Bindung: CPI buchbücher.de GmbH

3. Auflage 2017

Jasmin Klapper

# Ein Funkeln in der Dunkelheit

LOOM LIGHT

# Kapitel 1

Eowyn sah auf den silbernen Löffel in ihrer Hand hinab. Die wenigen Dienstboten, die sich sonst noch im Gesinde-Esszimmer eingefunden hatten, unterhielten sich leise. Manche stickten, andere hatten die Beine auf einen Stuhl hochgelegt und tranken Tee. Die Männer hatten sich in eine Ecke zurückgezogen und spielten Karten.

Eowyn polierte das Besteck ihrer Herrin, der Königin der Sommerlande. Seufzend drehte sie den Löffel in ihrer Hand.

Die ruhige Abendstunde war hart erkämpft. Königin Alexandra hatte heute all ihre Ungeduld gezeigt und an den Dienstboten ausgelassen, denn der nächste Tag war von großer Bedeutung für sie.

Das Schloss erwartete den Prinzen der benachbarten Winterlande zu Besuch. Obwohl »Besuch« ein zu schwaches Wort dafür war, was den Prinzen tatsächlich hierher verschlug. Er reiste an, um die jüngste Tochter der Königin kennenzulernen und zu ehelichen.

Wenn er endlich ankam, musste alles perfekt sein. Nichts sollte ihn von seiner Braut ablenken. Kein Staubkorn, keine Fensterschliere, nichts.

Mit dieser Absicht und in ihrer jähzornigen Art hatte die Königin ihrer Dienerschaft alles abverlangt. Den ganzen Tag hatte sie sie unerbittlich durch das Schloss gescheucht.

Eowyn seufzte und nahm einen anderen Löffel zur Hand, den sie ebenfalls blitzblank polierte.

Traude hörte ihr Ächzen und stupste sie aufmunternd an.

Sie besaß graues Haar, das sie stets streng zurückgebunden trug, war robust gebaut und einer der liebsten Menschen, die Eowyn kannte. Das ältere Dienstmädchen war ihre engste Freundin und die Einzige im Schloss, die ihr nie mit Skepsis begegnet war.

Kaum hatte sie gesehen, womit Eowyn die späte Stunde zu verbringen beabsichtigte, hatte sie schon einen Stuhl herangezogen und sich daran gemacht ihr zu helfen.

Es klirrte, als Traude ein blitzblank poliertes Messer zu den anderen legte.

Katerin, ein blondes, junges Mädchen, saß am Tischende und unterhielt sich angeregt mit Maldrid, einer älteren Angestellten, die bereits seit ihrer Geburt auf dem Schloss lebte.

Da Eowyns Hände beschäftigt waren, ihr Kopf aber nicht, wanderte ihre Aufmerksamkeit unweigerlich zu dem Gespräch.

Maldrid lachte hustend. »Deine Kindheit war doch nicht beschwerlich, Kindchen. Wenn ich an meine zurückdenke ... Ach herrje. Die männlichen Dienstboten waren damals noch streng von den weiblichen getrennt. Mein Vater lebte mit den anderen Knechten am anderen Ende des Schlosses. Immer wenn ich ihn sehen wollte, musste ich das ganze Schloss durchqueren. Kinderbeinen macht die Entfernung nichts aus, aber heute würde ich es als sehr mühsam empfinden ...«

Katerin lachte plötzlich auf, ein überraschend lebhafter Ton in der ruhigen Umgebung. »Immer wenn ich an mein Zuhause denke, erinnere ich mich an unser traditionelles Sonntagsessen. Alle Familienmitglieder mussten antraben und mit meinen Brüdern habe ich mich immer darüber ausgelassen, wie schrecklich diese Essen wären. Eigentlich war es aber schön, jeden Sonntag die ganze Familie beisammen zu haben.«

Der Löffel in Eowyns Hand war vergessen. Blicklos starrte sie darauf. Sie hasste solche Gespräche, hasste die Sehnsucht und Wehmut, die sie in ihr ans Tageslicht zerrten.

Sie schloss die Augen und fand in ihrem Kopf nur Dunkelheit, wo eigentlich Erinnerungen an ihre eigene Kindheit sein sollten. Erinnerungen an *ihre* Eltern, *ihr* Zuhause, *ihre* Vergangenheit.

Sosehr sie sich auch bemühte, ihr Kopf blieb leer. Ihre erste Erinnerung war diejenige an ihre Aufnahme als Dienstmädchen am Schloss vor zwei Sommern. Was davor passiert war, wer sie gewesen war, bevor sie Dienstmädchen wurde ... Sie wusste es nicht.

Seit zwei Jahren hoffte sie innigst darauf, dass ihre Erinnerungen endlich zurückkommen würden, aber es war bis heute nicht geschehen. Was würde sie dafür geben, zu wissen, wer ihre Eltern waren, ob sie Geschwister hatte ...

Ein Ellbogen stupste sie in die Seite und riss sie damit aus ihren schmerzlichen Gedanken.

Traude sah sie stirnrunzelnd an. »Alles in Ordnung mit dir?«

Eowyn rang sich ein beruhigendes Lächeln ab. »Ja ja. Ich war bloß in Gedanken.« Sie rieb über ihren Löffel. »Wie der Prinz der Winterlande wohl sein wird?«

Sie hatte nur das Thema wechseln wollen, um ihre Gedanken nicht offenlegen zu müssen, aber ihr Satz erregte im ganzen Raum Aufsehen.

Atemlose Stille breitete sich aus, bevor die Dienstmädchen schlagartig zu tuscheln begannen.

»Ob er tatsächlich so reizend ist, wie man sich erzählt?«

»Oder ist er so, wie man sich einen typischen Winterländer vorstellt? Kalt und still?«

»Nein, bestimmt nicht. Als Prinz muss er gewandt sein.«

»Vergesst bei eurer Faszination nicht, warum wir die Winterländer nicht mögen.«

»Da kann der Prinz doch nichts für, er war damals noch jung!«

Tratsch und wilde Vermutungen flogen durch den Raum. Erstaunt musterte Eowyn die Wangen der Dienstmädchen, die sich vor Erregung röteten.

Mit ihrer Frage hatte sie offensichtlich eine Lawine losgetreten, die sich bereits den ganzen Tag über in den Gemütern der Dienstboten aufgestaut hatte und nun endlich losbrechen konnte.

Während die Dienstmädchen sich in immer vageren Vermutungen ergingen, polierte Eowyn schweigend die restlichen Löffel. Im Schein der Fackeln leuchtete die gerötete Haut ihrer rechten Finger dunkel. Schnell wandte sie den Blick ab und legte das Poliertuch zur Seite. Sie wollte nicht daran denken, wie Königin Alexandras Hand wieder einmal ausgerutscht war. Ein scharfer Schlag auf Eowyns Finger, nur wegen eines kleinen Moments der Unachtsamkeit.

Sie erhob sich von der Bank und drückte Traudes Schulter. »Ich gehe zu Bett, in Ordnung? Es war ein anstrengender Tag.«

Traude gluckste. »Das kannst du laut sagen. Ich spüre meine Beine kaum noch, so viel bin ich heute herum gelaufen.«

Eowyn wollte beginnen, das Besteck zusammenzuräumen und zu verstauen, aber Traude wedelte sie fort. »Lass nur, ich mache das gleich.«

»Du bist die Beste.« Sie schenkte Traude ein danklbares Lächeln, verließ das Esszimmer der Dienstboten und durchquerte den dunklen Flur, der nur durch vereinzelte Fackeln erhellt wurde.

Der Wandstein in diesem Flur war staubig. Nicht gewischt und auf Hochglanz poliert, wie in den Fluren, durch die der Prinz am nächsten Tag schreiten würde.

Eowyn erreichte die Abzweigung zum Hinterausgang des Schlosses und der Treppe, die in die Schlafräume der Dienstboten führte.

Sie hielt inne und schlüpfte nach kurzem Zögern durch die schmale Holztür hinaus.

Es war nur ein kleiner Hinterhof, in dem sie sich nun befand. Zu ihrer Rechten lagen die Stallungen, zu ihrer Linken eine Mauer, hinter der sich der königliche Schlossgarten verbarg.

Eowyn trat auf die kleine Rasenfläche hinaus, schlüpfte aus ihren Pantinen und legte den Kopf in den Nacken.

Wie in den Sommerlanden meistens üblich, zierte kein Wölkchen den dunkelblauen Himmel. Vereinzelt funkelten erste Sterne auf Eowyn und die Welt hinab.

Sie breitete die Zehen im von der Sonne gewärmten Gras aus und beobachtete eine Weile, wie der Himmel dunkler wurde, die Sterne heller strahlten und immer zahlreicher wurden.

Die Sonne war bereits untergegangen, aber noch ruhte ein wenig Restwärme auf dem Boden.

Eowyn schloss die Augen und atmete tief ein. Die warme Luft streichelte ihre Haut, eine unruhige Brise zerrte an einer Haarsträhne, die ihrem Knoten entwischt war.

Die Sonne und ihre Wärme hatten es schon immer geschafft, sie zu beruhigen und besänftigen.

Der Aufruhr in ihrem Inneren, der sie erfüllte, seit sie über ihre verlorene Vergangenheit nachgedacht hatte, legte sich. Hier draußen, nur mit den Sternen als Gesellschaft, fühlte sich das schwarze Loch in ihrem Kopf nicht mehr ganz so schmerzlich an.

Irgendwann würde sie ihre Kindheit und ihre Erinnerungen zurückbekommen. Irgendwann. Sie musste nur geduldig sein und durfte die Hoffnung nie aufgeben. Sie warf einen letzten Blick in den mittlerweile schwarzen Himmel und stieg in ihre Pantinen, bevor sie zu ihrem winzigen Zimmer hinüber eilte.

Mehr als ein Bett, eine Kommode und ein Nachttisch standen nicht darin. Es war unüblich, dass ein Dienstmädchen ein Zimmer nur für sich hatte und es nicht mit mindestens einer Kollegin teilte. Bei Eowyns Ankunft auf dem Schloss wollte jedoch keines der anderen Mädchen sein Zimmer mit dem verwirrten und erinnerungslosen Neuankömmling teilen.

Eowyn unterdrückte ein Lächeln. Es war eines der wenigen Male gewesen, wo sie für das Misstrauen und die Skepsis der anderen dankbar gewesen war. Ihr Zimmer war winzig, aber es war zumindest ihr eigenes Reich.

Eowyn zerrte sich ihr Kleid über den Kopf und kroch unter das dünne Laken auf ihrer Pritsche.

Kaum hatte ihr Kopf die strohgefüllte Matratze berührt, forderte der harte Tag nun auch von ihr seinen Tribut. Sie schlief umgehend ein.

*Ihre Hand strich sanft über den Tagesbezug des Bettes, auf dem sie saß. Trübsinnig hob sie den Blick und starrte zu dem zierlichen Frisiertisch am anderen Ende des fein eingerichteten Raumes hinüber.*

*Sie fühlte sich merkwürdig deplatziert in diesem Zimmer und dem ernsten schwarzen Kleid, das sie trug.*

*Eine Hand tauchte in ihrem Sichtfeld auf und strich ihr liebevoll über das Haar. Sie hob den Blick zu der dazugehörigen Person. Obwohl der Mann verschwommen war und sie seine Gesichtszüge nicht erkannte, erfüllte sie plötzlich eine reine, tiefe Zuneigung.*

*»Du bist nun dasjenige auf dieser Welt, das ich am meisten liebe.« Zart fuhren die Finger des Mannes über ihren Haarschopf.*

*Sie lächelte traurig, ließ von dem Tagesbezug ab und legte ihre Hand auf diejenige des Mannes. Gerade öffnete sie die Lippen, um etwas zu erwidern, als die Fensterläden krachend gegen die Hauswände schlugen. In einem Schauer aus Licht und Scherben ging das Glas des einen Fensters zu Bruch.*

*Seltsam unberührt beobachtete sie, wie ein Gesicht hinter dem Fenster im zweiten Stock auftauchte. Es war ein blasses Frauengesicht, von langen, schwarzen Haaren umgeben und es war zu einer derart hasserfüllten Miene verzerrt, dass der Mann Eowyn am Arm packte und schützend hinter sich zerrte.*

*Die Frau warf triumphierend ihre Haare zurück und ihre blutroten Lippen formten Worte.*

*Eowyn runzelte die Stirn auf ihrem Platz hinter dem Rücken des Mannes. Sie schüttelte den Kopf und sperrte ihre Ohren auf, aber kein Ton drang hinein. Im Gegenteil, um sie herum herrschte eine geradezu absolute Stille.*

*Sie begann, darum zu kämpfen, die Worte zu verstehen, wollte die Frau anschreien, lauter zu sprechen, damit sie diese Worte endlich verstand, diese Worte, die so wichtig waren, aber sie konnte sich nicht rühren. Die Frau sprach immer noch lautlos und der Mann vor Eowyn bewegte sich, aber sie selbst war gefangen in einem Körper, der ihr nicht gehorchte.*

*Erst als der kalte Blick der Frau auf Eowyn traf und sich bis in ihr Mark versenkte, hoben sich die Stille und Reglosigkeit wie ein Schleier von ihr.*

*Die Frau sah zu dem Mann hinüber, der immer noch Eowyns Hand umklammerte und lachte gehässig.*

*»Sie wird nichts wissen, nichts ... Bis es überall in den Sommerlanden schneit, wie in dem verfluchten Jahr, in dem ich dich das erste Mal erblickte.«*

Eowyn schoss von ihrer Pritsche hoch. Ihr Atem ging hektisch und ihr Herz raste. Keuchend starrte sie in die Dunkelheit, bis sie realisierte, wieder in der Wirklichkeit zu sein.

Zitternd wischte sie sich den Schweiß von der Stirn. Sie träumte diesen Traum seit zwei Jahren immer wieder, mindestens einmal im Monat. Sie war sich so sicher, dass in den Worten dieser Frau Erklärung für den Verlust ihrer Vergangenheit verborgen lag. Wenn sie sie endlich verstehen könnte, würden ihre Erinnerungen zurückkehren. Sie wusste es.

Aber seit zwei Jahren wartete sie nun darauf und es war noch immer nicht passiert.

Mit zitternden Fingern brachte sie die winzige Öllampe auf ihrem Nachttisch zum Leuchten. Die schmale Flamme vertrieb die Schatten in die Ecken ihrer Kammer. Erleichtert setzte sie die Glasabdeckung über das kleine Licht.

Ihre Finger waren immer noch gerötet von Königin Alexandras Schlag. Viel schlimmer jedoch war das verzweifelte Brennen in ihrem Inneren, das der Traum hinterlassen hatte.

Tief seufzend erhob sie sich und schlüpfte in ihr altes, leichtes Leinenkleid, das einzige Kleidungsstück, welches sie neben ihren robusten Holzschuhen und dem löchrigen Ersatzkleid, besaß.

Sie ergriff die Öllampe und horchte an der Tür zum Gang. Nachdem sie sich vergewissert hatte, dass alles still war, hob sie den Riegel an und schlüpfte aus ihrem Zimmer.

Ungesehen schlich sie durch die Flure des Gesindes und huschte durch eine Seitentür ins Freie.

Lauwarme Luft und ein hell scheinender Mond empfingen sie. Sie blies die Lampe aus und versteckte sie hinter einem nahen Gebüsch.

Während sie ihre Füße laufen ließ, wohin jene wollten, drehten sich ihre Gedanken um ihren altbekannten Traum im Kreis.

Es lief immer genau gleich ab.

Die Frau tauchte auf und sprach irgendwelche Worte, die Eowyn nicht verstand, außer den letzten: »Sie wird nichts wissen, nichts ... Bis es überall in den Sommerlanden schneit, wie in dem verfluchten Jahr, in dem ich dich das erste Mal erblickte.« Seufzend starrte sie in die Dämmerung. Was sollte sie mit diesem Satz anfangen?

Der Mann neben ihr, der ihre Hand hielt und über ihr Haar strich ... Sie vermutete, dass er ihr Vater war, obwohl es genauso gut ein älterer Bruder sein könnte.

Diejenige, die nichts wissen würde ... Damit konnte nur sie selbst gemeint sein. Sie wusste tatsächlich nichts. Sie kannte weder ihre Eltern, noch ihren Geburtsort oder die Geburtszeit. Selbst die schwarze Frau aus ihrem Traum war ihr unbekannt, auch wenn ihr Gesicht sich mittlerweile fest in Eowyns Gehirn eingebrannt hatte.

Sie schlug die Hände vors Gesicht und zerrte verzweifelt an ihren Haaren. In ihrem Traum wusste sie ganz genau, dass sie sich in einem Zimmer im zweiten Stock aufhielt. Woher?

Sie wusste ganz genau, was es zu bedeuten hatte, dass nun sie das Liebste für den Mann an ihrer Seite war. Nur fiel ihr der Grund partout nicht mehr ein, sobald sie aus dem Traum erwachte.

Seit zwei Jahren suchte er sie immer wieder heim, aber sie hatte bis heute keine Möglichkeit gefunden, das Wissen, welches sie im Traum besaß, in die Realität mitzunehmen.

Ihre Füße trugen sie über einen schmalen Bach und sie musste sich kurz konzentrieren, damit sie jenen Stein fand, auf den sie springen musste, um den Bach trockenen Fußes zu überqueren. Die Wasseroberfläche reflektierte zwei traurige, grüne Augen und ein schmales Gesicht. Ihr langes, brünettes Haar wehte in der Brise, erleichtert aus dem strengen Dutt entkommen zu sein.

*Bis es überall in den Sommerlanden schneit …*

Hier schneite es nicht, niemals. Es war immer warm, auch wenn es mal nur eine lauwarme Brise war und in Wärme fiel kein Schnee.

Schnee in den Sommerlanden … Das war verrückt.

Das Unerklärliche an der Sache war die Behauptung der schwarzen Frau, es *hätte* einmal in den Sommerlanden geschneit und zwar in dem Jahr, in dem sie den Mann kennengelernt hatte.

Natürlich hatte Eowyn sich bereits vor zwei Jahren bei einigen älteren Dienstmägden erkundigt, ob sie sich an Schnee in den Sommerlanden erinnern konnten, aber außer einem unbestimmten Schulterzucken war ihnen keine Äußerung zu entlocken gewesen. Diese Reaktion sprach im Übrigen eher dafür, dass tatsächlich einmal Schnee gefallen war. Ansonsten hätten die Dienstmädchen sie unverblümt ausgelacht und ihr einen Vogel gezeigt.

Vielleicht hatte die Königin ein Verbot erlassen, darüber zu sprechen. So etwas tat sie gerne.

Eowyn rieb sich abgekämpft die Stirn. Wenn es einmal geschehen war, konnte es dann nicht noch einmal passieren? Sie wünschte es sich so sehr, denn dies war ihre einzige echte Hoffnung darauf, ihre Erinnerungen jemals zurückzubekommen.

Schnee. Im Land des ewigen Sommers.

In den Winterlanden dagegen, wo der Prinz herkam ... Dort sollte es dem Tratsch der Dienstmädchen zufolge fast jeden Tag schneien. Das Land würde dann wie gezuckert aussehen und die Häuser unter einer dicken, weißen Schicht verborgen liegen.

Selbst wenn die Rückkehr ihrer Erinnerungen nicht mit Schnee zusammenhinge, würde sie gerne einmal in ihrem Leben eine solche weiße Decke über der Landschaft liegen sehen. Bestimmt sah das wunderschön aus.

Eowyn schüttelte über sich selbst den Kopf und rieb sich ihre Finger, die sich plötzlich seltsam kalt anfühlten. Verwirrt hielt sie inne und starrte ihre Hände an. Ein solch klammes Gefühl hatte sie in den Sommerlanden noch nie empfunden.

Aufmerksam sah sie sich in dem kleinen Wäldchen um, in das ihre Füße sie getragen hatten und welches nicht weit vom Schloss entfernt lag. Das kräftige Mondlicht warf dunkle Schatten auf den Waldboden.

Hinter einigen dicht gedrängt stehenden Sträuchern machte sie schließlich einen schwachen Lichtschimmer aus und an ihre gespitzten Ohren drang leises Murmeln.

Eowyn runzelte die Stirn. Wer oder was hielt sich zu dieser nachtschlafenden Zeit hier draußen im Wald auf?

Zögernd, aber ihrer Neugierde doch nicht wiederstehen

können, schlich sie sich näher heran. Sie hielt sich gut hinter Bäumen verborgen und achtete darauf, möglichst lautlos aufzutreten.

Schließlich konnte sie durch die herabhängenden Zweige eines Olivenbaums auf die Lichtung linsen. Überrascht und misstrauisch drückte sie einen dünnen Ast des Baumes zur Seite, um besser sehen zu können.

Auf der Lichtung tummelten sich Menschen und Pferde. In der Mitte flackerte ein kleines Lagerfeuer – der Lichtschein, den sie gesehen hatte. Im hinteren Bereich waren Pferde angebunden und dösten vor sich hin.

Etwa die Hälfte der ein Dutzend Menschen hatte sich auf Decken gelegt und schlief. Zwei Männer waren damit beschäftigt ein seltsames Gebilde aus Stöcken und Decken aufzubauen. Eowyn sah ihnen einen Moment skeptisch zu. Vielleicht wollten sie eine Art geschlossenen Pavillon aufbauen?

Schließlich glitt ihr Blick zu den fünf Personen hinüber, die es sich neben dem Lagerfeuer gemütlich gemacht hatten und munter schwatzten.

Der Feuerschein spielte auf dem blonden Haar eines jungen Mannes, der im Profil zu ihr saß. Er betrachtete etwas in seinen Händen und sah erst auf, als sein Nachbar anscheinend einen Witz riss und der Rest der Meute brüllend loslachte. Der Blonde grinste und schüttelte den Kopf, aber das Lächeln erreichte seine blauen Augen nicht.

Plötzlich verlegen betrachtete Eowyn rasch den Rest der kleinen Gruppe.

Erst jetzt bemerkte sie auch ihre seltsame Kleidung, die viel zu warm für die Sommerlande war. Statt leichter Sommerhosen und luftiger Tuniken, trugen sie feste Hosen und langärmelige Hemden. Der Blonde, der Eowyns Aufmerksamkeit gleich zu Beginn auf sich gezogen hatte, trug über seinem Hemd sogar noch eine dicke Weste aus flauschigem, hellem Stoff.

Konnte das Schafwolle sein? Sie wusste, dass manche Menschen das Fell dieses Tieres als Kleidungsstück nutzten. In den Sommerlanden würde man jedoch für verrückt erklärt werden, wenn man sich in luftundurchlässiges Fell hüllte, statt in leichtes Leinen oder kühle Seide, für diejenigen, die es sich leisten konnten.

Nachdenklich kratzte sie sich an der Nase. Der Blonde trug außerdem fremdländisch anmutende, hohe Stiefel. Diese Menschen mussten wirklich von sehr weit her angereist sein.

Sie zuckte zusammen, als der schwache Wind plötzlich Stimmen und Feuerrauch in ihre Richtung wehte.

»Na komm, jetzt erzähl uns die Wahrheit! Ich glaube dir nicht, dass du den Wolf nur mit ihrem Strumpfband erwürgt hast!«

»Oh doch. Wenn du es genau wissen willst ... Ich habe das Strumpfband sogar aufgehoben, als Zeichen meines Sieges über den Wolf. Ich habe es hier, vielleicht klebt noch etwas Blut daran.« Der Mann neben dem Blauäugigen begann, in den Taschen seiner Hose zu kramen.

»Du hast es wohl eher als Zeichen ihrer Gunst aufbewahrt« warf jemand ein und die Männer johlten.

»Es war nun einmal das, was ich gerade zwischen den Fingern hatte, als der Wolf plötzlich hinter den Bäumen auftauchte. In der Eile konnte ich keine andere Waffe greifen, deswegen musste das Strumpfband reichen. Meinem Kampfgeschick sei Dank, dass ich mich sogar nur mit einem kleinen Fetzen Stoff eines Wolfes erwehren konnte.«

»Bist du sicher, dass es dem Mädchen recht ist, wenn du die intimen Details eures Waldaufenthalts vor uns allen ausbreitest?«

»Ach komm, Yves. Musst du immer so ein Spielverderber sein?«

Eowyn lauschte der Unterhaltung fasziniert, aber plötzlich schnellte der Kopf des blauäugigen Mannes herum. Seine Augen fuhren suchend über den Waldrand, genau dort, wo Eowyn sich versteckte.

Erschrocken ließ sie den Ast los und duckte sich hinter den Stamm ihres Baums. Hatte er sie etwa gehört oder gar gesehen?

Nach einem Moment, in dem nichts geschah, richtete sie sich auf und spähte vorsichtig um den Baum herum.

Der Blonde sah noch immer in ihre Richtung, aber sein Augenmerk lag weiter links von ihr. Hastig duckte sie sich erneut. Er hatte sie nicht gesehen. Noch nicht.

Sie zögerte, ging das Risiko dann aber nicht ein, sondern zog sich leise zurück.

Fasziniert von den exotischen Menschen, insbesondere dem Blonden, huschte sie aus dem Wald heraus. Warum in seinen Augen wohl solche Schatten tanzten? Und wer waren diese Leute überhaupt?

War es vielleicht eine Vorhut der Delegation des Prinzen aus den Winterlanden gewesen? Sie runzelte die Stirn und schüttelte schließlich entschieden den Kopf.

Ach was. Prinz Roran sollte erst am nächsten Tag zu später Stunde anreisen. Jetzt würde er sich bestimmt noch nicht so nah am Schloss befinden. Vor allem würde er die Nacht nicht im Freien verbringen, wenn er genauso gut ein riesiges Himmelbett haben könnte.

Obwohl es andererseits die wärmende Kleidung erklären würde, sollten es doch Winterländer sein. In einem Land voller Schnee und Kälte würde ein dickes Schaffell bestimmt gute Dienste verrichten.

Eowyn lachte und sprang über den Bach zurück.

Sie konnte sich ein solches Land nicht vorstellen. In den Sommerlanden wurde alles stets in Sonnenlicht getaucht, die Blumen blühten in allen möglichen Farben und es war immer warm. Wie es wohl war, wenn Kälte über den Boden kroch und eisiger Wind durch die Bäume pfiff?

Sie erreichte das Schloss, kurz bevor die Morgenröte den Himmel überzog. Sie schnappte sich ihre Öllampe hinter dem Gebüsch und eilte in ihr kleines Kämmerchen zurück.

# Kapitel 2

Am Tag kam sie nicht mehr dazu über die Gruppe im Wald nachzudenken, denn Königin Alexandra scheuchte ihr Gesinde vom Keller bis in den Dachstuhl, von der Küche bis zum Speisezimmer, vom Gemach des Prinzen bis zum Gemach seiner Verlobten. Alles sollte sauber sein, blitzen und blinken. Das Essen sollte so vorzüglich sein, dass der Prinz noch in Jahren davon schwärmen würde.

Eowyn fuhr mit einem Staubwedel über die kostbaren, verschnörkelten Rahmen der Gemälde in Prinzessin Alisas Zimmer. Marina schüttelte unterdessen die Betten auf.

Cara, eine dürre Frau Ende 50 streckte ihren Kopf durch die Tür. Sie besaß die Oberaufsicht über die Putzkolonnen und ihr Blick war scharf wie der eines Adlers. Sie übersah nicht ein Staubkorn.

Einen Moment lag sah sie ihnen mit stechenden Augen beim Putzen zu. Schließlich wies Cara sie herrisch an, ordentlicher zu arbeiten, bevor sie wieder verschwand und weiter durch die Flure zog.

Eowyn fuhr noch sorgfältiger über die Rahmen und wechselte zu dem silbernen Kerzenleuchter auf der Anrichte.

Eine Vermählung zwischen einem Winterländer und einer Sommerländerin hatte es noch nie gegeben. Vor nicht allzu langer Zeit waren sich die beiden Länder noch spinnefeind gewesen.

Ihr Verhältnis war nie sehr gut gewesen, vielleicht waren Sommer und Winter einfach zu verschieden. Seit aber eine

Winterländerin vor mehr als einem Dutzend Jahren in den Sommerlanden verschollen war, hatten sich die leichten Spannungen zu handfester Feindseligkeit ausgewachsen.

Es war Königin Alexandra zu verdanken, dass der drohende Krieg nicht ausgebrochen war. Stattdessen hatten beide Länder auf ihre Initiative hin einen Friedenspakt geschlossen, der mit der Verlobung des Winterprinzen und der zweiten Tochter der Sommerkönigin besiegelt werden sollte.

Eowyn machte sich daran, die Fenstergriffe zu polieren. Marina arrangierte die farbenfrohsten Blumen der Sommerlande in einer Vase und stellte sie auf die Anrichte. Gerade wollten sie zusammen den Teppich zum Ausklopfen anheben, als eine ferne Fanfare erklang.

Marina quiekte begeistert auf. »Der Prinz ist da!« Freudestrahlend sammelte sie ihre Putzutensilien auf.

Eowyn tat es ihr nach, wenn auch stirnrunzelnd. »Er kommt viel zu früh. Die Königin wird nicht erfreut sein. Es ist noch nicht alles bis ins letzte Detail für seine Ankunft vorbereitet.«

Marinas freudiges Grinsen verschwand und sie senkte den Kopf. »Du hast recht. Hoffentlich lässt sie es nicht an uns aus.«

Ein gellendes Horn im Inneren des Schlosses ersparte Eowyn eine Antwort. Hastig rückte sie den Kerzenständer noch einmal zurecht und verließ zusammen mit Marina das Zimmer.

Ihre Putzutensilien verstauten sie in der dafür vorgesehenen Kammer, dann ordneten sie sich in den steten Strom von Dienstboten ein, der in Richtung des Schlosshofes strömte.

Das Horn ertönte weitere Male und wies das Personal damit erneut an, seine Aufgaben beiseitezulegen. Die meisten

Dienstmädchen flatterten ähnlich aufgeregt wie Marina die Treppenstufen hinunter.

Eowyn betrat den Hof und reihte sich weit hinten in das Empfangsspalier ein, das die Dienstboten unter den strengen Augen der Königin vor dem Schlosstor bildeten.

Während sie den Blick auf ihre Hand senkte und sie im Sonnenschein betrachtete, kroch tiefe Abneigung ihre Kehle hoch. Die Finger waren immer noch gerötet vom gestrigen Schlag Königin Alexandras.

Es war stets eine gute Idee sich nicht in Reichweite der launischen Königin aufzuhalten und an Tagen wie diesen, an denen die Königin besonders gereizt war, war es eine außergewöhnlich kluge Idee.

Eowyn linste durch die Reihen vor sich. Königin Alexandra hatte sich herausgeputzt, trug ein weit schwingendes, rostrotes Kleid, das ihre Taille betonte. Ihre Krone funkelte. Ein Teil ihres leicht rötlich schimmernden Haares war hoch aufgetürmt. Sie war hübsch mit ihrer schlanken, hoch gewachsenen Figur und den wallenden Haaren. Leider spiegelte ihr Inneres nichts davon wieder.

Prinzessin Alena und deren jüngere Schwester Alisa standen neben ihr. Sie trugen beide ähnliche rote Kleider. Nur ihre Rockschöße waren nicht ganz so voluminös, wie diejenigen ihrer Mutter.

Alisa war die kleinste der dreien. Das dunkle Rot hob sich deutlich von ihrer blassen Haut ab und das schmale Diadem in ihrem gelockten Haar unterstrich diesen Anblick zerbrechlicher Schönheit. Wenn dieser Prinz Roran so oberflächlich und arrogant war, wie Eowyn erwartete, würde er von ihr hingerissen sein.

Die baldige Braut strich sich eine Locke aus dem Gesicht,

wobei ihr Lieblingsring mit dem dicken Smaragd im Sonnenlicht funkelte. Mit Grauen erinnerte Eowyn sich, wie sie ihn eines Tages verlegt und die ganze Dienerschaft dazu verdonnert hatte, ihn ihr wieder zu beschaffen. In der Zeit war Alisa noch unausstehlicher gewesen, als sonst. Beide Schwestern schlugen sehr nach ihrer Mutter, nicht nur äußerlich, sondern auch in ihrem Charakter. Sie hielten Dienstboten wie Eowyn allesamt für faul und minderwertig.

Sie seufzte. Es war Hochverrat, daran zu denken, aber manchmal fragte sie sich, ob Königin Alexandras älterer Bruder die Sommerlande nicht respektvoller geführt hätte. Adrian war zwar verstoßen worden, bevor er den ihm zustehenden Thron besteigen konnte, und das bestimmt auch nicht ohne Grund, aber jeder würde das Land besser führen, als Alexandra.

Nun gut, wirtschaftlich gesehen war Königin Alexandra keine so schlechte Herrscherin. Es war den Sommerlanden schon einmal besser gegangen, aber wenigstens besaßen die meisten Sommerländer Arbeit und genug zu essen.

Menschlich betrachtet dagegen ... Die Königin machte zumindest am Hofe keinen Hehl daraus, wie sehr sie die unter sich stehenden Sommerländer, insbesondere die Arbeiterschicht, verachtete. Und wie konnte eine Person gerecht über ein Land herrschen, dessen Bewohner sie verabscheute?

Kopfschüttelnd strich Eowyn sich eine Haarsträhne in ihren Knoten zurück. Unter ihren Fingern war ihr Haar warm, aufgeheizt von den sengenden Sonnenstrahlen. Königin Alexandras Gemüt war aufgewühlt, sonst wäre der Sommer heute nicht derart drückend.

Ein Mädchen rempelte Eowyn versehentlich an und riss sie aus ihren Gedanken.

»Verzeihung«, keuchte es und stieß sich weiter durch die Menge. Eowyn sah ihm flüchtig hinterher. Der hoch aufgeschossenen Gestalt und dem geflochtenen Zopf nach, könnte es eine der Zofen der Prinzessinnen gewesen sein.

Das Mädchen erreichte ihre Freundinnen und begann sofort aufgeregt mit den beiden zu tuscheln.

»Wie der Prinz wohl aussehen mag? Ich bin ja so gespannt auf ihn!«

»Oh, ich bin auch so aufgeregt! Meint ihr, er sieht gut aus? Oder wird er fett sein und schon keine Haare mehr haben?«

»Bestimmt sieht er traumhaft aus. Prinzen müssen einfach gut aussehen! Wie schade, dass er keinen jüngeren Bruder hat. Den würde ich mir sonst schnappen!«

Ein aufgekratztes Kichern ertönte.

»Na ja«, rechtfertigte sich das eine Mädchen, »er müsste sich ja nicht um die Erbfolge kümmern und würde sich bestimmt auch für eine Bürgerliche wie mich interessieren.« Erneutes Gekicher, bis die Fanfare wiederholt erklang, diesmal bereits deutlich näher.

Die Dienstboten verstummten abrupt und die gesamte im Hof versammelte Mannschaft nahm Haltung an. Die Neugierde war nahezu greifbar.

Nun auch von der Aufregung angesteckt, stellte Eowyn sich auf die Zehenspitzen und erhaschte einen Blick auf gut fünfzehn Pferde, die Einzug hielten. Manche ohne Reiter, aber mit Gepäck, andere dafür mit zwei Personen auf dem Rücken. Eine kalte Brise erfasste sie und ließ sie frösteln. Die Eskorte brachte kalte Winterluft mit sich.

Der Tross zog durch das Spalier und hielt an dessen Ende vor der Königin an. Alle Reiter stiegen ab und verbeugten sich tief, außer einer Person in der Mitte. Das musste der Prinz sein.

Eowyn hob sich erneut auf die Fußspitzen und reckte den Kopf. Einige der Männer kamen ihr annähernd bekannt vor, erstaunlicherweise sogar die schlanke Figur des Prinzen, der sich gerade über die Hand der Königin beugte.

Verwirrt runzelte sie die Stirn und plumpste vor Schreck auf ihre Fußsohlen zurück, als Prinz Roran sich aufrichtete und sie sein Profil betrachten konnte.

Nein, das konnte nicht sein. Der blauäugige Mann, den sie in der Nacht heimlich beobachtet hatte, konnte nicht der Prinz der Winterlande höchstpersönlich sein.

Darauf hoffend, dass wirklich nicht er dazu verdammt war, die Königstochter zu heiraten, drängelte sie sich eine Reihe vor. Prinz Roran wandte das Gesicht zur Seite und sie erkannte ihn unzweifelhaft wieder. »Oh nein«, flüsterte sie mitleidig. Bei ihm, der im Wald inmitten seiner Knechte gesessen hatte, als wenn sie Freunde für ihn wären, konnte sie sich nicht vorstellen, dass er von Alisa hingerissen sein würde. Der Prinz bedachte auch die beiden Töchter mit einem Handkuss und tauschte einige Höflichkeiten mit der Königin.

Das Schaffell der vergangenen Nacht hatte er abgelegt, aber seine hohen Stiefel trug er nach wie vor. Auch die anderen Reiter hatten Kleidungsstücke ausgezogen und sahen lange nicht mehr so erhitzt aus wie am Vortag. Hatten sie sich deshalb noch im Wald aufgehalten? Um sich zu erfrischen und auf die Königin einen respektableren Eindruck zu machen?

Nachdenklich wanderte ihr Blick zum Prinzen zurück, der gerade seine Hände hob.

Unvermittelt begannen zierliche, weiße Flocken aus seinen Handflächen zu Boden zu rieseln. Im Licht der Sonne glitzerten sie wie winzige Kristalle.

Ohne jemals zuvor Schnee gesehen zu haben, wusste Eowyn doch, worum es sich handelte. Verzückt betrachtete sie die zarten Flocken. Es war wunderschön anzusehen.

Das Schneien endete, als Prinz Roran seine Hände zusammen klopfte und das Trio vor sich erwartungsvoll ansah. Eine Strähne seines blonden Haars fiel ihm in die Stirn.

Prinzessin Alisa, die zukünftige Braut, rümpfte die Nase. Ihr herzförmiges Gesicht mit den klaren, grünen Augen zog sich zusammen und der Wind trug ihre Stimme in Eowyns Richtung.

»Das also ist Schnee?« Sie betrachtete die restlichen Flocken, die auf dem Boden schmolzen. »Wie unspektakulär.«

Einige der Gefolgsleute des Prinzen schnappten unwillkürlich nach Luft, den anderen entgleisten die Gesichtszüge. Sogar die Pferde drehten nervös die Ohren.

Das Lächeln Prinz Rorans verschwand und die Schatten kehrten in seine blauen Augen zurück. Die Königin redete auf ihn ein und nach einem winzigen Zögern antwortete er freundlich.

Nun tat er Eowyn noch mehr leid. Er schien ganz und gar nicht so arrogant und ichbezogen zu sein, wie sie von ihm erwartet hatte und womit er so ausgezeichnet zu Alisa gepasst hätte.

Ein kleiner Junge stieß Eowyn versehentlich an und lenkte sie ab. Die Knirpse neben ihr wisperten bezaubert über den funkelnden Schnee und zeigten begeistert auf die schmelzenden Tropfen.

Eowyn folgte lächelnd ihrem Blick. Während sie die Wassertropfen auf dem Boden betrachtete, ging ihr plötzlich ein Gedanke durch den Kopf, der sie bis ins Mark traf.

Als zukünftiger Regent seines Landes besaß Prinz Roran bereits jetzt die Macht über den Winter. Er konnte überall, wo er wollte, Winter schaffen und Schnee fallen lassen. Überall.

Wenn Eowyn ihn bitten würde, es in den ganzen Sommerlanden schneien zu lassen, würde sie endlich ihre Erinnerungen zurückerlangen, so wie die schwarze Frau es in ihrem Traum wieder und wieder hervorstieß. Sie wäre befreit. Sie würde ihre Vergangenheit zurückbekommen!

Eowyn stand wie paralysiert, während Königin Alexandra dem Prinzen mit einer Handbewegung ihre gewaltige Dienerschaft vorstellte. Er wandte sich um und nickte dem Gesinde zu, wobei sein Blick auf die Kinder in der ersten Reihe fiel, die fröhlich versuchten, aus ihren eigenen Händen Schnee hervorzubringen.

Ein zufriedenes Funkeln regte sich in seinen Augen und er warf eine Handvoll Schneeflocken in die Höhe, die vom Wind erfasst und hoch durch die Luft gewirbelt wurden.

Eowyn konnte ein strahlendes Lächeln nicht unterdrücken, als die Flocken wie Blütenblätter durch die Luft tanzten und jede einzelne ihr die Botschaft eines baldigen Wunders zuraunte. Die Kinder kreischten begeistert und übertönten damit das erleichterte Ächzen des Trosses.

Königin Alexandra dagegen wandte sich ab und schritt zu ihrem Schloss hinauf. Prinz Roran und die meisten seiner Begleiter folgten ihr. Die restlichen kümmerten sich um das Gepäck und brachten die Pferde in die Stallungen, die der Stallmeister ihnen zeigte.

Das Personal der Königin verstreute sich und nahm die Arbeiten auf, die sie ihnen für den restlichen Tag zugeteilt hatte. Für Eowyn hieß dies, Königin Alexandra ihre Mahlzeiten zu servieren, Traude in der Küche beim Bereitstellen der Gerichte und später beim Abwaschen zu helfen.

Einen kleinen Moment blieb sie aber noch vor dem Schloss zurück und versuchte zu begreifen, welches Geschenk ihr durch die Ankunft Prinz Rorans zuteilwurde.

# Kapitel 3

Bevor sie ihren Dienst beim Abendessen der Königin mit ihren Töchtern ausübte, ging sie Traude beim Vorbereiten der Gerichte für die Besucher zur Hand. Eowyn drapierte die Speisen auf den zahlreichen Silberplatten und grübelte darüber nach, wie es ihr gelingen könnte, mit Prinz Roran zu sprechen, während Traude Platte um Platte in das Speisezimmer trug.

Das Küchenmädchen neben Eowyn holte hastig neue Platten und stellte flink die Schüsseln darauf, die sie von der brüllenden Köchin angereicht bekam. Normalerweise übernahmen die Küchenmädchen das Befüllen der Platten allein, aber wegen der enormen Mengen, die heute an Essen herbeigezaubert werden mussten, war Eowyn zusätzlich mit der Aufgabe betraut worden.

»Alle wundern sich, warum Königin Alexandra kein großes Begrüßungsessen veranstaltet hat.« Traude atmete schwer und griff nach einer weiteren Platte. Zwei andere Küchenmädchen verließen bereits die Küche, ebenfalls große Platten in den Händen.

»Ihr war wohl nicht danach«, murmelte Eowyn gedankenversunken. Sie löffelte etwas Zitronensorbet aus einer riesigen Schüssel und befüllte damit die kleinen Schälchen, die neben ihr bereitstanden und ebenfalls darauf warteten, in das große Speisezimmer getragen zu werden.

»Na, mit dir kann man heute auch nicht reden. Du bist ja meilenweit weg mit deinen Gedanken.« Traude klang verschnupft, wuppte die vorletzte Platte hoch und verließ die Küche.

Von der leichten Rüge aufgeschreckt ließ Eowyn ihren Löffel sinken. Jetzt hatte sie Traude verärgert.

Ein Scheppern unweit der Tür riss sie endgültig aus ihrer Versunkenheit. Besorgt unterbrach sie ihre Arbeit und eilte hinaus.

Traude stand am Eingang zum Speisesaal und starrte schockiert auf den Boden, wo sich der Inhalt ihrer Platte verteilte. Die Porzellanschüsseln lagen in Scherben da, grüner Salat befand sich überall verstreut. Die silberne Platte drehte sich leicht zu ihren Füßen.

Als sie Eowyns Schritte hinter sich hörte, sah sie bang über die Schulter.

Eowyns Blick löste sich von Traude und glitt zu dem Mann hinüber, der halb verborgen hinter der Tür stand und erschrocken das Dilemma vor sich betrachtete.

Es war Prinz Roran, an dessen Jackett Salat hing. Er musste mit Traude zusammengestoßen sein, als sie den Saal betreten wollte.

Eowyn eilte entsetzt an die Seite ihrer Freundin, stieß sie an und begann mit flinken Fingern, die Scherben vom Boden zu lesen. Sie zog die Silberplatte heran und sammelte die Porzellansplitter darauf. Traude sank neben ihr zu Boden und senkte demütig den Kopf.

»Es tut mir unendlich leid, mein Herr. Ich kann mir gar nicht erklären, wie das passieren konnte. Ich kann mich nur entschuldigen ...« Traude verstummte.

»Oh nein.« Prinz Roran verließ die Tür und ging vor ihnen in die Knie. »Bitte nicht.« Er griff nach einigen Scherben und legte sie auf die Servierplatte zu den anderen.

Traude warf Eowyn einen verstörten Blick zu. Königin Alexandra hätte sich schon längst die Platte geschnappt, um sie auf sie niederfahren zu lassen. Der Prinz wollte unterdessen nicht mal eine Entschuldigung hören.

Eowyn beobachtete verwirrt, wie er vor ihnen kniete und aufräumte. Alena und Alisa wäre so etwas niemals in den Sinn gekommen.

Überrascht raffte sie ein paar Blätter Salat zusammen und ließ sie auf die Scherben fallen.

Auch in Traude geriet wieder Leben. »Es tut mir so leid. Ich war übereilig und entschuldige mich zutiefst …«

»Aber nein.« Die Stimme des Prinzen war weich und dunkel. »Es war ganz alleine meine Schuld. Ich bin viel zu schnell aus der Tür gekommen. *Ich* muss mich entschuldigen.«

Traude verharrte entgeistert. »*Ihr* wollt Euch bei mir entschuldigen?«

Prinz Roran sah irritiert über ihre Fassungslosigkeit auf und nickte. »Ja natürlich. Es war ganz offensichtlich meine Schuld.«

»Oh. Ihr müsst das hier nicht tun. Ich meine, Ihr müsst hier nicht …« Ihre hilflose Handbewegung umfasste die Scherben, den zerstörten Salat, seine kniende Position.

»Ach was. Da ich für diesen Zustand verantwortlich bin, kann ich auch helfen, ihn zu beseitigen. Ich hoffe, es war nicht gerade das beste Geschirr, das ich zerschlagen habe.« Traude schwieg besorgt und sammelte still die letzten Salatblätter zusammen.

»Oh, ich verstehe. Dann tut es mir umso mehr leid.« Er klopfte seine Hände ab und erhob sich.

Traudes Knie knackten, als sie sich ebenfalls hochzustemmen begann.

Prinz Roran umfasste sanft ihren Arm und half ihr auf.

Schockiert konnte Eowyn nicht mehr länger an sich halten und hob den Blick. Dunkelblonde, sich leicht kräuselnde Haare fielen dem Prinzen über die Ohren bis zu den Wangenknochen. Sein Gesicht wurde beherrscht von diesen ausdrucksstarken, blauen Augen, neben die sich im Moment feine Lachfältchen gruben. Eowyn spürte, wie sie unversehens errötete.

Er trug noch dieselben Sachen wie bei seiner Ankunft und lächelte Traude an. Er wirkte überhaupt nicht verärgert.

»Ich hoffe, meine Ungeschicklichkeit wird mir verziehen.«

»Ja, aber natürlich.« Traude klang atemlos.

Prinz Roran wirkte erleichtert und wandte sich zur Seite, um sich zu entfernen.

Eowyn umklammerte das Tablett voller zerschlagenem Geschirr fester und erhob sich zögerlich damit. »Eure ... Hoheit?« Prinz Roran drehte sich um und seine aufmerksamen Augen fixierten sie mit solcher Wucht, dass ihre Knie weich wurden. »Ihr habt da ... Salat.«

Unbestimmt deutete sie mit ihrem Zeigefinger auf sein Jackett und hielt den Blick auf die leicht in ihren Händen zitternde Platte gesenkt.

»Oh, in der Tat.« Lachen sprach aus seiner Stimme, als er das Salatblatt abzupfte. »Vielen Dank.« Er ging davon.

Traude starrte ihm hinterher. Als er außer Sichtweite war, wirbelte sie zu Eowyn herum.

»Was für ein freundlicher, junger Mann! Wenn die *Königin* hier gewesen wäre ...« Sie presste die Lippen zusammen und nahm Eowyn das schwere Tablett ab. Eine nähere Ausführung war nicht nötig. Beide konnten sich lebhaft vorstellen, was die Königin an des Prinzen Stelle getan hätte.

»Ich hätte nicht mal zu träumen gewagt, dass ein zukünftiger Herrscher so freundlich und entgegenkommend sein kann.«

Eowyn lächelte bitter und folgte Traude in die Küche zurück. »Anscheinend sind die Herrscher nicht überall wie in den Sommerlanden.«

»Welch ein Glück für die anderen Länder. Beneidenswert.«

Beim Anblick des zerstörten Salats schlug die Köchin die Hände über dem Kopf zusammen und rief ärgerlich ein Küchenmädchen heran, um das »Chaos« zu beseitigen.

Traude zuckte entschuldigend die Schultern. Dann packte sie eilig die Platte mit den Nachttischschälchen, die im Speisezimmer für die ganz schnellen Esser des Hauptgangs bereitgehalten wurden und marschierte hinaus.

Eowyn schob die restlichen Platten in das Regal und verharrte dort. Die Gäste mussten heute eben ohne Salat auskommen. Solange es Königin Alexandra nicht zu Ohren kam, war dies nicht weiter schlimm.

Ein Glück, dass Traude mit dem Prinzen zusammengestoßen war. Wäre sie stattdessen auf die Königin getroffen, hätte sie froh sein können, wenn sie am nächsten Tag noch in der Lage gewesen wäre, aufzustehen.

Prinz Roran war ganz anders. Eowyn versuchte, sich den scherbenaufräumenden, jungen Mann neben der hochnäsigen Alisa vorzustellen, aber es gelang ihr nicht.

Der Abend ging ohne weitere Zwischenfälle vonstatten. Nachdem Eowyn endlich alle ihre Aufgaben erledigt hatte, taumelte sie erschöpft in ihre Kammer. Kaum hatte ihr Kopf dort das Laken über dem dünnen Strohsack berührt, war sie auch schon eingeschlafen.

Es dauerte nicht lange, da begann sie sich unruhig hin- und herzubewegen. Sie träumte erneut ihren altbekannten Traum und die letzten Worte der dunklen Frau klangen diesmal noch klarer, noch schärfer.

*Sie wird nichts wissen, nichts ... Bis es überall in den Sommerlanden schneit, wie in dem verfluchten Jahr, in dem ich dich das erste Mal erblickte.*

# Kapitel 4

Am nächsten Morgen galt ihr erster Gedanke dem Prinzen. Wie konnte sie es schaffen, ihn anzusprechen?

Hastig wusch sie sich in der kleinen Schüssel auf ihrem Nachttisch, kleidete sie sich an und lief in den Speisesaal hinüber.

Während ihre Hände die täglichen Routine-Arbeiten erledigten, drehten ihre Gedanken sich im Kreis. Konnte sie es wagen, ohne Anmeldung in sein Gemach einzudringen?

Sie schüttelte energisch den Kopf und schnitt Käse an. Nein. Als Dienstmädchen konnte sie das nicht tun. Niemals.

Ihre Hände arbeiteten schnell und der Frühstückstisch für die Königin und ihre Töchter war bereits eine Weile fertig gedeckt, bevor die drei schließlich auftauchten.

Vor der Tür erklang Alisas Kichern. Eowyn ließ von dem Brotkorb ab, den sie gerade noch in die Mitte des Tisches hatte schieben wollen, schnappte sich schnell die Teekanne und verschmolz mit den Schatten der Wände.

Die Tür schwang auf und Königin Alexandra betrat den Raum. Ihre Töchter folgten ihr tuschelnd. Die drei nahmen am Tisch Platz und begannen ihre Teller zu füllen.

Eowyns Blick ging nachdenklich in die Ferne. Könnte sie dem Prinzen irgendwo auf dem Flur begegnen?

Nein, auch das war zu schwierig. Dafür müsste sie den genauen Tagesablauf des Prinzen kennen. Außerdem würde er das Schloss nur mit Männern seiner Delegation durchqueren und sie brachte es nicht über sich, noch mehr Personen über ihre verlorenen Erinnerungen aufzuklären. Es reichte, wenn sie es Prinz Roran erzählen musste.

»Dienstmagd!«

Eowyn fuhr so heftig zusammen, dass ihre Zähne aufeinander schlugen. Panisch zuckte ihr Blick zu Königin Alexandra hinüber. Deren Gesicht war rot angelaufen, ihre Lippen zu einem Strich zusammengepresst. Sie zitterte am ganzen Leib vor Wut. Eowyn schluckte verängstigt.

Ihr Blick glitt zu der Hand der Königin hinab und ihr ging auf, einen unverzeihlichen Fehler begangen zu haben.

Königin Alexandra trank jeden Morgen zwei Tassen Tee. Von ihrem Personal wurde verlangt die Tasse in dem Moment aufzufüllen, in dem sie den letzten Tropfen der ersten austrank.

In den Augen der Königin loderte es grimmig und sie drehte die Teetasse in ihrer Hand bedeutsam auf den Kopf. Ein einziger Tropfen rann heraus und fiel auf die Tischdecke hinab.

Eowyn sackte in sich zusammen. Es gab eine einzige Aufgabe, die sie am Tisch der Königin zu erfüllen hatte: deren Tasse aufzufüllen. Sie hatte bereits bei dieser einen Aufgabe versagt.

Königin Alexandra richtete sich mit bedrohlicher Ruhe von ihrem Stuhl auf. Sie wendete ihre Teetasse noch einmal, um zu verdeutlichen, dass sie tatsächlich leer war.

Im nächsten Moment holte sie aus und hieb sie auf die Tischkante. Scharfes Klirren zuckte durch den Raum und die Tasse zersprang in ihre Einzelteile.

Mit seltsamer Distanz sah Eowyn zu, wie die Scherben zu Boden stürzten. Sie schwebten durch die Luft, reflektierten das durch die Fenster scheinende Sonnenlicht. Erst das

Klirren, mit dem die Scherben auf die Fliesen trafen und in noch weitere Einzelteile zersprangen, riss Eowyn aus ihrer Versunkenheit.

Sie wich mehrere Schritte zurück und machte sich instinktiv so klein wie möglich.

Königin Alexandra war mit wenigen Schritten bei ihr und packte sie fest am Arm. Schwüler Wind peitschte durch die Halle.

»Wie kann es sein, dass du nicht einmal die einfachsten Dinge beherrschst?« Sie brüllte so laut, dass Speicheltropfen auf Eowyn niedergingen.

Wimmernd versuchte sie sich von der Hand der Königin zu befreien, aber die blieb unnachgiebig.

»Nie ... Noch nie in meinem Leben habe ich eine Person getroffen, die dermaßen nutzlos ist! Nicht einmal für die einfachsten Aufgaben bist du zu gebrauchen! Du würdest es sogar schaffen, meine Gänse verhungern zu lassen, wenn ich so idiotisch wäre, sie dir anzuvertrauen. Die Königin zerrte heftig an Eowyns Arm. Deren Atem ging hastig und sie zog ihren Kopf noch weiter zwischen die Schultern.

Königin Alexandra starrte vernichtend auf sie hinab. Ihre Wangen flammten zornesrot, ihre grünen Augen schossen Blitze. Mit einem Ruck ließ sie Eowyn los.

Stolpernd wich sie zurück, doch bereits im nächsten Moment stand die Königin wieder vor ihr und riss ihr wutentbrannt die Teekanne aus den Fingern.

Eowyn sah es kaum kommen, so schnell öffnete sie den Deckel und leerte die Kanne über ihr aus. Heißer Tee rann über ihre Schulter, ihren Rücken, fühlte sich im ersten Moment eisig an, bevor der brennende Schmerz folgte. Ihr entwich ein gequältes Stöhnen und sie wich taumelnd zurück.

Königin Alexandra ließ die Kanne fallen. »Drei Wochen Wache in der Küche! Und jeden einzelnen Kamin dieses Schlosses will ich in drei Tagen gereinigt sehen!«

Eowyn unterdrückte ein Schluchzen. Sie wandte sich fahrig um, stolperte beinahe über ihre eigenen Füße und rannte aus dem Speisesaal. Blind vor Tränen hastete sie in ihr Kämmerchen hinüber. Es war nicht unbedingt der Schmerz, der sie so tief traf, sondern die wiederholte Demütigung, die erneute Herabsetzung durch die Königin. Mitten in ihrem Zimmer blieb sie nach Atem ringend stehen.

Schließlich wischte sie ihre Tränen ab und zog sich behutsam das Kleid über den Kopf. Als der feuchte Stoff sich von ihrer verletzten Schulter löste, keuchte sie erstickt auf. Tapfer kämpfte sie sich aus ihrem Kleid, wickelte sich in ihr Bettlaken und setzte sich erschöpft auf ihre Pritsche. Kopfschüttelnd barg sie ihren Kopf zwischen den Händen.

Es war ein offenes Geheimnis zwischen den Dienstboten, dass die Königin zur Gewalttätigkeit neigte. Sie handgreiflich zu erleben, war nicht selten.

Eowyn verzog bitter das Gesicht. Sie selbst könnte ein Liedchen davon singen. Ihre linke Wade wurde durch eine üble Narbe geziert, die Königin Alexandra ihr zugefügt hatte, als sie sie mit einem Schürhaken geschlagen hatte. Ihre roten Finger zeugten nach wie vor von dem Schlag der Königin vor zwei Tagen und ein blauer Fleck an ihrem Knöchel verriet einen kürzlich erfolgten Tritt. Und nun ihre verbrannte Schulter.

Nur gut, dass der Tee nicht frisch von der Feuerstelle gekommen war. Er hatte sich bereits einige Zeit in der Kanne befunden und sich darin zumindest ein wenig abgekühlt.

Eowyn lachte harsch auf. Nicht, dass es ihr viel bringen

würde, dass der Tee nur heiß und nicht mehr kochend heiß gewesen war.

Sie ächzte. Am liebsten wäre sie schon vor langer Zeit von diesem Hof verschwunden, aber ohne Erinnerungen war es schwierig, den einzigen Ort zu verlassen, den man kannte. Sie hatte doch keine Ahnung, wie man alleine draußen überlebte.

Mit ihren kalten, zittrigen Fingern kühlte sie ihre heiße Stirn. Das viele Schluchzen hatte ihr Kopfschmerzen beschert.

Sie richtete sich auf und besah sich vorsichtig ihren linken Arm. Vom Ellbogen aufwärts zeigte sich bereits eine leichte Röte. Erneut wollten Schluchzer sie übermannen, aber sie drängte sie entschlossen zurück. Sie hatte bereits genug Zeit in diesen Gemäuern mit Selbstmitleid vertan. Es brachte nichts, sich zu fragen, warum Königin Alexandra ausgerechnet ihr gegenüber so grausam war. Wenn es nur nicht immer so schmerzhaft wäre.

Sie pustete zart über ihren Arm, aber dadurch wurde sie sich dem Schmerz nur noch bewusster. Trübsinnig starrte sie an ihre kahle Wand.

Drei Wochen Wache in der Küche bedeuteten fehlenden Schlaf. Die Königin verlangte nachts durchgängig jemanden in der Küche, der sie versorgte, wenn nächtliche Essensgelüste sie übermannten. Sie verteilte diese Aufgabe gerne als Strafarbeit und es war natürlich nicht so, dass der Dienstbote dafür am Tage schlafen durfte. Nein, tagsüber erledigte man weiter seine üblichen Aufgaben.

Eowyn hatte schon oft in der Küche Wache gehalten und sie dankte dem Sommer für den tiefen Schlaf der Königin, aus dem nichts sie so schnell reißen konnte. Nächtliche Besuche der königlichen Hoheit in der Küche waren eine Seltenheit. Wenn man gut aufpasste, konnte man ab und an ein leichtes Schläfchen wagen.

Die Reinigung der Kamine war eine andere Sache. Es war eine Knochenarbeit diese von jahrelangem Dreck und Schmutz zu befreien. Zudem war die Arbeit absolut sinnfrei, wurden in den Sommerlanden doch niemals Kamine angezündet.

Außerdem gab es auf jeder der fünf Etagen vierundzwanzig Kaminöffnungen. Selbst wenn sie sofort mit der Reinigung begann, würde sie es kaum schaffen, jeden der Kamine innerhalb von drei Tagen zu säubern. Stöhnend erhob sie sich.

Sie schüttelte ihr Ersatzkleid aus und schlüpfte ächzend hinein. Der raue Stoff schabte auf ihrer empfindlichen Schulter, woraufhin sie die Lippen fest zusammenpresste.

Nach einem Moment des Durchatmens lief sie in den Keller, suchte die Kehrutensilien zusammen und machte sich in der obersten Etage ans Werk.

Das erforderliche, kräftige Schrubben war mühsam und ihre in Mitleidenschaft gezogene Schulter machte es nicht leichter, denn sie pochte und schmerzte im Takt des Schrubbers. Für den ersten Kamin auf der obersten Etage benötigte sie fast eine Stunde. Wenn sie in diesem Tempo weitermachte, würde sie die Arbeit niemals schaffen.

# Kapitel 5

Sie machte sich gerade an den zweiten Kamin, als ihr urplötzlich aufging, welche Chance die Königin ihr mit dieser Strafarbeit bot.

Das Prinzengemach lag auf der obersten Etage. Es war ausgewählt worden wegen der wunderschönen Aussicht auf die Sommerlande. Vor allem aber verfügte das Wohnzimmer in diesem Gemach über einen opulenten Kamin, den Eowyn innerhalb der nächsten drei Tage zu putzen hatte.

Ein Grinsen flog über ihr Gesicht, während sie ihren Schrubber, den Kehrer und die anderen Instrumente zusammenwarf und umgehend zum Gemach des Prinzen eilte.

Eine Wache stand vor seinen Gemächern und hielt sie auf. »Was willst du hier, junges Fräulein?«

Verlegen über ihren plötzlichen Mut knickste sie. »Meine Aufgabe ist es, den Kamin zu reinigen.« Mit einer Handbewegung wies sie auf ihren Schrubber und den Kehrer. Die Wache schien überrascht, zuckte aber die Schultern und öffnete ihr ohne Weiteres die Tür.

Sie trat ein und bekam urplötzlich Herzklopfen. Was sollte sie sagen, wenn sie dem Prinzen begegnete? Sollte sie sofort ihr Anliegen hervorbringen oder vielleicht erst den Kamin reinigen und hinterher von ihrer Bitte erzählen? Sie umfasste den Henkel des Eimers fester.

Im nächsten Moment erübrigte sich ihre Nervosität, denn im Wohnzimmer war niemand anwesend und in das Schlafgemach zu schauen, traute sie sich dann doch nicht.

Enttäuscht kniete sie vor dem Kamin mit der ockerfarbenen Einfassung nieder und breitete umständlich ihre vor Dreck starrenden Utensilien neben sich aus.

Während sie langsam den gröbsten Staub mit einer Bürste entfernte, dachte sie fieberhaft über ihren nächsten Schritt nach. Wie gelang es ihr nun, den Prinzen anzusprechen?

Sie hob gerade ihren Kehrer und ächzte dabei leise, als die Tür hinter ihr aufschwang. Ein schneller, erschrockener Blick über die unverletzte Schulter zeigte ihr den Prinzen und zwei seiner Gefolgsleute. Der eine war auffallend breit gebaut und besaß braunes Haar zu grauen Augen, der andere rotes Haar zu blauen Augen. Beide trugen Schwerter, die sie als Krieger auswiesen. Hastig zog sie den Kopf ein und sah verstohlen zu ihnen hinüber.

Prinz Roran trat geschmeidig an das Fenster neben Eowyn. Dieses Mal trug er eine leichte, silbergraue Tunika und eine weiche Seidenhose, aber von seinen Stiefeln schien er sich nicht trennen zu wollen.

»Sicherlich würden manche sagen, dies wäre eine bezaubernde Aussicht, aber mir fehlt der Schnee unserer Heimat.«

Der große Braunhaarige trat ebenfalls ans Fenster. »So war es doch bereits, kaum dass du den ersten Schritt auf schneelosen Boden setztest, oder nicht?«

Prinz Roran lachte leise. »Oh, in der Tat. Manchmal habe ich das Gefühl, du weißt besser, was ich empfinde, als ich selbst.« Er schwieg einen Moment und fächerte sich Luft zu. »Macht dir diese Hitze auch derart zu schaffen?«

Der Braunhaarige lachte und grummelte zustimmend.

Eowyn saß erstarrt an ihrem Kamin und lauschte der Stimme des Prinzen mit dem weichen Akzent. Über seinen letzten Satz hätte sie fast gelächelt. Das Gespann kannte die

Hitze des Hochsommers noch nicht. Die momentane Temperatur war dagegen nur eine laue Brise.

Der Braunhaarige trat vom Fenster weg und auch Prinz Roran wandte sich um, weswegen Eowyn eilig zu ihrer Bürste griff. Sie musste irgendetwas tun, schließlich konnte sie nicht völlig reglos hier knien. Außerdem musste sie sich in Windeseile einen Weg überlegen, wie und wann sie es wagen konnte, ihr heikles Thema anzusprechen.

»Oje …«

Eowyn fuhr vor Schreck zusammen, als der Prinz urplötzlich neben sie trat. Ihr Herzschlag beschleunigte sich, als sie versehentlich ein Blick in seine blauen Augen warf, bevor sie eilig zu Boden sah, wie es sich für eine Magd geziemte.

»Was habt Ihr angestellt?« Sich über jegliche Etikette hinwegsetzend, griff Prinz Roran nach ihrer rechten Hand. Als seine kühle Haut ihre geröteten Finger berührte, schien der Purzelbaum ihres Magens unüberhörbar. Prompt stieg ihr Hitze in die Wangen.

»Tut es sehr weh?«

Eowyn schüttelte den Kopf, während sie fast nervös aufgelacht hätte. Der Schmerz in ihren Fingern war nichts gegen den Schmerz in ihrer Schulter.

»Ein wenig Kühle wird dennoch nicht schaden.« Er ließ ihre Finger in eine Hand gleiten und hob die andere darüber. Schneeflocken begannen aus seiner Handfläche zu rieseln.

Fasziniert starrte Eowyn sie an. Von näher betrachtet fiel ihr auf, dass jede Flocke ihre eigene Form besaß. Jede war einzigartig. Die Kälte des Schnees auf ihrer Hand ließ ihre Finger langsam taub werden. Weitere Flocken rieselten auf ihre Finger und türmten sich zu einer Schicht, ähnlich einem hauchzarten Wolkengebilde.

Es musste herrlich sein, das ganze Land unter einer solchen watteweichen Wolkenschicht zu sehen.

Sie starrte immer noch gefesselt den Schnee auf ihrer Hand an, der langsam schmolz, als Prinz Roran zusammenzuckte und erschüttert auf ihre Schulter zeigte.

»Und das?! Woher stammt das?« Er klang ehrlich bestürzt.

Unwillkürlich zuckte ihre rechte Hand zu ihrer linken Schulter. Die Schneeschicht fiel zu Boden. Etwas von ihrer verbrühten Haut musste unter dem züchtigen Ausschnitt hervorgeblitzt sein. Beschämt bedeckte sie sie wieder.

»Wer hat Euch das angetan?«

Eowyn senkte den Kopf und schwieg. Nach einem Moment ergriff Prinz Roran ihren Arm und geleitete sie zu einem Sessel, wo er sie drängte, Platz zu nehmen. Zögernd ließ sie sich auf der äußersten Kante nieder. Er kniete sich neben sie und zog ihre Hand von ihrer Schulter fort.

Eowyn konnte nicht mehr an sich halten und sah ihm geradewegs ins Gesicht. Mit einer steilen Falte zwischen diesen unwahrscheinlich blauen Augen betrachtete er ihre Schulter.

»Ich möchte nicht ungebührlich erscheinen, aber das sieht nicht gut aus.« Er hob eine Hand und fuhr über die gerötete Haut an ihrem Hals.

Sie erstarrte unter seiner sanften Berührung und ihr Magen begann zu kribbeln, als wenn Dutzende Schneeflocken darin tobten.

Prinz Roran zog einen Teil ihres Ausschnitts vorsichtig über ihre Schulter, um sich die Bescherung darunter anzusehen. Der Schmerz, den ihr das raue Schaben des Leinenkleids zufügte, ließ ihr gar nicht erst den Gedanken kommen, dass sein Handeln wirklich äußerst ungebührlich war.

Er atmete in dem Moment scharf ein, in dem sie ein Keuchen nicht mehr unterdrücken konnte. »Das hier tut Euch aber weh, nicht wahr?«

Eowyn antwortete nicht, weil sie damit beschäftigt war, undamenhafte Flüche zurückzuhalten. Sie schaffte nur ein schwaches Nicken.

Es dauerte eine Weile, bis der Schmerz nachließ und sie ihre zusammen gekniffen Augen öffnete.

Verstohlen musterte sie den Prinzen, dessen Stirnfalte sich vertiefte. Auf seinen Wangen breitete sich leichte Röte aus, während er ihren Ausschnitt äußerst behutsam wieder zurückschob.

Sie zuckte zusammen, als er sich auf Knien umdrehte und nach Yves bellte.

»Ja, Roran?« Der braunhaarige Gefährte des Prinzen eilte an seine Seite. »Oh«, ihm fiel der Zustand ihrer Schulter sofort auf, »dass sieht in der Tat nicht gut aus. Eine Verbrennung?«

Eowyns Wangen brannten und sie schlug die Augen nieder. »Ja. Ein Unfall. Mit ... heißem Tee.«

»Ich werde sofort zu Iain laufen und ihn bitten, eine entsprechende Salbe zusammenzurühren.« Er verschwand durch die Tür.

Sie blinzelte ihm hinterher. Das musste der Yves gewesen sein, den die anderen Winterländer im Wald als Spielverderber bezeichnet hatten. Eigentlich wirkte er recht sympathisch.

»Um was für einen Unfall handelte es sich, Fräulein ...?« Prinz Roran lenkte ihren Blick auf sich. Er starrte besorgt an. Offensichtlich hatte sie ihn nicht davon überzeugen können, dass es wirklich ein reiner Unfall gewesen war.

»Eowyn, mein Name ist Eowyn.«

Er nickte. »Was für ein Unfall war es, Fräulein Eowyn?«

Seine blauen Augen baten darum, ihm die Wahrheit zu erzählen, aber niemals konnte sie Königin Alexandra bei ihm in Verruf bringen, die bald seine Schweigermutter sein würde.

Sie schüttelte den Kopf und sah zur Seite. Er seufzte enttäuscht und zuckte zusammen, als es scharf klopfte und Yves eintrat.

»Iain wird sofort eine Salbe anfertigen. Du sollst die verbrannte Stelle derweil kühlen.« Er schmunzelte. »Eine deiner leichtesten Übungen, wie ich anmerken möchte.«

Prinz Roran grinste zurück. »Danke, Yves.«

Er erhob sich aus seiner knienden Position und trat hinter sie. Aus dem Augenwinkel sah Eowyn, wie winzige Flocken auf ihre Schulter hinabrieselten. Beim zarten, kühlenden Schneefall blieb es jedoch nicht. Er wuchs sich zu einem handfesten Sturm aus.

Erschreckt duckte sie sich unter dem Schnee, der überall auf ihr niederging und sich in ihrem Kleid und den Haaren verfing. Eine schmelzende Flocke rann ihren Rücken hinunter und ließ sie quieken.

»Roran. Beruhige dich.« Yves durchquerte den Raum und gesellte sich zu ihm. »Ich kann mir vorstellen, dass dich das aufregt, aber du solltest den Schnee wieder unter Kontrolle bringen.« Er flüsterte, aber Eowyn verstand ihn trotzdem.

Der Prinz seufzte und sein Schneefall ebbte ab. Vorsichtig sah sie sich um. Sie selber war über und über mit Schneeflocken bedeckt, aber auch der Sessel, der Kamin, sogar der Rothaarige neben dem Esstisch. Ihm schienen die Flocken, die auf ihm lagen, nichts auszumachen. Stoisch verschränkte er die Arme und musterte den schneebedeckten Boden.

»Ich kann einfach nicht verstehen, wie jemand einem Menschen so etwas antun kann.« Eowyn runzelte die Stirn. Prinz

Roran sprach über sie, als wenn sie nicht immer noch hier säße. »Aber natürlich hast du recht.«

Er wandte sich an Eowyn. »Ich entschuldige mich für diesen kleinen Ausbruch. So etwas passiert manchmal, wenn ich aufgebracht bin.«

Kurzerhand strich er ihr den Schnee aus dem Haar und klopfte ihren Rock ab. Es war eine seltsam fürsorgliche Geste für einen vollkommen Fremden.

»Schon gut, es geht. Danke.«

Der Prinz sah ihr ins Gesicht. Er wirkte verblüfft über ihr kleines Lächeln, aber er erwiderte es, bevor er von ihr wegtrat.

Diesmal funktionierte die Sache mit dem Schnee besser und unter der Kälte schwächte sich ihr Schmerz ab. »Das ist wirklich sagenhaft. Ich danke Euch vielmals.«

Er lachte. »Kein Problem. Wie Yves schon sagte, dies ist eine meiner leichtesten Disziplinen. Bleibt nur hier sitzen, bis Iain kommt. Er wird Euch eine schmerzlindernde Salbe bringen.«

Er ließ sich geschmeidig auf dem Sessel ihr gegenüber nieder und betrachtete den schneebedeckten Boden. Sein Gesicht verdüsterte sich.

»Wie kommt es, dass an diesem Hof niemand von Schnee fasziniert ist? Es gibt kaum Schöneres auf der Welt, aber hier scheint das niemand ebenso zu sehen.« Er verzog das Gesicht. »Nicht einmal meine zukünftige Ehefrau, Prinzessin Alisa.«

Hilflos verknotete Eowyn ihre Finger. Sie hätte nicht gedacht, dass der Prinz eine Antwort von ihr, einer Magd, erwartete, aber er sah sie fragend an. Was sollte sie darauf nur antworten?

»Ich fürchte, manchen Sommerländern ist Schnee einfach ... zu fremd. Sie kennen nichts als die Wärme, den strahlend blaue Himmel, die bunten Blumen ... Sie sind vielleicht so verwöhnt von der Schönheit diesen Landes, dass sie die fremdartige Schönheit anderer Länder nicht mehr wahrnehmen.«

Er lachte ungläubig auf. »Wo habt Ihr gelernt, Euch so philosophisch auszudrücken?«

Unwillkürlich kramte sie in ihrem Gedächtnis, aber wie immer stieß sie in ihrem Kopf nur gegen die schwarze Wand, hinter der sich ihre Vergangenheit verschanzte. Sie senkte ernüchtert den Kopf, während ihr gleichzeitig der Grund für ihren Besuch einfiel. Abrupt setzte sich aufrechter hin.

»Prinz Roran ...«, krampfhaft suchte sie nach den passenden Wörtern, »wärt Ihr ..., ich weiß, es ist ungewöhnlich, aber könntet Ihr ... Ist es Euch möglich ganz ...« Sie zuckte zusammen, als die Tür krachend aufflog und ein kleiner, untersetzter Mann mit wild abstehenden, schlohweißen Haaren eintrat.

»Iain!« Der Prinz erhob sich erfreut. »Ich hoffe, du konntest in der Eile etwas Passendes zusammenmischen?«

»Ich wäre nicht seit 45 Jahren Erster Arzt am Hofe der Winterlande, wenn ich nicht in der Lage wäre, eine einfache Salbe gegen Verbrennungen zu mischen.«

»So ist es natürlich. Bitte.« Prinz Roran wies auf Eowyn, die sich zögerlich ebenfalls erhob.

Der Arzt eilte sofort an ihre Seite, schob den Schnee von ihrer Schulter und betrachtete sie. Er drückte auf einige Stellen, was sie mit einem Zischen quittierte. Erneut brannte ihre Schulter, als wenn sie in Flammen stünde.

»Ich würde sagen, Ihr habt noch einmal Glück gehabt. Es scheint kein Nerv verletzt zu sein, sonst wäre Eure Schulter taub.«

Er runzelte die Stirn und hielt eine kleine, tönerne Vase hoch. »Dies hier wird Euch gegen den Schmerz helfen. Tragt es dreimal täglich großzügig auf, bis die Rötung verschwunden ist. Habt Ihr verstanden? Dreimal täglich!«

Eowyn nickte dankbar und verstaute das Gefäß in einer der Taschen ihres Kleides. »Ja, ich habe verstanden. Vielen Dank.« Sie wandte sich an den Prinzen. »Auch Euch. Vielen Dank für Eure Hilfe.«

Er lächelte sie an und etwas Schnee wirbelte aus seinen Händen durch die Luft. »Kein Problem. Ich helfe gerne. Danke, Iain.«

»Du hast gut daran getan, mich zu rufen.« Der Arzt nickte und lief, genauso schnell wie er gekommen war, durch die Tür davon.

»Entschuldigt mich, Fräulein Eowyn, aber ich muss nun zu einer Audienz bei Königin Alexandra. Yves, bitte begleite mich.« Er wandte sich ihr ein letztes Mal zu und sah sie nachdenklich an. »Ich wünsche Euch eine rasche Heilung.«

Eowyn nickte langsam. Sie hätte es niemals für möglich gehalten, dass ein Angehöriger des Königshauses dermaßen nett sein konnte. Verstohlen musterte sie den Prinzen noch einmal. In seinen Augen lag ehrliche Anteilnahme, seine Haltung war aufrecht, seine Gesichtszüge offen. Außerdem durften seine Gefolgsleute ihn duzen. In den Sommerlanden wäre dies ein Frevel.

Königin Alexandra und ihre Töchter wurden als höchststehende Personen des Landes von allen, auch von ihren engsten Bekannten, gesiezt. Andersherum duzten sie jeden, mit dem sie sprachen, da jeder gesellschaftlich unter ihnen stand.

Anscheinend lief das in den Winterlanden vollkommen anders. Tatsächlich hatte der Prinz sogar sie – Eowyn – gesiezt. Als wenn selbst ein einfaches Dienstmädchen ein besonderer Mensch wäre.

»Roran?« Yves stand hinter ihm und hielt ihm einen reich verzierten, dunkelblauen Mantel hin. Prinz Roran ließ sich von ihm hineinhelfen, schloss die silbernen Knöpfe und wandte sich zur Tür. Die Farbe brachte seine Augen zum Leuchten, der gefütterte Stoff machte seine schlanke Figur imposanter.

»Danke, Yves, auch wenn ich in diesem Mantel in diesem Land noch vergehen werde.« Damit verschwand der Prinz durch die Tür.

Eowyn starrte ihm hinterher. Der Mantel mochte noch so warm sein, er machte aus dem freundlichen, jungen Mann den Regenten der Zukunft.

Da der rothaarige Winterländer sie beobachtete und auch die Wache noch anwesend war, ging sie schließlich zum Kamin zurück und nahm ihre Arbeit wieder auf. Verärgert darüber, es nicht geschafft zu haben, den Prinzen auf ihr Anliegen anzusprechen, biss sie sich auf die Unterlippe und beendete ihr Werk verdrossen.

# Kapitel 6

Nach einem Tag hatte Eowyn neun Kamine geputzt und wusste schon jetzt, dass sie niemals alle schaffen würde. Vordringlich musste sie jedenfalls die Kamine bewältigen, an denen sich die Königin gelegentlich aufhielt. Dies waren die Kamine im Zimmer der Königin und diejenigen bei Alena und Alisa. Die Königin hielt sich auch gerne im obersten Stockwerk auf. Es gab dort ein Zimmer mit einer vollständig verglasten Wand, in dem der Blick fast ebenso weit reichte, wie im Zimmer des Prinzen. Dort sollte sie den Kamin besser ebenfalls putzen, sowie im Speisesaal und in dem Saal, in dem Königin Alexandra Audienzen hielt.

Seufzend warf Eowyn ihren Kehrer in den Blecheimer und suchte ihre Utensilien zusammen. Den Kamin im gläsernen Zimmer in der obersten Etage würde sie noch säubern, für mehr reichte das Sonnenlicht an diesem Tage nicht.

Sie lief am Prinzengemach vorbei bis zur Tür am Ende des Flurs. Drückende Hitze schlug ihr in dem Zimmer entgegen und ließ sie nach Atem ringen. Die Sonne hatte den ganzen Tag durch die gläserne Wand hinein geschienen und die Luft darin bis zur Unerträglichkeit aufgeheizt. Warum Königin Alexandra sich hier freiwillig aufhielt, war Eowyn ein Rätsel.

Sie wischte sich den Schweiß von der Stirn, strich einige lose Haarsträhnen in ihren Dutt zurück und machte sich daran, den Staub von den Ornamenten der Kamineinfassung zu putzen. Ihre Schulter schmerzte dabei, aber durch Iains

Salbe war der Schmerz bereits milder geworden und die Rötung nicht mehr so kräftig.

Eowyn klopfte die Bürste im Eimer ab, wischte mit einem Tuch über die Einfassung und versuchte vergeblich, sich mit der anderen Hand etwas Luft zuzuwedeln. Es war unglaublich stickig hier. Sie konnte kaum atmen.

Sie schrubbte gerade innen am Kamin, als neben ihr ein Geräusch ertönte. Panisch zuckte sie zusammen und ihr Blut begann durch ihre Adern zu jagen. Entsetzt krabbelte sie aus dem Kamin heraus, in der Erwartung der Königin gegenüber zu stehen.

Doch außer ihr hielt sich niemand in dem Raum auf.

Verunsichert hockte sie sich auf ihre Fersen, fächelte sich erneut Luft zu und ließ den Blick wandern. Nichts regte sich im Zimmer. Verwirrt sperrte sie ihre Ohren auf.

Da war das Geräusch wieder. Es war leise, schien von weiter weg hereinzuschallen und ähnelte einem ... Ächzen? Eowyn drehte sich langsam um und starrte den Kamin an. Das Geräusch stammte von dort.

Neugierig krabbelte sie in die Öffnung zurück. Sie musste einen Moment warten, dann hörte sie das Ächzen wieder, gefolgt von einem leisen Fluch.

»Wieso funktioniert dieser Kamin nicht?« Eowyn knallte beinahe mit dem Kopf gegen die Kamineinfassung, als die Stimme plötzlich kristallklar zu ihr getragen wurde.

»Ich verstehe es nicht, der Abzug scheint offen zu sein. Das gibt es nicht ...« Die Stimme wurde leiser und verschwand.

Eowyn hielt sich eine verschmutzte Hand vor den Mund und versteckte ein Lachen. Das war ganz sicher die Stimme Prinz Rorans gewesen. Anscheinend hatte er sich in den Kamin gebeugt und der Schacht hatte seine Stimme weitergetragen. Ihr entschlüpfte ein leichtes Glucksen und sie begann wieder mit dem Schrubben.

»Hallo?« Vor Schreck ließ sie ihren Besen fallen, der mit einem heftigen *Klonk* gegen die Steinmauer schlug.

»Hallo? Da ist doch wer?« Da war wieder Prinz Rorans Stimme. Er schien ebenfalls entdeckt zu haben, dass sich noch jemand an den Kaminen befand.

»Es tut mir leid, ich wollte Euch nicht erschrecken. Ich bin gleich damit fertig, diesen Kamin zu putzen.« Einen Moment Stille.

»Fräulein Eowyn?«

»Ja, verzeiht.«

»Nein, nein, schon gut. Ich ... Ich versuche gerade den Kamin in Gang zu bringen, aber es funktioniert nicht.«

»Das ist kein Wunder, die Kamine in diesem Schloss werden so gut wie nie benutzt.«

»Ah ja. In dieser Hitze benötigt sie wohl auch niemand.«

»Das stimmt.« Eowyn unterdrückte ein weiteres Lächeln. Das Gespräch durch den Schacht erschien ihr seltsam unwirklich. Es gaukelte ihr vor, mit einem weiteren Dienstboten zu sprechen, nicht mit einem zukünftigen König. »Wieso wollt Ihr denn ein Feuer anzünden? Gerade Euch müsste diese sommerliche Wärme doch schon richtiggehend heiß erscheinen.«

»Meine Gabe hat es hier wenig frisch werden lassen und ich dachte zudem, ein Feuer könnte ein Stück meiner Heimat hierher bringen. Wenn der Kamin jedoch schon so lange nicht genutzt worden ist, lässt er sich wahrscheinlich nicht mehr in Gang setzen.« Er klang ernüchtert.

»Oh doch! Königin Alexandra legt Wert darauf, dass alle Kamine funktionstüchtig und sauber sind. Wartet. Ich komme rüber und helfe Euch.« Kurzerhand krabbelte sie aus dem Kamin heraus, wischte sich den Schweiß von der Stirn, warf den Kehrer in ihren Eimer und verließ das Zimmer.

Die Wache vor dem Prinzengemach warf ihr einen seltsamen Blick zu, aber da wurde die Tür schon geöffnet und Prinz Roran lugte heraus. Er begann zu lächeln und winkte sie herein. Es empfing sie tatsächlich eine kühle Brise.

»Ich bin Euch wirklich dankbar, dass Ihr mir helfen wollt. Die Kamine in meinem Heimatland scheinen anders zu funktionieren.«

Eowyn neigte zustimmend den Kopf und trat zum Kamin. Sie würde ihm sicher nichts davon erzählen, dass sie seinen Wunsch mit Vergnügen erfüllte. Er hatte so niedergeschmettert ausgesehen, als Alisa über seinen Schnee die Nase gerümpft hatte. Er hatte jeden Trost verdient, den sie ihm geben konnte. Wenn der Kamin ihm half sein Heimweh zu lindern, würde sie alles in ihrer Macht stehende tun, um diesen in Gang zu bringen.

Im Kamin stapelten sich Holzscheite.

»Wo habt Ihr nur das Holz her?« Mit den Feuersteinen in der Hand wurde ihr plötzlich bewusst, wie unziemlich es war, mit dem Prinzen auf einer so persönlichen Ebene zu sprechen. Um ihre Verlegenheit zu verbergen, brachte sie einen Funken Feuer hervor.

»Das stand hier. Die Königin scheint es mir zur Verfügung gestellt zu haben.«

»Ja, gut möglich.« Sie öffnete die Abzugsklappe, brachte das Holz geschickt erst zum Rauchen und dann zum Brennen.

Perplex ließ sie sich danach auf die Fersen sinken. Sie konnte sich nicht erinnern, jemals Feuer gemacht zu haben, aber hier saß sie und hatte es in Sekundenschnelle geschafft. Als wenn sie es täglich täte.

»Ich hätte nicht gedacht, dass Feuer machen so gut funktioniert.« Verdattert starrte sie die kleinen Flammen an.

Prinz Roran lachte und ließ sich neben ihr nieder. Der Ton seines Lachens brachte eine Saite in ihr zum Schwingen. »Ihr habt ganz offensichtlich Talent dafür. Vielen Dank.«

Er schloss das Gatter vor dem Kamin und starrte einen Moment in das Feuer. »In den Winterlanden sitze ich manchmal stundenlang vor dem Kamin und beobachte die Flammen. Ist es nicht ungemein beruhigend?«

Eowyn betrachtete das immer stärker werdende Prasseln und versuchte, sich vorzustellen, wie ein Feuer in den Winterlanden wirkte, wo alles kalt und klamm war.

Prinz Roran warf ihr einen Blick zu und lächelte. »Vielleicht ist es für eine Sommerländerin schwer vorstellbar. Wartet einen Moment.«

Er hob seine Hände und Schnee rieselte daraus zu Boden. Innerhalb kurzer Zeit war der Boden vor dem Kamin schneebedeckt, die Temperatur im Raum fiel rapide ab und eine frostige Brise begann zu wehen. Prinz Rorans Augen glühten und seine Haare wehten in dem Luftzug. Urplötzlich wünschte Eowyn, sie könnte ihn einmal in den Winterlanden sehen, in seinem Element, seinem Land.

Sie fröstelte. Instinktiv folgte sie ihrem Verlangen, sich dem Feuer und seiner Wärme zu nähern. Sie mochte nicht verstehen, warum er die wild zuckenden Flammen als beruhigend bezeichnete, aber sie konnte sich ihn ausgezeichnet vor dem Kamin vorstellen, die Füße in den hohen Stiefeln gegen dessen Einfassung gestemmt, ein Schneetreiben vor dem Fenster beobachtend.

»Könnt Ihr es Euch nun besser vergegenwärtigen?« Der Prinz musterte ihr Gesicht. Ihr war gar nicht aufgefallen, wie nah er bei ihr kniete. Sie meinte sogar, die kühle Luft zu verspüren, die ihn wie eine Aura umgab. Schnell wandte sie den Kopf ab und verschränkte ihre Hände. Ihre Wangen wurden heiß.

»Ich denke schon. Ihr seid Eurem Land wirklich sehr verbunden, oder?« Sie mied seinen Blick und beobachtete stattdessen die Schneeflocken, die rings um den Kamin schmolzen.

»Ja. Ich bin erst wenige Tage hier, aber ich vermisse die Winterlande bereits, als wenn ich Jahre weg wäre.« Er seufzte und starrte sehnsüchtig in das Feuer. »Es geht wohl jedem Regenten wie mir, wenn er sich in einem anderen Land aufhält.« Er schmunzelte und erhob sich. »Ich danke Euch vielmals für Eure Hilfe. Dank Euch werde ich heute Nacht mit den Bildern meiner Heimat vor Augen einschlafen können. Das bedeutet mir viel.« Er sah ernst auf sie hinab.

Ihr Herz begann zu jagen. »Ich bin froh, Euch helfen zu können.« Sie stand auf, lachte nervös und ging einen zögerlichen Schritt Richtung Tür.

Unvermittelt trat Prinz Roran auf sie zu, was sie wie angewurzelt stehen bleiben ließ. »Ihr habt da etwas.« Er wies erst auf ihre Wange, dann auf seine. Verlegen wischte sie über ihren Wangenknochen und sah Staub auf ihren Fingern.

»Da ist immer noch etwas.« Die Stimme des Prinzen klang plötzlich rau. »Darf ich?«

Eowyn nickte beschämt und senkte den Blick. Seine Nähe sandte ihr einen Schauer über den Rücken.

Er legte eine Hand so vorsichtig an ihr Gesicht, als wenn es aus Glas wäre und fuhr mit den kühlen Fingern seiner anderen Hand über ihre Wange. Eowyn hörte ihren Atem stocken und ihre Wange kribbelte, als wenn Dutzende Schneeflocken darauf tanzen würden.

»So«, der Prinz trat zurück, »alles sauber.« Sein Blick hielt sie in seinem Bann, bis sie blinzeln musste. Sie schlang ihre Finger ineinander.

»Vielen Dank. Eine ... eine gute Nacht wünsche ich Euch.«

Aus seiner Hand rieselten Schneeflocken, als er zur Tür trat. »Dank Euch und dem Feuer werde ich die ganz gewiss haben.«

Er öffnete die Tür für sie und Eowyn trat aufatmend aus dem Raum heraus.

Sie hastete in den gläsernen Raum zurück, wo sie als Erstes eine Hand an ihre Wange legte. Sie vermeinte fast die Kühle seiner sanften Finger noch darauf zu spüren. Mit untypisch bebenden Fingern sammelte sie ihre Materialien zusammen, brachte sie zurück in den Keller und huschte in die Küche. Die durchwachte Nacht dort konnte lang werden, aber heute verstrichen die Stunden schnell wie Blüten, die vom Wind durch die Luft geweht wurden.

# Kapitel 7

Die restliche Strafarbeit an den Kaminen ließ Eowyn keine Sekunde, um erneut in Prinz Rorans Nähe zu gelangen. Sie hatte die Anzahl der Kamine zwar bereits eingegrenzt, aber die Zeit lief ihr dennoch davon. Die Königin überprüfte Strafarbeiten nicht häufig, aber zwei Diener waren auf bizarre Weise verschwunden, nachdem Königin Alexandra bemerkt hatte, dass sie ihre Strafarbeiten vernachlässigt hatten. Eowyn wollte keineswegs das gleiche ungewisse Schicksal erleiden.

Den Kamin im Gemach der Königin putzte sie in Windeseile, aber mit größter Aufmerksamkeit, als jene ihre Audienzen im Rittersaal abhielt. Je seltener sie Königin Alexandra unter die Nase trat, desto besser.

Die Salbe von Iain trug sie weiterhin dreimal täglich auf und sie merkte schnell, wie der Schmerz nachließ und die Röte verblasste.

Erst nachdem sie alle Kamine in unmittelbarer Nähe der Königin gereinigt hatte, was ihr in Eile und Hektik gerade mit dem Gongschlag des dritten Tages gelang, bekam sie den Prinzen wieder zu Gesicht.

Königin Alexandra richtete ihm zu Ehren ein groß angelegtes Abendessen aus. Die gesamte Delegation des Prinzen war geladen, die engsten Vertrauten der Königin, einige Staatsmänner und die angesehensten Magier der Sommerlande.

Wie immer war Eowyn zum Servieren bei Königin Alexandra und ihren Töchtern eingeteilt.

Traude stöhnte mit ihr gemeinsam, als sie den Verteilungsplan von der ersten Köchin hörten. »Ich verstehe wirklich nicht, warum die Königin dich ständig an ihrem Tisch arbeiten lässt, wo sie doch immer etwas an dir auszusetzen hat. Andere Dienstboten hätte sie schon meilenweit aus ihrem Sichtfeld verscheucht.«

Eowyn legte ihrer Freundin eine Hand auf die Schulter. »Ich würde es mir auch anders wünschen. Danke, Traude. Ich beeile mich besser.«

Die Vorbereitungen gingen zügig voran und schon war es Zeit, die dekorative Schürze umzubinden und in den Speisesaal zu marschieren.

Zu Eowyns weiterem Grauen saß Prinz Roran direkt zur Linken der Königin und wie es seine Art zu sein schien, versuchte er mit ihr Blickkontakt aufzunehmen. Wahrscheinlich um sich zu vergewissern, dass Iains Salbe anschlug. Eowyn sträubte sich dagegen und war sich Königin Alexandra an ihrer Seite nur allzu bewusst. Ein Fehler und sie würde wieder mit Schmerzen dafür bezahlen.

Obwohl sie sich alle Mühe gab, stahl sich der Prinz das ein oder andere Mal in ihr Sichtfeld. Er sah düsterer aus, als noch vor drei Tagen. Der Aufenthalt in den Sommerlanden schien ihm nicht zu bekommen. Kein Wunder allerdings, war er doch in ihren Augen der personifizierte Winter. Er roch sogar danach! Auf Dauer glücklich würde er nur in seiner Heimat sein.

Sie schlug sich diese Gedanken sofort aus dem Kopf, als sie bemerkte, wie Königin Alexandra ein geleertes Glas auf die Tischplatte senkte. Sie hatte aus dem Vorfall mit der Teekanne gelernt und goss sofort Wein nach.

Nach dem Essen atmete Eowyn zunächst einmal auf. Bisher war sie glimpflich davongekommen. Nun musste sie nur noch den Rest des Abends überstehen.

Einige der geladenen Gäste erhoben sich und taten sich zu Gruppen zusammen. Am Ende der Halle stimmte der Musiker der Königin ein Lied auf seinem Instrument an und die Stimmung wurde fröhlicher. Fass für Fass des erlesenen Weines wurde geöffnet und geleert.

Auch Alena und Alisa, die zur Rechten der Königin gesessen hatten, erhoben sich und positionierten sich hinter Prinz Roran, dem nichts anderes übrig blieb, als ebenfalls aufzustehen und mit ihnen Konversation zu betreiben.

Eowyn stand hinter der Königin, außerhalb ihrer Reichweite, aber nahe genug um sie und ihre Wünsche im Blick zu haben. Sie benahm sich manierlich und betrachtete den Prinzen mit ihren Töchtern wohlwollend.

Es war Iain, der schließlich Eowyns Aufmerksamkeit auf sich zog. Er schien schon eine ganze Weile auf sich aufmerksam zu machen. Es war ein Wunder, dass Königin Alexandra es noch nicht bemerkt hatte.

Da sie ihm irgendwie Einhalt gebieten musste, huschte Eowyn in Windeseile und mit klopfendem Herzen zu ihm herüber.

»Ich dachte schon, Ihr bemerkt mich überhaupt nicht mehr!«

»Es tut mir leid, ich konnte nicht eher.« Eowyn warf panisch einen Blick über die Schulter, doch die Königin rührte sich nicht.

»Ich wollte mich erkundigen, ob die Salbe wirkt. Wisst Ihr, ich war so in Eile, als ich sie herstellte, da wollte ich lieber noch mal sicher gehen.«

»Oh ja, sie wirkt ganz wunderbar«, versicherte sie ihm.

»Die Rötung ist schon fast verschwunden und der Schmerz kaum noch zu spüren.«

Iain nickte zufrieden und fuhr sich durch sein Haar, das daraufhin noch wilder abstand. »Sehr gut, sehr gut. Aber tragt die Salbe bloß weiterhin auf, bis von der Röte absolut nichts mehr zu sehen ist. Versprecht mir das.«

»Das tue ich.« Sie warf erneut einen Blick zurück und ihr fuhr der Schreck in die Glieder. Die Augen Königin Alexandras ruhten auf ihr.

»Danke nochmals, vielen Dank, aber ich muss zurück.« Sie achtete nicht weiter auf den Arzt und eilte an ihren Platz zurück.

Fast sofort wandte die Königin sich zu ihr um und winkte sie heran. »Wo bleibt mein Wein?« Ihre grünen Augen hatten sich verdüstert und sie biss die Zähne um Beherrschung bemüht zusammen. Lag da so etwas wie Angst in ihrem Blick?

Eowyn riss verwirrt ihre Karaffe hoch und schenkte eilig nach. Ach was, wahrscheinlich hatte sie nur ihre eigene Angst auf Königin Alexandra projiziert.

Ihre Finger zitterten beim Einschenken so sehr, dass sie einige Tropfen Wein auf dem Tischtuch verteilte. Die Königin keuchte wie eine Dampflok.

Eowyn griff rasch zu einer Serviette und tupfte die Tropfen weg. Knallend ließ die Königin ihren Fächer auf ihre Finger niedersausen. Eowyn zuckte heftig zusammen und biss sich auf die Lippe, um ein Keuchen zurückzuhalten.

»Ich will nie wieder sehen, wie du dich mit einem meiner Gäste aus den Winterlanden unterhältst! Hast du mich verstanden? Du wirst kein Wort mehr mit einem Winterländer wechseln, sonst wirst du Dinge zu spüren bekommen, die du dir nicht mal vorstellen kannst!« Die Stimme der Königin war leise, dadurch aber umso drohender. Sie hob ihren Fächer und Eowyn zog ihre Hand mit einem unterdrückten Stöhnen zu sich heran.

Verständnislos umfasste sie ihre pochenden Finger. Sie begriff nicht, warum Königin Alexandra dies so wichtig war. Sicher, sie hatte Angst von ihrer schlechtesten Dienstmagd bloßgestellt zu werden, aber das konnte doch nicht alles sein.

»Wo bleibt mein Wein?« Urplötzlich stand Alena neben ihr und hielt auffordernd ihr Glas hoch. Ihre verletzte Hand hinter dem Rücken verborgen, schenkte Eowyn eilig nach.

Es war eher Zufall, dass ihr Blick auf Prinz Rorans Gesicht fiel. Er sah geschockt aus und in seinen bestürzten Augen konnte sie sehen, wie ihm langsam aufging, woher ihre Verletzungen stammten.

Eowyn rannte fast in die Küche, um ihre Karaffe nachzufüllen. Der Wein schäumte munter aus dem Fass in ihr Gefäß.

Sie hatte so sehr gehofft, der Prinz würde niemals bemerken, dass sie für die Königin nur als Prügelknabe taugte. Sie wollte sein erniedrigendes Mitleid nicht sehen. Das erschrockene Bedauern. Nicht bei ihm, der so nett zu ihr war. Schnell drehte sie das Fass zu und kehrte an ihren Platz zurück, wo es nicht lange dauerte, bis Königin Alexandra sich auch einer Gruppe zuordnete. Eowyn selbst versteckte sich in den Schatten des Raumes. Von hier aus konnte sie sehen, wann die Königin ihr Glas leerte, aber andere sahen sie nicht.

In ihrer Nähe unterhielten sich einige der Gefolgsleute Prinz Rorans. Sie erkannte Yves, den Braunhaarigen mit den sturmgrauen Augen. Er zog ein finsteres Gesicht und flüsterte mit zwei anderen. Er war sichtlich darauf bedacht nicht gehört zu werden, aber seine Stimme wurde trotzdem in Eowyns Eckchen getragen.

»Es war schon immer einfach die Stimmung des Prinzen an seinem Schnee zu ergründen und was ich jetzt sehe, gefällt mir ganz und gar nicht. Als Kind hat er überall Schnee verteilt, wenn er fröhlich war oder er ließ Flocken wie Geschosse durch das Schloss jagen, wenn er wütend war. Ich erinnere mich aber an keinen Tag, an dem er nicht wenigstens eine Schneeflocke hervorgebracht hat. Nicht wenigstens eine.«

Yves sah über die Schulter, aber der Prinz stand weit weg und unterhielt sich mit Alisa. »Jetzt sind es schon zwei ganze Tage, an denen er keinen Schnee verteilt hat. Das hat es noch nie gegeben. Nur gut, dass er unsere Ankunft hier noch herausgezögert hat, obwohl wir bereits in der Nähe waren. Vielleicht hatte er schon eine Ahnung, dass die Stimmung in diesem Schloss erdrückend ist.«

Einer der anderen schüttelte den Kopf. »Warum genau lässt er es nicht mehr schneien? Alleine schlechte Stimmung hat ihn bisher nie aufgehalten. Ob er den Sommer nicht verträgt?«

Er schaute besorgt und Yves legte ihm eine Hand auf die Schulter. »An der Hitze liegt es nicht, Utek. Es ist definitiv seine Gemütslage. Er ist nicht glücklich hier.«

»Das war es, was wir alle befürchteten, als dieser Friedenspakt unter der Voraussetzung geschlossen wurde, dass Roran in das sommerländische Königshaus einheiraten muss. Wenn es einer verdient, aus Liebe zu heiraten, dann er, der uns in den Winterlanden nur Freude bringt. Er ist so ein fröhlicher, hilfsbereiter Mann und die Kinder lieben ihn ...« Der Dritte, der wie der Prinz blonde Haare besaß, brach hilflos ab.

Yves nickte. »Es hat schon so lange keine Zweckehe mehr gegeben und jetzt trifft es ausgerechnet unseren Schneeprinzen. Mit einer Frau wie Alisa. Sie ist viel zu oberflächlich und hat schon denselben harten Blick wie ihre unnachgiebige Mutter.«

Der Blonde beugte sich vor. »Auf Dauer wird es ihn umbringen, mit ihr verheiratet zu sein. Der Winter, der Schnee bedeuten ihm alles. Er kann keine Frau heiraten, die Schnee verabscheut, ohne daran zugrunde zu gehen.«

Die drei Männer schwiegen einen Moment besorgt. Utek brach die Stille. »Kann man nicht irgendetwas gegen diese Voraussetzung des Friedenspaktes tun? Er darf diese Frau einfach nicht heiraten.« Er sah Yves hoffnungsvoll an, doch der schüttelte den Kopf.

»Ich habe keine Ahnung, was König Runtans veranlasst hat, seinen Sohn als Pfand für den Frieden zu verwenden, aber er hat diese Bedingung zu einem festen und unabänderlichen Bestandteil des Paktes gemacht.« Er seufzte schwer. »Es ist grauenvoll, den Prinzen so zu sehen. Ich ...«

»Still!« Der Blonde zerrte an Yves Arm. »Er kommt auf uns zu.«

Yves verstummte sofort, drehte sich nach einem Moment wie zufällig um und winkte dem Prinzen zu. »Kommt, lasst uns zu ihm gehen.«

Eowyn hockte nach wie vor in ihrer Ecke und scheute den dreien hinterher. Sie schienen wahre Freunde von Prinz Roran zu sein, wenn auch sie bemerkten, wie schwer ihm neuerdings sein Lächeln fiel.

Wie die Blicke der drei zuvor, huschte nun auch ihrer zum Prinzen hinüber. Er trug eine weite, grüne Tunika, schwarze Seidenhosen und seine obligatorischen Stiefel. Zwischen seinen Augen ruhte die kleine Falte, die sie schon kennengelernt hatte.

Man brauchte keinen Schnee als Stimmungsbarometer, um zu sehen, dass seine Stimmung weit unten war.

Ihr Blick wanderte weiter zu Alisa, in dem taillierten, roséfarbenen Kleid. Ihr langes, braunes Haar war hoch aufgetürmt, einige Strähnen ringelten sich um ihren Hals. Sie sprach gerade mit einem jungen Mann, Eowyns Wissen nach, der Sohn einer der Staatsmänner.

Alisa drehte kokett eine ihrer Strähnen um den Zeigefinger, wobei ihr Smaragdring aufblitzte und genoss es, den jungen Mann in Verlegenheit zu bringen. Er war bereits knallrot, als sie verächtlich auflachte und ihn laufen ließ.

Eowyns Herz wurde schwer, als sie sich Prinzessin Alisa und Prinz Roran verheiratet vorzustellen versuchte. Sie schaute zum Prinzen hinüber, dem man alles am Gesicht ablesen konnte und zurück zu Alisa, die, gemeinsam mit Alena, über den jungen Mann lachte.

Prinz Roran hatte jemand so viel herzlicheren verdient. Es war genau, wie die drei gesagt hatten: Mit Alisa an seiner Seite würde er irgendwann eingehen.

# Kapitel 8

Die nächsten zwei Tage gab Eowyn sich beständige Mühe in die Nähe des Prinzen zu kommen, aber es war wie verhext und er war immer von Dutzenden Leuten umgeben, vor denen sie ihn nicht zu fragen wagte.

So huschte sie von Weitem um ihn herum. Jedes Mal, wenn er in ihr Sichtfeld trat, mit seiner schlanken, hoch aufragenden Figur und seinen blonden Haaren, machte ihr Herz einen seltsamen Hüpfer, aber sie vermisste seine strahlenden Augen. Er starrte die meiste Zeit düster zu Boden und warf nicht einmal mehr zur Belustigung seiner Leute Schnee in die Luft. Sie verstand die ängstlichen Blicke seiner Freunde immer besser.

Es war der vierte Tag nach dem opulenten Abendessen, als ihr das Glück praktisch vor die Füße fiel. Traude, die bisher dafür zuständig gewesen war, dem Prinzen sein Abendessen in sein Gemach zu bringen, erkrankte. Da die Königin schon früher zu Abend aß und Eowyn danach nicht mehr eingeteilt war, konnte sie sich als Ersatz anbieten.

Innerlich jubelnd trug sie das Tablett, das mit Pfannkuchen, Früchten und kleinen Broten beladen war, zum Gemach des Prinzen. Die Wache ließ sie sofort ein.

Eowyn sah sich schnell im Zimmer um, aber zu ihrer Enttäuschung war Prinz Roran nirgends zu sehen. Sie schob ihr Tablett auf den Tisch gegenüber des Kamins, der von fünf mit Samt bezogenen Stühlen umgeben war.

Nachdenklich über ihr weiteres Vorgehen starrte sie das Essen an. Konnte sie es wagen, hier auf ihn zu warten?

Sie war noch zu keinem Ergebnis gekommen, als sich neben ihr die Tür zum Schlafzimmer öffnete und Prinz Roran heraustrat. Er bemerkte sie nicht sofort, sondern schloss den Knopf an seinem linken Hemdsärmel. Das dunkle Grau schien seiner Stimmung zu entsprechen, aber es stand ihm nicht sonderlich.

Eowyn bot sich die Gelegenheit, ihn einen Moment unbemerkt zu betrachten. Die Falte hatte sich fest zwischen seine Augen eingegraben und seinem Schritt fehlte der rechte Elan. Er sah müde aus und nachdem er sie bemerkt hatte, schenkte er ihr ein Lächeln, das nicht seine traurigen Augen erreichte.

»Fräulein Eowyn. Ich hatte die letzten Tage schon auf eine Gelegenheit gewartet, mich nach Eurem Befinden zu erkundigen.« Er wies mit seinem schmalen Kinn auf ihre Schulter.

Unwillkürlich fuhr ihre Hand an ihren Hals. »Es ist fast nichts mehr zu sehen. Die Salbe Eures Arztes hat Wunder gewirkt.« Die Haut auf ihrer Schulter spannte manchmal, aber das war nichts, was sie ihm erzählen würde.

»Das ist erfreulich zu hören. Iain macht wirklich eine ausgezeichnete Arbeit.« Der Prinz nahm auf einem Stuhl Platz und hob einen Teller mit Obst vom Tablett.

Eowyn atmete tief ein, um ihr rasendes Herz zu beruhigen und ließ sich ihm gegenüber auf einem Stuhl nieder. Er blinzelte sie überrascht an.

»Prinz Roran, ich …« Eowyn sackte zusammen und tippte nervös mit ihren Fingern auf die Tischplatte. Sie hatte keine Ahnung, wie sie anfangen sollte.

Er ließ die Erdbeere, die er sich gerade zum Mund führen wollte, sinken und schaute sie an. Seine blauen Augen fingen sie ein, was ihren Magen einen eigenwilligen kleinen Hopser machen ließ.

Er legte die Erdbeere beiseite. »Redet nur frei, was auch immer Ihr auf dem Herzen habt.«

Sie verzog verlegen das Gesicht und setzte erneut an. »Danke. Ich ... Oh, es ist schwer. « Ihr Tippen auf dem Tisch wurde nervöser, das Schweigen immer länger. »Es tut mir leid«, platzte sie heraus. »Ihr hättet Eure Erdbeere schon dreifach essen können, bis ich meine Worte gefunden habe.« Röte schoss ihr ins Gesicht, doch das zarte Lächeln in Prinz Rorans Augen entschädigte sie dafür. Eine winzige Schneeflocke schwebte aus seiner Handfläche, aber er schüttelte den Kopf. »Ich bin ganz auf Euch konzentriert, nur zu.«

»Nun denn ... Ich weiß, meine Bitte mag merkwürdig oder bizarr klingen, aber«, sie schluckte krampfhaft, »wäre es Euch möglich in den ganzen Sommerlanden Schnee fallen zu lassen?«

Er lachte ungläubig auf und lehnte sich zurück. »In den ganzen Sommerlanden? Überall?«

Eowyn biss sich auf die Lippe. Wenn er jetzt Nein sagte, würde sie ihre Erinnerungen niemals wiederbekommen. Prinz Roran war ihre einzige Chance jemals ihre Eltern kennenzulernen, ihr Zuhause, vielleicht Geschwister.

»Ja, überall. Bitte. Es ist mir sehr wichtig.« Nun griff der Prinz doch zu seiner Erdbeere und biss davon ab.

Kurz darauf schüttelte er den Kopf. »Es tut mir leid, aber dazu bin ich nicht in der Lage.«

Sie spürte, wie ihre Schultern herabsackten. »Ihr könnt es nicht oder Ihr wollt es nicht? Denn wenn Ihr es irgendwie könntet ... Bitte, Ihr wisst nicht, was davon für mich abhängt.« Ihre Stimme brach.

Er schüttelte erneut den Kopf, aber als er ihren verzweifelten Blick bemerkte, wurde sein Gesicht weicher. »Es tut mir leid und könnte ich es, würde ich es für Euch tun. Aber die Sommerlande sind riesig und um so viel Schnee hervorzubringen, müsste ich ungefähr der glücklichste Mann des ganzen Landes sein. Vielleicht ist es Euch schon aufgefallen, dass mein Schnee mit meiner Stimmung zusammenhängt. Je glücklicher ich bin, desto mehr Schnee erzeuge ich, aber um eine solch weite Fläche mit Schnee zu bedecken ... Mein Glück reicht dafür nicht aus.«

Verzweifelt und den Tränen nahe knetete sie ihre Finger. Sie hatte so sehr gehofft, dass ihre Erlösung nahe war, aber anscheinend würde sie für immer das Mädchen ohne Familie und Vergangenheit bleiben. Die schwarze Wand würde für immer in ihrem Geist stecken.

»Außerdem ...«, er zögerte, als er ihre zunehmende Verzweiflung bemerkte, »wenn in den ganzen Sommerlanden Winter herrschte, würde dies das Leben der Königin beenden. So wie sie dem Sommer das Leben einhaucht, haucht der Sommer ihr Leben ein. Wenn der Sommer verschwindet, würde sie sterben. Das ist etwas, dass ich niemals in Kauf nehmen kann.«

Eowyn schlug die Augen nieder und nickte. Auch wenn sie lieber ihre Vergangenheit wieder hätte, als die tyrannische Königin am Leben zu wissen, wollte sie nicht, dass Prinz Roran für sie mit einem Mord auf dem Gewissen leben musste. Das hatte er nicht verdient. Dennoch, ihre Vergangenheit und das größte Stück ihres Selbst waren mit dieser Entscheidung endgültig verloren. Mit einem Ruck schob sie ihren Stuhl zurück und eilte zur Tür. Eine Träne rann über ihre Wange.

»Fräulein Eowyn, bleibt bitte! Vielleicht möchtet Ihr mir Eure Beweggründe erklären oder ...«

Eowyn hörte ihn aber schon nicht mehr.

Die Wache in der Küche hatte sie bisher immer einigermaßen verschlafen und dies war auch gut gegangen, aber diesmal tat sie aus reiner Verzweiflung kein Auge zu. Traurig drehte sie eine Strähne ihres Haares in ihren Fingern, während sich die Gewissheit in ihren Magen bohrte für den Rest ihres Lebens nur halb zu sein.

Am nächsten Morgen war Eowyn wie gerädert. Als sich ihr ein kurzer Moment der Pause bot, eilte sie in den schattigen Garten, um auf andere Gedanken zu kommen, denn ihr schwirrte nur Prinz Rorans Kopfschütteln durch den Kopf.

Der Sommer war heute äußerst angenehm, nicht launisch oder drückend wie an den meisten anderen Tagen. Königin Alexandra schien gute Laune zu haben, denn ihre Stimmung befehligte die Stimmung des Sommers.

Eowyn ließ sich auf einem Stein neben einer Reihe von Rhododendren nieder. Der schwache Duft ließ ihr Gemüt noch schwermütiger werden.

Sie hing ihren Gedanken nach und starrte in den wolkenlosen Himmel, als sie Schritte hörte und Prinz Roran um die Ecke bog.

»Dachte ich mir doch, dass Ihr es wart, die da gerade an mir vorübereilte.« Er bog einige Äste zurück und setzte sich zu ihr. Eowyn starrte ihn erschrocken an. Niemals würde ein Adeliger aus den Sommerlanden sich zu einem Dienstmädchen setzen.

»Die Farben all dieser Blumen sind wirklich überwältigend. In den Winterlanden ist es meistens weiß oder grau.« Er verstummte und schaute einen Moment auf das Blütenblatt neben sich. »Fräulein Eowyn, wegen gestern. Ich wollte mich für meine Unfähigkeit entschuldigen. Anscheinend liegt Euch sehr viel an dieser Angelegenheit und mir tut es leid, dass ich Euren Wunsch nicht erfüllen kann.«

Er schwieg erneut, während Eowyn die Hitze ins Gesicht stieg. Er saß so nah neben ihr, dass sein Knie ihr Bein berührte.

»Ich habe Euch etwas mitgebracht. Die Landschaft stellt zwar nicht die Sommerlande dar und es ist auch kein echter Schnee, aber vielleicht mögt Ihr es trotzdem.« Umständlich griff er an sein Bein und brachte eine kleine Kugel zu Tage. Mit einem verlegenen Lächeln reichte er sie ihr. Verblüfft starrte Eowyn sie an. In ihrem Inneren war eine kleine Landschaft zu sehen, deren weiche Hügel unter weißem Schnee verborgen waren.

»Ihr könnt die Kugel schütteln, schaut ...« Sanft umfasste er ihre Hände und brachte den Schnee im Inneren zum Tanzen. Verwirrt von dem Verlangen ihre Finger weiter unter seinen zu belassen, besah sie sich das zauberhafte Wirbeln der Flocken.

»Sie ist wunderschön, vielen Dank.« Sie lächelte den Prinzen an, dessen Augen über ihr Gesicht huschten.

Schließlich lächelte er zurück. »Als ich sie in meinem Gepäck fand, wusste ich, dass sie Euch gefallen würde. Sie ist wie für Euch gemacht.«

»Ich ... Ich soll sie wirklich behalten?«, flüsterte sie.

Er lachte. »Aber ja.«

Die Kugel war in der Tat wunderschön, doch wurde diese Empfindung überlagert von der kühlen Frische, die der Prinz ausströmte, dem Funkeln in seinen Augen und der Tatsache, dass er ihr ein Geschenk gemacht. Seit sie ohne Erinnerung lebte, hatte sie noch nie ein Geschenk bekommen und dann kam ausgerechnet dieser junge Prinz daher, den sie sowieso schon so furchtbar nett fand und machte ihr eines.

Sie hatte sich noch nie so erwünscht gefühlt wie jetzt und sie hoffte fast mehr als alles andere auf der Welt, dass ihr *diese* Erinnerung niemals verloren gehen würde.

»Es bedeutet mir unendlich viel …« Sie schluckte. Er konnte gar nicht wissen, wie viel. »Aber natürlich wäre ein solches Geschenk nicht nötig gewesen.«

Er zuckte die Schultern und brachte den Schnee in ihrer Kugel durch einen Stupser erneut zum Toben. Als sein Atem dabei ihre Wange streifte, bekam sie am ganzen Körper eine Gänsehaut.

»Vielleicht möchtet Ihr mir erzählen, warum es Euch so wichtig ist die ganzen Sommerlande schneebedeckt zu sehen.«

Er schnipste sich eine Rhododendronblüte von seiner schwarzen Seidenhose und klang sehr beiläufig, aber nur um sie zu beruhigen. Sie konnte sein Interesse an seiner Haltung sehen.

Unbehaglich glättete sie den rauen Leinenstoff ihres Kleides. Sie hatte noch niemandem von ihrem Traum erzählt oder der Hoffnung ihre Erinnerungen wiederzubekommen. Am Hof wussten alle, dass sie ohne Erinnerungen hier angekommen war und dass sich dieser Umstand nie geändert hatte. Prinz Roran neben ihr davon zu erzählen, würde etwas völlig anderes sein.

Er deutete ihr langes Schweigen falsch. »Ihr müsst mir natürlich nichts darüber sagen.« Er hob seinen Kopf und die Strahlkraft seiner Augen umfasste Eowyn. »Ihr könntet mir auch einfach etwas anderes von Euch erzählen.«

Hastig drehte sie sich vom Prinzen weg und blinzelte die Tränen fort, die plötzlich in ihr aufstiegen.

Sie atmete ein, um den Tumult in ihrem Inneren zu besänftigen. »Ich weiß nicht, wer ich bin. Ich kann Euch nichts über mich erzählen.« Sie drehte sich entschlossen wieder um.

Er hatte sich zu ihr vorgebeugt, doch nun sank er verwirrt zurück und runzelte die Stirn. »Ihr wisst nicht, wer Ihr seid?« Die altbekannte Falte grub sich zwischen seine Augenbrauen. »Wenn Ihr meint, Ihr wisst nicht, was Ihr sein wollt, seid unbesorgt. Mir geht es nicht anders.«

Eowyn schüttelte den Kopf und wünschte, sie könnte einfach ihren Kopf an seiner Schulter vergraben, um nicht mehr an ihre fehlende Vergangenheit denken zu müssen. Dieses seltsame Verlangen erschreckte sie so sehr, dass sie ihren Blick auf die Schneekugel senkte.

»Nein, ich meine, ich weiß nicht, wer ich bin. Ich kenne meinen echten Namen nicht, ich weiß nicht, wer meine Eltern sind oder wo ich geboren wurde. Ich weiß nicht mal, ob ich je zuvor ein schöneres Geschenk bekommen habe. Oder ob ich überhaupt je ein Geschenk bekommen habe.« Gequält schaute sie auf die winzige Landschaft hinab. »Als ich vor knapp zwei Sommern zum Schloss kam, besaß ich keinerlei Erinnerung an jegliche Tage davor und seitdem hat sich dieser Zustand nicht verändert.«

Prinz Roran blinzelte. »Ihr habt Euer Gedächtnis verloren?«

Eowyn biss sich auf die Lippe und nickte. Er schwieg und als sie ihm einen verstohlenen Blick zuwarf, starrte er auf das Blätterdach des Rhododendrons vor ihm.

»Und was hat das mit Eurem Schneewunsch zu tun?« Er sah sie nachdenklich an.

»Ich …«, sie schüttelte den Kopf, »das ist nur so ein unbestimmtes Gefühl. Ich denke, meine Erinnerungen würden zurückkommen, wenn … es überall schneien würde.« Ihm auch noch zu erzählen, dass sie ihre Hoffnung alleine auf einen skurrilen Traum stützte, brachte sie nicht über sich.

»Aha, und wie kommt Ihr auf ein solch unbestimmtes Gefühl?« Er klang sehr skeptisch, was sie irrationalerweise verletzte.

»Ach, das ...« Sie zuckte die Schultern und erhob sich eilig. »Ich muss weder ins Schloss zurück. Danke für die bezaubernde Schneekugel.«

Hastig verließ sie den Garten. Er rief ihr erneut etwas hinterher, aber auch diesmal hörte sie es nicht.

Es gelang ihr, die Kugel unbemerkt in ihr Zimmer zu schmuggeln. Als sie den Schnee darin tanzen ließ, lächelte sie traurig. Sie verbarg Prinz Rorans Geschenk sicher unter ihrem Bett hinter einer hervorspringenden Bodendiele. Dieses Geschenk sollte niemand je zu sehen bekommen. Es war nur ihres.

# Kapitel 9

*Ein blasses Frauengesicht tauchte hinter dem Fenster im zweiten Stock auf. Es war von langen, schwarzen Haaren umgeben und zu einer derart hasserfüllten Miene verzerrt, dass der verschwommene Mann neben Eowyn sie am Arm packte und schützend hinter sich zerrte.*

*Die Frau warf triumphierend ihre Haare zurück und ihre blutroten Lippen formten Worte. An Eowyns Ohren drang jedoch kein Laut. Wie unter einer Glocke gefangen, konnte sie nichts von dem verstehen, was die Fremde sagte.*

*Erst als der Blick der Frau sie traf und sich bis in ihr Innerstes senkte, hob die Stille sich von ihr.*

*»Sie wird nichts wissen, nichts ... Bis es überall in den Sommerlanden schneit, wie in dem verfluchten Jahr, in dem ich dich das erste Mal erblickte.«*

Eowyn schoss vom Boden hinterm Küchentresen hoch. Die Fänge des immer wiederkehrenden Traums umfingen sie noch, glitten aber langsam von ihr ab.

Mit einem enttäuschten Seufzer zog sie den zu einer Decke umimprovisierten Kartoffelsack um sich. Vielleicht sollte sie sich langsam damit abfinden, dass sie die Wand in ihrem Kopf, die sie von ihren Eltern und ihrer Vergangenheit trennte, niemals würde einreißen können. Auch wenn es bedeutete, dass sie ihre Eltern niemals kennen würde.

Entschlossen rappelte sie sich auf. Sie hatte schon so oft darüber nachgegrübelt, dass diese Gedanken bereits einen schalen Geschmack in ihrem Mund hinterließen. Vielleicht sollte sie es weiterhin so machen, wie sie es bisher gehandhabt hatte. In der Gegenwart leben, nicht zu sehr darüber nachdenken, nicht zu viel Energie und Emotionen darauf verlieren zu ergründen, was wäre, wenn ...

Gähnend starrte sie auf eine Reihe etikettierter Gefäße. Zimt, gemahlener Anis ... Wenn sie nur wüsste, wo sie das Lesen gelernt hatte. Nur diese Kleinigkeit. Normalerweise waren Dienstmädchen dazu nicht in der Lage, aber sie konnte es.

Trübsinnig strich sie sich ihre Haare aus dem Gesicht. Sie wünschte, sie wäre nicht so unruhig und rastlos und die fehlenden Erinnerungen an früher nicht eine ewig offene Stelle, an der sie sich täglich wund rieb.

Wiederholt seufzend griff sie zu einer kleinen Öllampe. Nachdem ein Blick in den Flur ihr diesen als verlassen daliegend kennzeichnete, huschte sie aus dem Schloss hinaus. Auch diese Nacht strahlten der Mond und die Sterne so hell, dass sie ihre Lampe hinter dem Gebüsch neben der Tür zurückließ.

Die drückende Schwüle, die heute in den Sommerlanden vorherrschte, ließ ihre langen brünetten Haare sich schnell verschwitzt um ihr Gesicht ringeln.

Wie immer ließ sie sich von ihren Füßen tragen, wohin sie wollten. Flink huschten jene um das Schloss herum zum großen Blütengarten. Im schwachen Schein des Mondes wirkte alles grau und verlassen. Nur einige Blätter raschelten leise. Mit den Fingerspitzen über die Blüten fahrend, die am Tage in bunter Pracht leuchteten, spazierte sie in den Garten hinein. Sie wusste nicht, warum sie haltmachte, aber ihre Füße wollten auf einmal nicht mehr weiter.

Blinzelnd sah sie sich um. Wenn sich nun eines der königlichen Familienmitglieder auch hier herumtrieb?

Sie hielt besorgt den Atem an, hörte aber nichts. Zögernd ging sie einige Schritte weiter, bis plötzlich hinter einem nahen Busch etwas Hellgraues aufblitzte.

Mit einem Satz versteckte Eowyn sich hinter einem blühenden Mandelbaum. Ihr Herz hämmerte. Nach einem Moment des Verharrens lugte sie hinter dem Stamm hervor. Weiter hinten blitzte es erneut Hellgrau auf, sonst war nichts zu sehen.

Ihr Atem flog ängstlich über ihre Lippen, doch sie schlüpfte aus ihren Holzpantinen und wagte sich vier lautlose Schritte weiter hinter eine Bougainville. Dort blieb alles still, also huschte sie weiter und geriet urplötzlich in eine Wand aus Kälte. Bibbernd und erschreckt verbarg sie sich hinter einem Jasminstrauch und wagte einen Blick auf das, was sie hellgrau hatte aufblitzen sehen.

Es war Schnee. Er bedeckte vielleicht zwei mal zwei Schritte einer kleinen Freifläche und in seiner Mitte stand Prinz Roran. Er trug dunkle Seidenhosen, ein helleres, weites Hemd, darüber einen kurzen Mantel und seine Stiefel. Aus seinen Händen rieselten vereinzelt Schneeflocken und gesellten sich zu ihren Freunden auf dem Boden.

Er stand völlig lautlos. Seine Augen waren geschlossen und er wirkte angestrengt. Sein Anblick ließ Eowyns Herz hüpfen.

Erleichtert, nur ihn anzutreffen, trat sie an den Rand seines Schnees. Vor der weißen Pracht hockte sie sich hin und tunkte eine Hand hinein. Es war nass und sehr kalt. Vorsichtig hob sie ihre Hand aus dem Schnee und starrte erst verwirrt, dann begeistert auf den hinterlassenen Abdruck.

»Oh, habt Ihr das gesehen?« Sie schaute zu Prinz Roran

hinauf, der zusammenzuckte, seine Augen aufriss und zwei Sätze zurück machte. Die letzten Flocken, die seine Hände verließen, wirbelten aufgeschreckt in die Luft.

»Oh …« Entsetzt darüber den Prinzen derart alarmiert zu haben, stand sie eilig auf. »Entschuldigung. Ich wollte Euch nicht erschrecken. Ich war so fasziniert von meinem Handabdruck, dass ich nicht nachgedacht habe. Es tut mir leid.«

Instinktiv zog sie den Kopf ein und schaute den Prinzen an, der mit der Hand auf der Brust heftig atmete und sie anstarrte.

Er schüttelte den Kopf und lachte dann auf. »Schon gut, schon gut. Ich habe Euch überhaupt nicht gehört. Ich war sehr konzentriert.«

Er kam über den Schnee auf sie zu und auch wenn sie kurz durch seinen fest auf sie gerichteten Blick abgelenkt wurde, bemerkte sie trotzdem, wie seine Schuhe ebensolche Abdrücke hinterließen.

»Geschieht das immer?« Fragend wies sie auf seine Fußabdrücke.

Er sah einen Moment verwirrt aus, bevor er begriff. »Ja, wenn etwas Schweres auf die Schneeschicht trifft, werden die Schneeflocken darunter zusammengepresst und es entstehen Abdrücke.« In seine Augen trat ein schelmisches Funkeln und er hielt ihr seine Hand hin. »Ich zeige Euch etwas.«

Eowyn legte ihre Finger hinein. Als sich seine kühle Hand um ihre schloss, rann ihr ein Schauer über den Rücken.

Bereitwillig ließ sie sich von ihm Richtung Schnee ziehen, doch knapp vor der Schneefläche hielt er an. »Wo habt Ihr Eure Schuhe gelassen, Fräulein Eowyn? Ohne wird es zu kalt sein, fürchte ich.«

Blinzelnd löste sie sich von dem Bann, den seine strahlenden Augen um sie gewoben hatten. »Meine Schuhe stehen dort hinten. Wartet einen Moment, ich hole sie.«

Mit zitternden Knien eilte sie zu dem Mandelbaum zurück und schlüpfte in ihre Pantinen. Hier war es plötzlich so warm, dass ihre kalt gefrorenen Finger schmerzhaft auftauten. Doch die Kälte würde sie nicht davon abhalten, zu Prinz Roran zurückzukehren.

Er erwartete sie genau an der Stelle, an der sie ihn zurückgelassen hatte. Wieder hielt er ihr seine Hand hin und wieder ließ Eowyn ihre hineingleiten. Als sie den Schnee betraten, knirschte es unter ihren Füßen und Eowyn verrenkte sich, um ihre Fußabdrücke hinter sich zu betrachten.

In der Mitte blieb Prinz Roran stehen und warf ihr seinen Mantel um. Er war schwer und warm und roch so sehr nach ihm, dass ihr Herz Purzelbäume schlug.

Im einen Moment sah er grinsend zu, wie sie in seinem Mantel ertrank, im nächsten schaute er bedrückt um sich. »Für mein Vorhaben ist das eigentlich viel zu wenig Schnee, doch es fällt mir hier merkwürdig schwer, welchen zu erschaffen. In meiner Heimat liegt manchmal meterhoch Schnee im Schloss.«

Er ließ ihre Hand los und schloss die Augen. Es dauerte kurz, bis einige Flocken aus seinen Händen rieselten, aber schon stockte der Schneefall wieder.

Prinz Roran öffnete seine Augen und schaute so bedrückt, dass Eowyn am liebsten aufmunternd seine Hand gedrückt hätte.

Er seufzte schwer. »Es funktioniert hier einfach nicht.«

Er sah sie an, was Eowyns Herz schneller schlagen und die Worte, die sie ihm sagen wollte, verschwinden ließ. Sie starrte zurück in seine blauen Augen. Beide waren plötzlich wie gefesselt. Rorans Finger streckten sich, wie um nach ihr zu greifen, aber er blieb stehen, wo er war. Keiner bemerkte den plötzlichen Schnee, der um sie herum vom Himmel fiel. Die Flocken tanzten lautlos durch die Luft zu Boden, als wären sie aus dem weichsten Stoff der Wolken gemacht.

Es war der Prinz, der sich schließlich aus der Verzauberung löste, und seine Hände zusammenschlug. »Nun ja, vielleicht reicht es …«

Verblüfft sah er um sich, betrachtete die Pflanzen um sie herum, die mit Schnee bedeckt waren. Sogar der Mandelbaum, hinter der Eowyn ihre Schuhe verborgen hatte, war schneebedeckt. Nur sie und Prinz Roran hatten keinen Schnee abbekommen.

»Es sieht fantastisch aus.« Begeistert drehte sie sich um ihre eigene Achse und betrachtete die Schneepracht um sich herum, die die Pflanzen in Kuppeln und Hügel verwandelte.

»Sicher, nur warum … Wo kommt er her? Bis eben wollte mein Schnee überhaupt nicht …« Er wirkte verwirrt.

»Das ist doch egal. Ist es genug Schnee für das, was Ihr mir zeigen wolltet?«

Die Falte auf seiner Stirn verschwand und wurde durch ein Lächeln ersetzt. »Oh ja, dass reicht. Ist Euch auch nicht zu kalt?«

Eowyn zitterte vor Kälte, aber das würde sie nicht zugeben. So lachte sie, drehte sich noch einmal um sich selbst und schüttelte den Kopf. »Nein und selbst wenn … Es wäre mir diesen Schnee wert.«

Der Prinz schüttelte amüsiert den Kopf und legte sich rücklings in den Schnee. »Schaut nicht so verwirrt, legt Euch auch hin.« Er klopfte neben sich.

Zögerlich gehorchte sie. Als der Schnee ihre nackten Knöchel erkalten ließ, verzog sie das Gesicht, doch nachdem Prinz Roran ihre Hand ergriff, bemerkte sie es kaum noch. Größtenteils wurde sie glücklicherweise durch seinen Mantel geschützt.

»Ihr müsst Eure Arme und Beine bewegen.« Er wischte mit Beinen und Armen durch den Schnee und grinste jungenhaft. Dies hier war sein Element.

»Perfekt. Jetzt müssen wir vorsichtig aufstehen.« Er erhob sich federnd und zog Eowyn schwungvoll mit sich. Zu schwungvoll, denn sie konnte sich nicht abfangen und prallte gegen seine Brust. Er lachte und fing sie auf. Kaum merklich schloss er die Arme fester um sie.

In Eowyns Ohren rauschte es und sie meinte, den Herzschlag des Prinzen spüren zu können. Jegliches Zittern, das sie eben noch geplagt hatte, fiel von ihr ab und sie sah nichts mehr außer seinen blauen Augen.

Wieder bemerkte keiner der beiden, wie Schneeflocken, diesmal aus Prinz Rorans freier Hand, zu Boden schwebten.

Und wieder war es der Prinz, der zuerst zur Seite sah. Auf seine Wangen schlich sich plötzlich leichte Röte.

»Schaut …« Er räusperte sich. »Wir haben Engel gemacht.«

Eowyn blinzelte und drehte sich um. Auf dem Boden war ein perfekter Engel zu sehen, mit hohen Schwingen und einem fußlangen Rock, daneben etwas, dass mit Fantasie als Engel ohne Rock und mit einer Schwinge bezeichnet werden konnte.

»Ihr meint, Ihr habt einen Engel gemacht. Ich habe vielleicht eine Laterne geschaffen.«

Er lachte und trat mehrere Schritte von ihr weg. »Ach was, Ihr braucht nur etwas Übung. Kommt, vielleicht gelingt Euch ein Schneemann besser.«

»Ein Schneemann? Wie macht man den?«

»Wir müssen drei Kugeln formen. Hier, man nimmt eine Handvoll Schnee, die man über den Boden rollt, bis sich genug Schnee daran festgesetzt hat. Macht auch eine Kugel.«

Eowyn gehorchte und formte Schnee zu einem Klumpen. Ihre Kugel wurde unregelmäßiger als Prinz Rorans, aber er setzte sie dennoch widerstandslos auf die seine.

»Und dann noch eine Kugel als Kopf.« Er hob eine kleinere Kugel auf und setzte sie obenauf.

Er nickte zufrieden und beförderte zwei Knöpfe aus seiner Hosentasche zutage. Verwundert schaute Eowyn ihm zu, wie er die Knöpfe in den Kopf des Schneemannes drückte. Sie stellten Augen dar.

»Tragt Ihr immer Knöpfe für Schneemannaugen bei Euch?«

Er grinste verlegen. »Es mag Euch wundern, aber ja. Ich liebe es, Schneemänner zu bauen und die Kinder am Hofe haben auch immer so viel Spaß dabei, dass ich mir irgendwann einen Vorrat anschaffen musste.«

Er drückte am Schneemann herum und zog mit den Fingern einen lächelnden Mund. »Es fehlt nur noch eine Nase, dann wäre er perfekt.« Suchend klopfte er seine Taschen ab.

Eowyn trat zu der eingeschneiten Pflanze neben sich und wischte mit steifen Fingern den Schnee von den Blättern. Sie fand ein kleines Ästchen, das bereits abgebrochen war.

»Wie wäre es hiermit?«

Prinz Roran kam auf sie zu und inspizierte den Zweig fachmännisch. »Ja, ja, dass sollte gehen. Hier«, er lächelte sie an, »Ihr habt ihn gefunden, Ihr dürft ihn anbringen.«

Die Nase saß zum Schluss etwas schief, aber Eowyn war begeistert von dem kleinen Schneemann.

Auch Prinz Roran war zufrieden. »Dieser Mann zählt eindeutig zu meinen schönsten Exemplaren. Einen Schneemann mit einer solch charakteristischen Nase hatte ich noch nie.«Er sah sie an und Eowyns Herz setzte aus, als seine Augen über ihr Gesicht wanderten. An ihren Lippen blieb sein Blick schließlich hängen.

»Ihr habt schon ganz blau gefrorene Lippen!« Schuldbewusst griff er zu ihren Händen. »Ihr seid völlig durchgefroren. Oje, es tut mir so leid. Ich hätte darauf achten sollen, dass Ihr nur ein leichtes Kleid tragt. Ein Wunder, dass Ihr noch nicht erfroren seid.«

Kurzerhand hob er sie hoch und eilte mit ihr aus der kleinen Schneelandschaft heraus. Während sie sich erschrocken an seinen Oberkörper klammerte, begannen in Eowyns Magen Tausende kleine Schneeflocken herumzuwirbeln.

Im vorderen, schneefreien Teil des Gartens setzte er sie auf einer Bank ab und kniete vor ihr nieder. Die plötzliche Hitze der Nacht war ein Schock. Eowyn begann so heftig zu zittern, dass ihre Zähne aufeinander schlugen.

Prinz Roran zog ihr die Holzpantinen aus, in denen Wasser schwappte und begann ihre Füße zu rubbeln. Zwischen seinen Augen hatte sich die altbekannte Falte gegraben und er rieb verbissen an ihr. Hätte sie noch Gefühl in ihren Beinen gehabt, wäre sie wahrscheinlich vergangen vor Herzklopfen.

»Warum habt Ihr nichts gesagt, Fräulein Eowyn?« Er klang verärgert und bearbeitete nun ihre Waden.

»E-E-E...Es war s-s-so schön und ... z-z-zauberhaft. Sch-Sch-Schade nur, dass Schnee dermaßen k-k-kalt ist. S-s-s-seid nicht böse auf m-m-mich.«

Der Prinz verharrte auf dem Boden und zog mit seinem Finger eine Spur von ihrem Knie bis zu ihren Zehen hinab. Ein Schauer rann über ihren Rücken.

»Ich bin doch nicht böse auf Euch ...« Er fuhr erneut ihr

Bein herunter und setzte sich schließlich auf die Bank neben ihr.

Er nahm ihre tauben Finger in seine und rieb geistesabwesend darüber. »Ich bin böse auf mich selbst. Ich ...«, er seufzte, »ich habe mich von meiner Begeisterung hinreißen lassen, endlich jemandem in den Sommerlanden zeigen zu können, was wir Winterländer mit Schnee erschaffen können. Es tut mir mehr als leid, dass Ihr durch mein unverantwortliches Handeln zu Schaden gekommen seid. Dass war keinesfalls meine Absicht.«

Halb frierend, halb schwitzend hob Eowyn die Schultern. »Ich weiß. Seid unbesorgt, mich haut so schnell nichts um. Und ich fand es wunderschön.«

Er schüttelte den Kopf und zog ihre Hände an seine Wange. »Ihr seid zu großmütig, Eowyn.«

Sein Atem traf ihre schmerzhaft auftauenden Finger und in Eowyns Brustkorb wuchs plötzlich eine sanfte Zuneigung zu ihm. Am liebsten hätte sie die besorgte Falte auf seiner Stirn weggeküsst. Hitze stieg ihr in die Wangen, als ihr aufging, in welche Richtung ihre Gedanken wanderten und eilig zog sie ihre Hände zu sich heran.

»Ich muss wieder zurück ins Schloss.« Mit weichen Knien erhob sie sich. Als das Blut in ihre Zehen zurückfloss, keuchte sie auf. Ihre Beine kribbelten, als wenn sie in Flammen stünden.

»Nun schaut. Es ist meine Schuld, dass Ihr Schmerzen leidet. Kann ich Euch meinen Arm als Stütze anbieten?«

Trotz des prickelnden Gefühls in ihren Beinen und Fingern lachte sie. Das besorgte Flackern in Prinz Rorans Augen war so typisch für ihn.

»Das ist sehr freundlich, aber es geht schon.« Sie zog den

Mantel aus und reichte ihn ihm. »Vielen Dank für diese wundervolle Nacht. Ich danke Euch.«

Vielleicht täuschte sie das schwache Licht, aber sie meinte Röte über seine Wangen fliegen zu sehen.

Er deutete eine Verbeugung an. »Es war mir eine Freude. Im Übrigen finde ich dieses ganze Gesieze mehr als lästig. Ich bin Roran. Punkt.«

Mit großen Augen starrte sie ihn an. »Aber das geht doch nicht.«

Er hob die Augenbrauen und sah plötzlich müde aus, als wenn er diese Diskussion schon etliche Male geführt hätte. »Natürlich geht es. Wenn ich es dir befehle.«

»Nun gut« meinte sie zögerlich. »Wenn es Euch, also ich meine, dir eine Freude macht.«

Ein Lächeln huschte über sein Gesicht. »Das würde es. Das würde es sogar sehr. Bist du sicher, dass ich dich nicht zurückbegleiten soll?«

»Ganz sicher. Auf Wiedersehen.« Leicht schwankend setzte sie sich in Bewegung. Ihre Füße pochten schmerzhaft, aber sie hatte gleichzeitig das Gefühl zu schweben. Er hatte ihr das Du angeboten, wie all seinen Freunden aus den Winterlanden!

Ihre Freude blieb, bis sie bei der Schlosstür angelangte. Sie griff unter den Busch links neben der Tür und runzelte die Stirn, als sie ihre Lampe nicht auf Anhieb fand. Hektischer wühlte sie in dem Strauch, aber sie blieb unauffindbar. Dabei war sie sich sicher, sie dort versteckt zu haben. Verzweifelt suchte Eowyn unter allen Büschen in der Umgebung, aber die Lampe blieb verschollen. Gänsehaut rann über ihren Rücken. Wenn die Lampe nicht mehr dort war, wo sie sie hingestellt hatte, musste das heißen, dass eine andere Person hier draußen gewesen war und sie mitgenommen hatte.

Entsetzt starrte sie auf die Schlosstür. Wenn der- oder diejenige sie und Roran beobachtet hatte und Königin Alexandra davon erzählte?

Sie würde sie umbringen, wenn sie erfuhr, dass sie sich in der Nähe des Prinzen aufgehalten hatte. Panik kroch in Eowyn hoch, als sie so schnell und leise wie möglich in die Küche zurück schlich. Hier hatte sich nichts verändert. Zumindest dieses Glück schien ihr hold gewesen zu sein.

Dennoch ließ der merkwürdige Vorfall mit ihrer Lampe sie die nächsten Tage sehr vorsichtig sein.

# Kapitel 10

Sie hatte am nächsten Tag überprüft, ob der Schneemann und die Engel noch da waren, aber sie waren wohl noch in der Nacht geschmolzen. So traurig sie das fand, umso besser war es letztlich, denn auf diese Weise erfuhr niemand, was sie draußen getrieben hatten.

Entgegen ihrer eigenen Befürchtung wurde sie in den folgenden Tagen trotz des Frierens im Schnee nicht krank. Im Gegenteil. Sie erfreute sich bester Gesundheit und hätte sich sogar lebendiger denn je gefühlt, wäre sie von der Wache in der Küche nicht so übermüdet gewesen.

Königin Alexandra achtete in dieser Zeit, dem Sommer sei Dank, nicht viel auf Eowyn, deren Gedanken häufig ungewollt davonglitten, sodass sich zu ihren Blessuren nur ein blauer Fleck von einem fast schon nachlässigen Klaps gegen ihren Ellbogen dazu gesellte.

Sie füllte mehrere, noch warme Brötchen in einen Brotkorb und hoffte, dass dem auch heute am Frühstückstisch so blieb. Je länger die Winterländer jedoch im Schloss weilten, desto miserabler schien die Stimmung der Königin zu werden. Besorgt zog Eowyn die Schultern hoch und betrat den Speisesaal. Den Brotkorb stellte sie auf dem Tisch ab und griff stattdessen zur Teekanne.

Vor wenigen Minuten war Königin Alexandra erschienen, mit ihren Töchtern und Miranda an ihrer Seite. Miranda war klein, mit einer gedrungenen Figur, worüber ihr hübsches Gesicht einen jedoch hinwegsehen ließ. Eowyn war ihr gegenüber auf der Hut. Sie war die beliebteste Zofe der Königin und in ihren Augen zeigte sich häufig eine eiserne Unnachgiebigkeit. Tatsächlich war sie so beliebt, dass die Königin ihr allerhand Extra-Aufgaben zuteilte, für die eine Zofe gar nicht zuständig war.

Die vier blieben nach ihrem Eintreten an der Tür stehen, in ein angeregtes Gespräch vertieft.

Miranda sagte etwas, woraufhin Königin Alexandra beifällig mit den Fingern schnipste. »Eine ausgezeichnete Idee. Es wird Zeit, dem Prinzen zu zeigen, was die Sommerlande zu bieten haben.«

Sie nickte entschieden, durchquerte den Raum und nahm am Kopfende des Tisches Platz. Eowyn füllte die Tassen rasch mit dampfendem Tee und zog sich möglichst unauffällig an die Wand zurück. Mit einem herrischen Wink orderte die Königin ihre Zofe zu sich an den Tisch.

»Bereite sofort alles für die Reise vor, Miranda. Gib dem Prinzen Bescheid, packe Garderobe für mich und Alisa ein, besorge genügend Essen für zwei Tage in der Küche und kümmere dich um ausreichend Dienstpersonal.«

»Ja, Eure Hoheit.« Miranda knickste und wandte sich zur Tür um.

»Und Miranda …«

Augenblicklich fuhr die Zofe herum und sank erneut in einen ehrerbietigen Knicks. »Ja, Hoheit?«

Eowyn konnte sich ein Augenrollen nur schwer verkneifen. Niemand aus der Königsfamilie schien zu bemerken, dass Mirandas unterwürfiges Auftreten reines Theater war. Gekünstelt und heuchlerisch.

»Lass einige Dienstknechte zwei Pavillons einpacken. Ich gedenke nicht, unter freiem Himmel zu nächtigen.«

Urplötzlich fiel der Blick der Königin auf Eowyn. Vor Schreck hielt sie die Luft an und vergewisserte sich panisch, dass alle Teetassen noch gefüllt waren. Doch, die Tassen waren noch unberührt, der Brotkorb war gefüllt, die Käse- und Fischplatten boten allerlei Leckereien dar.

Die Augen der Königin verengten sich und Eowyns Herz schlug ängstlich schneller. Erst als die Königin sich wieder ihrer Zofe zuwandte, sackte sie erleichtert in sich zusammen. Der nächste Satz ließ sie sich jedoch schlagartig wieder aufrichten.

»Dieses Dienstmädchen kommt ebenfalls mit.« Königin Alexandras Finger wies unbeirrt in Eowyns Richtung.

Miranda runzelte die Stirn und musterte sie argwöhnisch, bevor sie demütig knickste. »Natürlich, Königin. Ich werde sofort mit den Vorbereitungen beginnen.«

Die Zofe verschwand aus der Tür. Unbewusst löste Eowyn sich von ihrer Wand. Was ging hier vor? Wohin sollte sie mitkommen?

Prinzessin Alisa grinste, als ihr Blick auf ihr verwirrtes Gesicht fiel. »Ich glaube, du hast das Dienstmädchen überfordert, Mutter. Ihr winziges Gehirn kann nicht begreifen, was du ihr für eine Ehre zuteil werden lässt.«

Königin Alexandra sparte sich eine Antwort und griff stattdessen nach ihrer Teetasse. Prinzessin Alena jedoch drehte sich auf ihrem Stuhl herum, um ebenfalls einen Blick auf sie zu werfen. Sie lachte auf. »Sie sieht aus, als wenn sie einen Fisch verschluckt hätte. Einen Vollständigen.« Alisa fiel in ihr Lachen ein.

Eowyn störte sich nicht daran ausgelacht zu werden, sofern sie nur erfuhr, wohin die Königin zu reisen beabsichtigte und warum ausgerechnet sie, das Dienstmädchen, das sie am meisten verabscheute, sie begleiten sollte.

»Zermartere dir nicht das Gehirn. Das würde bei dir eh nichts bringen.« Die Schwestern kicherten erneut. Alisa rang nach Luft, um grinsend weiterzusprechen. »Mutter hat die Absicht, dem Prinzen die Sommerlande zu zeigen. Wir werden an den Sonnensee reisen und ihm zwei Tage lang die Schönheit unseres Landes vorführen. Es ist eine Ehre, uns begleiten zu dürfen.«

Alenas Gesicht verdüsterte sich. Anscheinend war sie von der Reise ausgeschlossen worden.

»Wenn der Prinz unser Land erst einmal näher kennenlernt, wird er es nicht mehr verlassen wollen.« Mit dem Messer halbierte Alisa ihr Brötchen. »Das ist auch gut für ihn. Wenn wir erst verheiratet sind, werden wir so viel Zeit wie möglich in den Sommerlanden verbringen. Allein der Gedanke ununterbrochen in einem Land voll Eis und Schnee leben zu müssen, ist mir zuwider.« Ihre Stimme wurde maulig und sie verstummte.

Eowyn tauchte schnell wieder in die Schatten der Wand ein. Die Gegend um den Sonnensee herum wurde als eine der schönsten des Landes bezeichnet, obwohl mit dem richtigen Blickwinkel natürlich überall in diesem Land Schönheit zu finden war. Sie umklammerte die Teekanne fester. In einer Sache täuschte Prinzessin Alisa sich jedoch. Prinz Roran war ein wahrer Winterländer. Nichts und niemand würde ihn je daran hindern, in sein Land zurückzukehren.

# Kapitel 11

Eowyn lebte seit über zwei Sommern am Schloss der Königin, aber manchmal überraschte es sie immer noch, wie effizient dieser Apparat aus Hunderten von Dienstboten arbeiten konnte.

Nachdem die Königin und ihre Töchter den Frühstückstisch verlassen hatten, war Eowyn sofort der Küchenmannschaft zugeteilt worden. Innerhalb weniger Stunden waren etliche Schüsseln befüllt und in Beuteln verstaut. Die Dienstboten, die die Königin begleiten würden, waren abmarschbereit. Das Gepäck von Königin und Prinzessin stand in der Eingangshalle, die abgestaubten Pavillons lagen daneben. Man musste es Miranda lassen, sie war ausgezeichnet darin, das Personal zu organisieren.

Eowyn stand in der Eingangshalle neben den zwanzig anderen bereit stehenden Dienstboten. Unter ihnen befand sich auch Merlon, Traudes Mann. Sie winkte ihm kurz zu.

Die Einzigen, die noch fehlten, waren Königin Alexandra, Prinzessin Alisa und der Prinz.

Zum Sonnensee brauchte man zu Fuß nicht einmal einen halben Tag. Als ihr vor knapp einem Jahr das große Glück zugefallen war, einen ganzen Tag lang nicht eingeteilt zu sein, hatte sie die Gelegenheit genutzt und war dorthin spaziert. Sie war neugierig darauf gewesen, ob er den begeisterten Erzählungen der anderen Dienstmädchen entsprechen konnte. Er konnte es. Der Sonnensee war ein wirklich außergewöhnlicher Ort und obwohl sie mit der Königin zusammen reisen musste, freute sie sich darauf, dorthin zurückzukehren.

Ihre Nachbarn begannen miteinander zu tuscheln. Eowyn sah auf und ihr Herz klopfte unwillkürlich schneller, als sie Prinz Roran die Treppe hinunterkommen sah. Er trug ein seidenes Hemd, eine weite Hose und seine obligatorischen Stiefel. Sie musste darüber schmunzeln und meinte fast, ihre Hände wieder in seinen zu spüren. Verlegen senkte sie den Kopf und betrachtete ihn aus dem Augenwinkel. Er trug seinen Beutel selbst und wurde von Yves und dem Rothaarigen begleitete, der sich ebenfalls im Zimmer befunden hatte, als der Prinz ihre Teeverletzung bemerkt hatte.

Sie wünschte, er würde es schneien lassen. Wahrscheinlich könnte er damit ihre erhitzten Wangen kühlen, aber vor allem wäre es ein Zeichen dafür, dass es ihm gut ging. Seine Augenringe zeugten eher vom Gegenteil. Leise Besorgnis regte sich in ihr. Der Prinz war zwar noch nicht sehr lange in den Sommerlanden, aber es wurde offensichtlich bereits wieder Zeit für ihn, in seine geliebte Heimat zurückzukehren.

Ihre Nachbarn standen plötzlich stramm. Instinktiv tat Eowyn es ihnen nach und entdeckte Königin Alexandra. Sie verharrte am oberen Rand der Treppe, mit einem leichten, robusten Wollkleid bekleidet, und betrachtete wohlwollend das Dienstpersonal, sowie ihren baldigen Schwiegersohn in der Eingangshalle. Prinzessin Alisa stand neben ihr. Sie trug ein leichtes Jäckchen, einen langen Rock und ihr Haar war zu einer komplizierten Frisur hochgesteckt. Miranda und vier Wachen standen respektvoll einen Schritt hinter ihnen. Erst als die Königin sich die Treppe hinab in Bewegung setzte, folgten ihr die anderen.

Die Königin und ihre Tochter gingen zu Prinz Roran hinüber, der beiden einen ehrerbietigen Handkuss gab. Miranda und die Wachen reihten sich in die Reihe des Dienstpersonals ein. Auf Mirandas Zeichen hin nahm jeder einen Beutel mit Essen, Kleidung oder anderen Dingen zur Hand. Vier Dienstknechte packten die bereit liegenden Pavillons und hievten sie auf ihre Schultern.

Strahlender Sonnenschein empfing sie vor dem Schloss und tauchte die grünen Hügel in Gold, während eine leichte Brise durch ihr Haar fuhr. Das Wetter war so schön, dass Eowyn lächelte. Königin Alexandra schien guter Laune zu sein.

Der Tross setzte sich in Bewegung. Die Wachen marschierten voraus, die Königin, ihre Tochter und der Prinz mit seiner Eskorte folgten, das Dienstpersonal ging am Schluss.

Damit der Prinz die Zeit und Muße hatte, das Land zu betrachten, war entschieden worden den Weg zum Sonnensee zu Fuß und nicht zu Pferd zurückzulegen. Eowyn machte der Fußweg nichts aus. Sie betrachtete die knorrigen Bäume, die blühenden Sträucher und das saftige Grün des Grases auf ihrem Weg.

Als Herrscherin der Sommerlande war die Königin in der Lage, überall Blumen sprießen und blühen zu lassen, wo sie wollte, allerdings machte sie von dieser Gabe nie Gebrauch. Eigentlich schade. Sicherlich war es ebenso faszinierend wie Rorans Schnee. Ihr Blick glitt zu ihm hinüber. Zunächst hatte er höflich mit der Königin und Prinzessin Alisa Konversation betrieben, aber mittlerweile hatte er sich zurückfallen lassen. Er wechselte einige Worte mit dem Rothaarigen und beobachtete dann ebenfalls die Pflanzen und die leichten Hügel, an denen sie vorbeizogen. Sie hatte ihn heute noch nicht einmal lächeln sehen.

Nach einiger Zeit rasteten sie auf einer kleinen Lichtung in dem Wald, den sie gerade durchquerten. Die Sonne fiel durch die Baumkronen der nahe stehenden Bäume und malte Tupfen auf den federnden Waldboden.

Da die Königin und ihre Tochter sich am gegenüberliegenden Ende der Lichtung niedergelassen hatten und von mehreren anderen Dienstmädchen umgeben waren, ließ Eowyn ihren Beutel neben die abgelegten Pavillons fallen und trat unbemerkt zwischen den Bäumen hindurch. Das Murmeln und Rascheln der anderen verblasste, je weiter sie sich entfernte und sie betrachtete lächelnd die blühenden Pflanzen um sich herum. Sie kam viel zu selten dazu, das Schloss zu verlassen, um die Schönheit dieses Landes zu genießen.

Entzückt kniete sie neben einem zarten Gänseblümchen nieder. Ein schmaler Sonnenstrahl tunkte es in Licht, sodass die weiße Krone strahlte. Vorsichtig fuhr sie mit ihren Fingerspitzen über die weichen Blütenblätter. Sie erhob sich und tauchte tiefer in den Wald ein, wo sie auf einen rot blühenden Rhododendron stieß, der denjenigen im Schlossgarten ähnelte. Prompt erinnerte sie sich an Rorans Schneekugel und ihr Herz wurde von einer seltsamen Wärme erfasst. Solange sie sich zurückerinnern konnte, hatte ihr noch nie jemand ein Geschenk gemacht.

Sie schloss die Augen und hielt ihr Gesicht der um die Baumstämme streifenden, warmen Brise entgegen. Ob er den Ausflug wohl ebenso genoss, obwohl er ein Winterländer war?

Ein leises Rascheln erklang hinter ihr und sie fuhr erschrocken herum. Wenn die Königin sie hier träumend erwischte, würde das niemals glimpflich für sie ausgehen. Doch ihre vor Schreck geweiteten Augen erfassten nicht das erboste Gesicht der Königin, sondern Rorans.

»Oh …« Sie fühlte, wie sie erneut rot wurde und verschränkte nervös ihre Finger.

»Eowyn. Wie schön, dass auch du an dieser Reise teilnimmst.«

Sie meinte, auch über seine Wangen eine leichte Röte huschen zu sehen, doch wahrscheinlich war es nur eine Täuschung des Sonnenlichts.

»Es war der Wunsch der Königin, dass ich ebenfalls an dieser Reise teilnehme, aber es ist eine Freude für mich. Dieses Land ist wunderschön.«

Er nickte. »Ich stand dieser Reise zuerst skeptisch gegenüber, aber es war an der Zeit, mich auf die Schönheit dieses Landes einzulassen.«

Er blinzelte angestrengt in einen Sonnenstrahl, der seine blonden Haare golden leuchten ließ, bevor er zu einem Olivenbaum trat und über das dunkelgrüne Blatt eines tief hängenden Zweiges strich. »In diesem Land ist alles voller Farben, nicht wahr?«

Eowyn zögerte, gab dann jedoch ihrem Wunsch nach und trat neben ihn. »Ja, das stimmt. Mitunter ist es so bunt, dass man gar nicht weiß, wohin man zuerst schauen soll. Manchmal ist es schon fast ein bisschen zu viel an Farben.« Sie neigte den Kopf. »Erzähl mir, wie es aussieht, wenn dein Land vollkommen von Schnee bedeckt ist.«

Ein haarfeiner Stich zuckte durch ihr Herz, bei dem Gedanken daran, dass es unmöglich war, die Sommerlande irgendwann einmal ebenfalls schneebedeckt zu sehen. Trauer, um ihre verlorene Vergangenheit stieg in ihrem Herzen auf, deshalb wandte sie sich hastig ab und strich über die knorrige Rinde des Baumes.

»Es ist ganz anders als hier.« Wehmut sprach aus seiner

Stimme und er sah sie an. »Du hattest recht, als du sagtest, die Sommerländer seien so verwöhnt von der Schönheit dieses Landes, dass sie die fremdartige Schönheit der Winterlande nicht mehr sehen können. Schnee ist so ganz anders, als dies hier.« Mit einer Handbewegung umfasste er die blühenden Sträucher um sie herum. »Wenn überall Schnee liegt, ist alles weiß. Vollkommen weiß. Es gibt nur diese eine Farbe, was wahrscheinlich nicht die Vorstellung von Schönheit der Sommerländer trifft. Aber gerade wenn der Schnee frisch gefallen ist, funkelt und glitzert alles. Das ganze Land. Der Schnee liegt wie eine Decke auf allem und jedem. Die Kinder bauen Schneemänner …«

Seine Stimme verstummte und plötzlich sahen seine Augen sie dermaßen intensiv an, dass ihr Atem stockte. Sie konnte zusehen, wie die Falte zwischen seinen Augen langsam verschwand. »Was ich dich schon eine Weile fragen wollte …«

Er nahm ihre Hand in seine und sah sie unverwandt an. Ihr Herz klopfte so heftig, dass sie Angst bekam, es könnte aus ihrer Brust springen.

»Ich hoffe, mein Schnee hat keine Schäden bei dir hinterlassen. Du hast dich doch nicht erkältet, oder?«

Langsam schüttelte sie den Kopf, unfähig ihren Blick von ihm zu lösen. »Nein.« Ihre Stimme klang seltsam heiser. »Nein, ich bin nicht krank geworden. Und selbst wenn, es wäre das Abenteuer wert gewesen.«

Verlegen senkte sie den Kopf und betrachtete stattdessen seine langgliedrigen Finger, die sich kühl um die ihren wanden. Rorans Atem zauste ihr Haar, sodass sie seine zarte Berührung an ihrem Ohr fast nicht bemerkt hätte. Eine Gänsehaut überzog ihren gesamten Körper, als er die eine Strähne, die sich aus ihrem Knoten gelöst hatte, hinter ihr Ohr zurückstrich.

»Weißt du, ich habe das Gefühl von dir weit mehr über die Sommerlande zu lernen, als von der Königin, der Herrscherin über den Sommer, selbst.«

Er bedeckte ihre Hand mit seiner zweiten und betrachtete sie nachdenklich. »Das Sonnenlicht tanzt geradezu auf deinem Haar und lässt deine Augen strahlen. Du bist diesem Land wirklich verbunden, oder?«

Sie nickte energisch. »Natürlich. So verbunden, wie du deinem. Auch wenn der Sommer nicht zu mir spricht, wie der Winter dank deiner Gabe zu dir, sind die Sommerlande mein Zuhause.«

Er lächelte und trat plötzlich zurück. »Ich denke, wir sollten wieder zurückgehen, bevor die anderen ohne uns aufbrechen.«

Bei dem Gedanken an die Königin verdüsterte sich ihre Laune und auf Rorans Stirn zeigte sich bereits wieder der erste Schatten seiner Falte.

»Genieß die Reise. Lass dich auf dieses Land ein, auch der Sommer hat dir etwas zu bieten.«

Roran nickte, betrachtete sie noch einen winzigen Moment lang und verschwand durch die Bäume. Stöhnend legte sie die Hände an ihre heißen Wangen, während ihr gleichzeitig schmerzlich aufging, dass es keinen Schnee gegeben hatte. Nicht eine Flocke. Einen Moment sammelte sie sich, bevor sie unauffällig zur Truppe zurückkehrte. Die Königin erhob sich gerade und die anderen Dienstboten sammelten die Beutel auf oder hievten sich die Pavillons auf die Schultern. Schnell griff sie ebenfalls nach einem Beutel, der wahrscheinlich Essen enthielt, und schwang ihn sich auf den Rücken. Instinktiv suchte sie nach Roran. Er unterhielt sich mit Yves.

Als alle abmarschbereit waren, ging Prinzessin Alisa auf

ihn zu und hakte sich bei ihm unter. Yves trat rasch beiseite und senkte den Kopf. Hätte sie ihn nicht genau angesehen, wäre ihr niemals aufgefallen, wie er das Gesicht verzog. Sie war plötzlich froh, dass Roran einen treuen Freund wie ihn an seiner Seite hatte.

Der Prinz legte Prinzessin Alisas Hand in seine Armbeuge, doch seine Bewegungen wirkten eckig. Bei dem Gedanken, dass er bald mit Prinzessin Alisa verheiratet sein würde, wurde ihr Herz schwer wie ein Hinkelstein.

# Kapitel 12

Der restliche Marsch zum Sonnensee verlief ähnlich dem ersten Teil. Roran unterhielt sich zuerst mit seiner zukünftigen Braut, bevor er sich zu Yves und dem Rothaarigen zurückfallen ließ. Eowyn seufzte und lenkte ihren Blick auf die Landschaft. Die leichten Hügel, die ihren ersten Abschnitt begleitet hatten, wurden immer flacher, sodass man bald über die Wiesen hinweg bis zum Horizont sehen konnte.

Es dauerte nicht mehr lange, da tauchte eine spiegelnde Fläche am Ende ihres Sichtfelds auf: der Sonnensee. Die Dienstboten neben ihr wurden munterer. Der Schritt der vier jungen Männer, die die Pavillons schleppten, gewann an Elan.

Als sie den Sonnensee endlich erreichten, ließ jeder aufatmend sein Päckchen fallen und eilte zur funkelnden Wasserfläche hinunter. Um den See herum zog sich strahlend weißer Sandstrand, das Wasser am Ufer war klar und ließ bis auf den sandigen Grund sehen. Der Anblick war wahrlich außergewöhnlich.

Eowyn wandte sich nach rechts. Der Strand verschwand dort zu einem großen Teil unter Farn, Gräsern und Sträuchern, die fast bis in das spiegelnde Wasser reichten. Als die Königin bemerkte, dass ihr Dienstpersonal nichts tuend am Ufer stand und den See bestaunte, klatschte sie herrisch in die Hände. Eowyn zuckte zusammen und machte sich hastig daran, beim Aufstellen der Pavillons auf einer Freifläche unweit des Sees zu helfen. Einige der anderen Dienstmädchen strichen die mitgebrachte Kleidung der Königin und ihrer Tochter glatt oder schafften das Essen in den Schatten.

Das Aufstellen der Pavillons war anspruchsvoll, aber Eowyn gelang es dennoch, einen Blick über die Schulter zu werfen. Yves stand mit finsterer Miene am Ufer und sah Roran hinterher, der von Alisa über den weißen Strand geführt wurde. Eowyn seufzte bedrückt und band eine Plane fest.

Damit ihr Dienstpersonal nicht auf dumme Gedanken kam, scheuchte die Königin es hierhin und dorthin, ließ es den Pavillon erst links aufbauen, dann doch weiter rechts. Erst als Prinzessin Alisa mit Roran zurückkehrte, dessen Stirn wieder von seiner altbekannten Falte geziert wurde, verlagerte sie ihre Aufmerksamkeit auf die beiden.

Eowyn beobachtete mit Unbehagen, wie Prinzessin Alisa den Ablauf der in wenigen Wochen stattfindenden Hochzeit schilderte und folgte schließlich einigen Dienstboten, die zögernd zum Strand hinuntergingen. Ein noch sehr junges Dienstmädchen kniete sich an den Wasserrand und hielt einen Finger in den See. Als eine kleine Welle über seine Hand floss, quietschte es überrascht, sah aber gleich darauf mit strahlendem Gesicht auf.

Eowyn schmunzelte über die Begeisterung des Mädchens und schlüpfte aus ihren Pantinen. Der Sand war warm und weich unter ihren bloßen Füßen.

Die Schönheit dieses Ortes war so offensichtlich, dass auch die ignorantesten Personen niemals davon unberührt bleiben würden.

Nach einigen Minuten sammelte sich das Dienstpersonal wieder auf der Lichtung und begann das Abendessen vorzubereiten. Bis es Nacht wurde mussten sie den Pavillon der Königin noch vier weitere Male umstellen. An der einen Stelle war es ihr zu schattig, an der anderen zu hell, an der dritten wiederum zu einengend.

Als Königin Alexandra und ihre Tochter sich endlich zu Bett begaben, war das Dienstpersonal so erschöpft, dass es sofort einige Decken als Unterlage auf dem Boden ausbreitete und sich ebenfalls schlafen legte.

Eowyn sah kurz zu Rorans Pavillon hinüber. Es war so typisch für ihn, dass er ihn sich mit seinen beiden Begleitern teilte. Die drei Männer unterhielten sich noch leise, würden aber bestimmt auch nicht mehr lange aufbleiben. Der Tag war anstrengend gewesen.

Sie legte sich ebenfalls auf einer Decke nieder und verzog prompt das Gesicht. Diese Nacht auf dem harten und unebenen Boden würde garantiert Rückenschmerzen bringen. Sie drehte sich auf die Seite und schloss die Augen, doch die Furcht in ihren Traum zu gleiten und die Königin und alle anderen mit einem Schrei aufzuwecken, ließ sie nicht einschlafen. Stattdessen öffnete sie die Augen wieder und starrte unruhig in den sternenübersäten Himmel. Die Atemzüge der Dienstboten wurden tiefer, die Nacht immer dunkler, obwohl ein schmaler Mond etwas Licht spendete.

Nach einer Weile waren alle in ihrer Nähe eingeschlafen, außer den drei Dienstboten, die Wache hielten. Eowyn warf sich auf dem harten Boden herum und richtete sich schließlich kurz entschlossen auf. Sie vergewisserte sich, dass wirklich alle gleichmäßig atmeten und schlich geduckt davon. Die Dunkelheit verbarg ihr Verschwinden.

Aufatmend lief sie über den Strand zur Wasserfläche. Der Mond und die Sterne wurden davon zurückgeworfen und vervielfältigt. Tausende winzige Lichter blitzten ihr entgegen. Sie tauchte einen Fuß in den See und schickte damit ein Zittern durch das Sternenlicht. Bezaubert vergrub sie ihre nassen Zehen im Sand, genoss die warme Luft und den salzigen Geruch. Ein leichter Wind wehte ihr die Haare aus dem Gesicht.

Dieser Ort konnte einen alles Schlechte vergessen lassen. Sie lächelte, gefangen im Zauber der glitzernden Szenerie und lief mit bloßen Füßen über den warmen Sand nach rechts. Sie musste einige Minuten suchen, bis sie den schmalen Pfad wiederfand, der durch die Büsche führte. Bei ihrem Besuch hier, vor etwa einem Jahr, hatte sie ihn per Zufall entdeckt.

Plötzlich raschelte es leise hinter ihr. Sie erstarrte und drehte sich vorsichtig um. Eine einsame Gestalt tauchte am Strand auf und hielt auf das Wasser zu. Ihr Herz machte einen seltsamen Ruck, als sie Roran erkannte. Er starrte in das Wasser hinein und hatte sie offensichtlich nicht bemerkt. Zögernd sah sie auf den schmalen Weg vor sich und wieder zu Roran zurück, der das Gesicht in den Händen vergrub. Sicherlich wollte er seine Ruhe haben.

Ihre Füße trugen sie dennoch zu ihm hinüber. Er schreckte zusammen, als er ihre Schritte hörte und nahm hastig die Hände herunter.

Zaghaft warf sie einen Blick in sein Gesicht. Obwohl er ihr zulächelte, wirkten seine ehemals so strahlenden Augen glanzlos. Sie musste das plötzliche Bedürfnis unterdrücken, seine Wange zu berühren. Hastig sah sie auf den glitzernden See hinaus und spürte ihre Wangen rot werden.

Verlegen scharrte sie mit den Füßen im Sand. »Die Aussicht ist wunderschön, nicht wahr?«

»Ja, das stimmt.« Seine Stimme klang niedergeschlagen und sie hob den Kopf, um seinen düsteren Gesichtsausdruck zu mustern.

»Er lässt dich dein Heimweh dennoch nicht vergessen.«

Er schüttelte langsam den Kopf. »Ich vermisse den Schnee.«

Seine blauen Augen umfingen sie und offenbarten ihr die tiefe Sehnsucht darin. Ihr wurde schmerzlich bewusst, dass sie seinen Schnee ebenso vermisste.

Ihr kam ein Einfall und sie streckte ihre Hand nach ihm aus. »Ich möchte dir etwas zeigen, als Revanche für die wunderschöne Schneekugel.«

Roran sah auf ihre Finger hinab und nahm sie sanft in seine. »Ich brauche keine Revanche dafür. Es war meine Entschuldigung dafür, es nicht überall für dich schneien lassen zu können, obwohl es dir so viel bedeutet hätte.«

Sie spürte, wie sich Trauer über ihre verlorene Vergangenheit um ihr Herz legte, doch sie schloss sie tief in sich ein. Solche Gefühle konnten sie überwältigen, wenn sie alleine in ihrem Zimmer lag, nicht in einer Nacht wie dieser, mit Roran an ihrer Seite.

»Sprechen wir heute Nacht nicht darüber.« Sie zog ihn hinter sich her, zu dem versteckten Pfad hinüber. Vielleicht würde der Anblick ihrer Überraschung ihn wieder dazu bringen, Schneeflocken zu zaubern.

»Hier ist ja ein Weg.« Seine kühle Hand umfasste ihre fester und ließ ihr Herz stolpern.

»Ganz genau.« Sie lachte ihn über die Schulter an und führte ihn zwischen den Büschen und Sträuchern hindurch, bis sie an den winzigen, versteckt liegenden Nebensee gelangten. Er war von hohen Sträuchern umgeben und ausschließlich von dem kleinen Pfad aus erreichbar.

Das Wasser stammte von einem kleinen Bach, der sich durch die Sträucher hierher schlängelte. Wahrscheinlich war er ein Seitenarm des Flusses, der den Sonnensee speiste.

An der rechten Seite dieses Sees stürzte das Wasser über ein höher gelegenes Felsplateau hinab.

Feiner Nebel sprühte von dem Wasserfall in die Nacht hinein. Das schwache Mondlicht ließ die winzigen Tropfen wie flüssiges Silber wirken.

»Dies ist ein verwunschener Ort. Ich glaube, nicht viele wissen, dass es ihn gibt.«

Roran staunte über die Szenerie. »Auf jeden Fall ist es eine geeignete Gegenleistung für die Schneekugel. Vielen Dank, dass du mir das hier zeigst.«

»Gerne.«

Sie verbarg ihre Enttäuschung darüber, dass er es trotz des bezaubernden Anblicks nicht schneien ließ und zog ihn zum Wasserfall hinüber. Da Roran sich auf einen der dicken Steine daneben niederließ, tat sie es ihm nach.

Schweigend starrte sie einen Moment auf den silbernen Vorhang des Wasserfalls. »Ich habe das hier durch Zufall entdeckt, als ich vor einem Jahr hier gewesen bin. Ich war den ganzen Tag nicht eingeteilt, hatte also nichts zu tun und die anderen Dienstmädchen haben so begeistert vom Sonnensee geschwärmt, dass ich ihn unbedingt auch einmal sehen wollte. Es ist wirklich ganz besonders hier.«

»In den Winterlanden gibt es auch solche Orte, aber sie sind anders als hier.«

Ohne es anscheinend selbst zu bemerken, nahm er ihre Hand wieder in seine. Ihr Atem stockte und sie hielt ganz still. Das schwache Mondlicht ließ Rorans Haar hell aufleuchten. Sie wünschte, sie könnte diesen Moment einfrieren. Der glitzernde See zu ihren Füßen, das silberne Licht, Rorans Gesicht, ihre Hand in seiner.

»Es dauert ja nicht mehr lange, bis du in die Winterlande zurückkehren kannst«, versuchte sie ihn zu trösten, auch wenn der Gedanke an seine Rückkehr sie selber traurig werden ließ.

Roran hob den Kopf und eine Hand an ihre Wange. Ihr Herz klopfte plötzlich viel zu schnell.

»Das stimmt und ich sehne diesen Tag herbei.« Er schwieg und betrachtete seine Finger, die behutsam an ihrer Wange lagen. Eowyn fühlte sich seltsam schwerelos.

»Doch glaub mir, es gibt auch in den Sommerlanden Dinge, die ich nicht leichten Herzens wieder verlassen werde.«

Seine Finger bewegten sich an ihrem Gesicht, zogen prickelnde Spuren über ihren Wangenknochen. Sein Blick lag eindringlich auf ihr und wanderte schließlich zu ihrem Mund. Seine Hand schob sich in ihr Haar und er beugte sich vor. Eowyns Herz setzte aus, in ihrem Magen wirbelten Tausende Schneeflocken durcheinander und sie starrte in sein Gesicht, das langsam näher kam. Er war bereits so nah, dass sie seinen Atem an ihrer Wange fühlte, als er sich hastig zurücklehnte und seine Hand fallen ließ.

Eowyn saß reglos auf ihrem Stein und starrte ihn an. Diesmal war sie sich sicher, dass Röte auf seinen Wangen brannte.

Verwirrt über die heftige Sehnsucht in ihrem Inneren schlug sie die Augen nieder. Hatte er etwa sie gemeint, als er gesagt hatte, es gäbe in den Sommerlanden Dinge, die er nicht leichten Herzens wieder verlassen würde?

Sie zuckte zusammen, als Roran erneut zu ihrer Hand griff und einen Kuss darauf hauchte. Verlegen sah sie zur Seite und riss staunend die Augen auf.

Winzige Schneeflocken rieselten neben ihr zu Boden. Es waren nur wenige und sie schmolzen schnell, doch es reichte, um sie lächeln zu lassen. Sie hatte es gewusst. Sie hatte gewusst, dass dieser Ort ihn Schnee zaubern lassen würde.

Sie drückte Rorans Hand, der zu Boden sah. »Es schneit.«

Blinzelnd sah er auf und betrachtete die grazilen Flocken. »Tatsächlich.« Er klang überrascht.

Eowyns Lächeln wurde breiter und sie sah in den Himmel hinauf, in dem die Sterne und die Schneeflocken konkurrierten.

Hätte sie noch einmal zu dem Prinzen hinüber gesehen, hätte sie bemerkt, dass er nicht mehr zu Boden sah, sondern stattdessen sie nachdenklich musterte. Er hob noch einmal eine Hand, um ihre Wange zu berühren, ließ sie aber wieder fallen, bevor sie es fühlen konnte. Den Blick nahm er erst von ihr, als sie sich wieder zu ihm umwandte.

»Ich glaube, wir sollten wieder zurückgehen, bevor jemand aufwacht und bemerkt, dass wir fehlen.«

Roran räusperte sich und nickte. »Du hast recht.« Er half ihr von dem Stein herunter und ließ ihre Hand los. »Vielen Dank für dieses Geschenk. Du ahnst nicht, wie viel es mir bedeutet.«

Sie schüttelte den Kopf. »Wenn es dir ähnlich viel bedeutet, wie meine Schneekugel mir, dann kann ich es ahnen.«

Sie wandte sich um, wobei ihr Blick den Wasserfall streifte. Erschrocken blinzelte sie, sah noch einmal genauer hin. Der Wasserfall funkelte nach wie vor im Mondlicht, aber ganz anders als zuvor.

»Roran ...« Sie verstummte und ließ ihren Blick den Wasserfall hinaufwandern.

»Ja?« Er drehte sich ebenfalls um und erstarrte.

Der Wasserfall war zu Eis gefroren. Von oben bis unten, wo er die Wasseroberfläche berührte.

Gläserne Säulen schmiegten sich an die Felswand, hielten das Wasser davon ab hinabzustürzen. Das Eis glitzerte, als wenn es nicht nur aus Wasser bestünde, sondern auch das Licht der Sterne und des Mondes einschlösse. Stille herrschte über dem See, weil das Rauschen des Wasserfalls erstarrt war.

Roran regte sich neben ihr. Er flüsterte, wie um die andächtige Ruhe nicht zu zerstören. »So etwas ist mir noch nie passiert. Meine Mutter war diejenige, die mit ihrer Gabe eher Eis denn Schnee hervorgebracht hat.«

Ein Strahlen blitzte in seinen Augen auf. Er trat an ihr vorbei und streckte sich, um eine der Eissäulen zu berühren. Eowyn bemerkte erst jetzt, dass Wasser die Säule hinunterrann und leise in den See tropfte. Die Eisskulptur schmolz bereits.

»Es ist wie zu Hause ...«, flüsterte er. Ein sehnsüchtiger Ausdruck schlich sich auf sein Gesicht, während Schneeflocken wie Tropfen aus seinen Händen zu Boden fielen.

»Es gibt eine besondere Stelle nahe unseres Schlosses. Es ist eine Felswand wie hier, aber viel höher und breiter. Ein Fluss springt darüber hinweg. Ein Wasserfall. Es sieht aus wie hier, nur ist das Eis viel stärker und kälter. Ich wünschte, ich könnte es dir einmal zeigen.«

Eowyn senkte den Kopf. Sie wünschte, eine Reise in die Winterlande wäre für sie möglich, sodass Roran ihr eines Tages tatsächlich den mächtigen, eingefrorenen Wasserfall zeigen könnte, von dem er so begeistert sprach.

»Mein Vater und ich haben früher häufig Ausflüge dorthin unternommen, haben versucht, an dem Eis hochzuklettern, was uns natürlich nicht gelang.«

Wehmut sprach aus seiner Stimme. Eowyn wurde noch trauriger. Sie würde alles dafür geben, eine ähnliche Erinnerung an ihren Vater zu besitzen.

»Oh, Eowyn.«

Urplötzlich stand Roran neben ihr und legte ihr eine Hand auf die Schulter. Da immer noch Schnee daraus fiel, rann Wasser ihren Arm hinab.

»Ich wollte dich keineswegs traurig machen, indem ich aus meiner Vergangenheit erzähle und dich damit an dein verlorenes Gedächtnis erinnere.«

Sie schüttelte den Kopf, wischte sich unauffällig über die Augen und trat einen Schritt zurück. »Vielleicht wird es Zeit für mich, mich damit abzufinden, keine Erinnerungen an meine Eltern zu besitzen.«

Roran schwieg. Seine Kieferpartie war ungewöhnlich angespannt und in seinen Augen stand Grimm. Ihre Trauer verblasste.

»Mach dir bitte keine Vorwürfe deswegen. Vielleicht soll es sein, wie es ist.«

»Ich kann mir nicht vorstellen, was der Grund dafür sein soll, dass jemand sich nicht an seine Eltern erinnern kann.« Seine Stimme klang angespannt. »Du schenkst mir so viel Freude und Wärme und ich kann dir nichts geben.«

»Oh nein, das stimmt nicht. Du bist ein so besonderer Mensch. Es bereitet mir immer Freude in deiner Gegenwart zu sein.«

»Vielen Dank.« Erneute Röte legte sich auf seine Wangen.

Eowyn legte den Kopf schief. »Du klingst überrascht. Dabei sind alle Winterländer, die ihr hierher mitgebracht habt, überaus gern in deiner Nähe und ich denke nicht, dass es den restlichen anders geht. Es muss dir doch aufgefallen sein, wie viel Respekt und Loyalität deine Truppe dir entgegenbringt.«

Er verlagerte nervös sein Gewicht. »Ich hielt es bisher für die normale Faszination, die ein Prinz hervorruft.« Unsicher sah er sie an.

Grinsend schüttelte sie den Kopf. »Deine Truppe verehrt dich. Nicht weil du der Prinz bist, sondern stets aufmerksam und freundlich zu jedem. Sogar zu dem geringsten Dienstboten. Deine Männer würden für dich durchs Feuer gehen, nur damit es dir gut geht. Vielleicht achtest du darauf, wenn du in die Winterlande zurückkehrst. Ich bin mir sicher, dass nicht nur die Kinder dich lieben, weil du immer Knöpfe für sie in deinen Hosentaschen herumträgst.« Sie lachte über Rorans verwirrter Miene. »Von den Sommerländern lächelt niemand die Prinzessinnen so an, wie deine Männer dich.«

Sie drehte sich um und machte sich daran, dem versteckten Weg zum Lager zurück zu folgen. Als sie die Sträucher verließen, sah der Prinz immer noch verwirrt aus. Sie wäre nie auf den Gedanken gekommen, dass er die Verehrung seiner Männer für weniger als die Ehrerbietung einem aufmerksamen und gerechten Menschen gegenüber halten könnte.

»Ich wünsche dir noch eine gute Nacht.« Sie nickte ihm zu und schlich unauffällig zu ihrem Schlafplatz zurück. Roran folgte ihr nicht sofort, sondern erst einige Momente später. Die Dienstboten neben ihr schliefen immer noch, einer der Knechte schnarchte lauthals. Wahrscheinlich Merlon. Traude beklagte sich ständig über sein lautes Schnarchen.

Seltsam glücklich kuschelte Eowyn sich auf ihrer Decke zusammen und schlief augenblicklich ein.

# Kapitel 13

Entgegen ihren Befürchtungen wurde sie nicht durch ihren Traum geweckt, sondern von einer eisernen Hand, die sich um ihren Arm schloss.

Schlaftrunken schreckte Eowyn hoch und starrte in das mühsam beherrschte Gesicht Prinzessin Alisas. Hektisch blinzelte sie, während schlagartig Angst in ihr hochkroch. Die Prinzessin sah ihrer Mutter mit einem Mal unglaublich ähnlich. Eowyn warf einen schnellen Blick zu den anderen Dienstboten hinüber. Es dämmerte zwar bereits, aber noch schliefen sie alle. Außer Alisa war niemand auf den Beinen.

»Es reicht mir ein für alle Mal.« Die Stimme der Prinzessin war nur ein scharfes Zischen und sie zerrte Eowyn grob von ihrem Lager hoch.

Ihre Finger bohrten sich in Eowyns Arm, sodass ihr nichts anderes übrig blieb, als hinter ihr herzustolpern. Verwirrt versuchte sie zu begreifen, was vor sich ging.

Alisa stieß sie außer Hörweite der anderen Dienstboten gegen einen Baum und baute sich wutentbrannt vor ihr auf. So aufgebracht hatte Eowyn sie das letzte Mal gesehen, als sie ihren Lieblingsring verloren hatte. »Ich werde nicht zulassen, dass ein dahergelaufenes Dienstmädchen meinem Verlobten schöne Augen macht und unseren Plan vernichtet. Niemand wird unseren Pakt mit den Winterländern und die dadurch gewonnene Macht über unser Nachbarland zunichte machen. Ich verachte meinen Verlobten zwar dafür, dass er mich in die Winterlande zerrt, aber niemand wird ihn davon abhalten, mir zu Füßen zu liegen. Erst recht keine Magd wie du. Glaubst du, ich habe nicht gesehen, wie du ihm ständig hinterherläufst?«

Die Prinzessin warf den Kopf zurück und Eowyn wusste plötzlich mit absoluter Sicherheit, dass es Alisa gewesen war, die ihre Lampe unter dem Busch entdeckt und sie vielleicht auch mit Roran im Schnee gesehen hatte.

»Ich lasse nicht zu, dass jemand anderes als ich Prinz Roran beeinflusst und ihm seinen Weg weist.« Prinzessin Alisa trat einen Schritt zurück und rang wütend nach Atem.

Eowyn blinzelte entsetzt. Konnte es sein, dass Königin Alexandra den Plan hatte, über ihre Tochter als Rorans Frau die Winterlande zu regieren?

Im gleichen Moment erschrak sie vor ihrem eigenen Gedanken. Nein, nicht einmal die Königin würde dermaßen machtgierig sein. Verachtung brodelte durch Eowyns Adern. Und selbst wenn es so wäre, mit Roran hatten sie sich definitiv den falschen Partner ausgesucht. Er würde Prinzessin Alisa niemals über seinen Kopf hinweg die Winterlande regieren lassen.

»Ich lasse mir meinen Plan nicht kaputt machen.« Prinzessin Alisa riss brutal an Eowyns Haaren, die ein gequältes Wimmern nicht unterdrücken konnte. Hastig versuchte sie die Hand in ihren Haaren zu lösen.

Eine schallende Ohrfeige hielt sie davon ab. Helle Sternchen explodierten in ihrem Kopf und ihre Wange loderte in Schmerz auf.

»Wenn ich dich noch einmal in der Nähe des Prinzen sehe, wird es für dich nicht mehr so glimpflich ausgehen, denn dann werde ich meine Mutter informieren.« Alisa zog noch einmal an Eowyns Haaren und stolzierte durch die Bäume davon.

Eowyn keuchte und betastete vorsichtig ihre heiße Wange. Ihre Finger wurden seltsam klebrig und sie starrte verständnislos den Tropfen roten Blutes darauf an. Wie konnte eine Ohrfeige Blut hinterlassen?

Der Ring, dämmerte es ihr. Prinzessin Alisas Ring mit dem scharfen Smaragd. Sie hatte es tatsächlich geschafft, ihr damit die Wange aufzureißen!

Erneut bestastete sie ihren Wangenknochen, aber sie spürte kein neues Blut mehr. Es schien nur ein Kratzer zu sein. Plötzlich wünschte sie sich Roran und seine sanften, kühlenden Finger herbei.

Sie atmete langsam aus und ein grimmiges Lächeln huschte über ihr Gesicht.

Er würde sich niemals von der Königin oder ihren Töchtern beeinflussen lassen. Egal welchen Plan Alisa und ihre Mutter tatsächlich verfolgten, an ihm würden sie sich die Zähne ausbeißen.

Sie wischte sich am Gras das Blut von den Fingern. Ein Gefühl der Genugtuung erfüllte sie, bevor ihr ein neuer Gedanke durch den Kopf schoss.

Sie durfte Roran nicht mehr wiedersehen. Wenn Alisa sie noch einmal zusammen sähe, würde sie ihrer Mutter davon erzählen und die würde Eowyn ohne Weiteres dafür töten lassen. Bei dem Gedanken daran, nicht mehr in seiner Nähe sein zu können, krümmte sich ihr Herz zusammen und ihr entwich ein leiser Klagelaut.

Den Rest der Dämmerung verbrachte sie im Schatten der Bäume, wo sie versuchte die Drohung der Prinzessin zu vergessen.

Als die ersten Dienstboten aufstanden, um das Frühstück

der Königin vorzubereiten, schlang sie ihr Haar nicht wie gewöhnlich in einen Knoten, sondern strich es sich vor das Gesicht. Mit gesenktem Kopf half sie beim Vorbereiten der Mahlzeit und zog sich danach in den Schatten zurück. Sie fühlte die Blicke Rorans auf sich, vermied aber jeglichen Augenkontakt.

Die Königin brach mit ihrer Tochter, dem Prinzen, seinen Männern und einer Handvoll Dienstmädchen zu einem Ausflug auf. Eowyn wurde dankenswerter Weise nicht aufgefordert, sie zu begleiten.

Nachdem die Königin das Lager verlassen hatte, jubelten die restlichen Dienstboten auf und legten sich an den Strand oder badeten im See.

Eowyn nahm unauffällig den verborgenen Weg durch die Büsche zu dem kleinen Nebensee. Wie erwartet war der Wasserfall bereits aufgetaut und rauschte wie gewohnt in die Fluten hinab.

Sie lehnte sich an einen der Steine, auf denen sie in der vergangenen Nacht mit Roran gesessen hatte und verbarg ihr schmerzendes Gesicht in den Händen.

Ein zartes Blitzen in den Augenwinkeln ließ sie schließlich aufsehen. Am Ufer neben dem Wasserfall schimmerten einige Eisschollen, die die Sommerhitze noch nicht geschmolzen hatte.

Hastig sprang Eowyn auf, rutschte in ihrer Eile fast auf dem feuchten Untergrund aus und lief zu der Wasserkante hinüber. Sie schlüpfte aus ihren Pantinen, trat einige Schritt in das Wasser hinein und angelte die Eisschollen heraus.

Zurück an den Steinen legte sie einige Schollen, vergeblich darum bemüht, sie so lange wie möglich zu erhalten, in den Schatten eines Busches und hielt sich zaghaft eine an die pochende Wunde in ihrer Wange. Die Kälte, die ihren Schmerz langsam betäubte, erinnerte sie an die Berührung von Rorans Fingern.

Gequält schloss sie die Augen. Wenn er nur Prinzessin Alisa nicht heiraten müsste. Wenn es einen anderen Weg gäbe, den Frieden zwischen den Ländern zu besiegeln.

Wasser rann von der Scholle ihren Arm hinunter. Als das Stück kaum noch Daumengröße hatte, tauschte sie es gegen eine andere, noch etwas größere Eisscholle aus.

Erschöpft von allem, der Reise, dem mangelnden Schlaf und dem Auf und Ab ihrer Gefühle ließ sich am Stein hinunter in den Sand gleiten.

Die Eisscholle in ihrer Hand schmolz, bis nur noch eine Pfütze übrig war. Eowyn bemerkte es nicht mehr. Sie war eingeschlafen.

# Kapitel 14

»Eowyn!«

Der erschreckte Ausruf ließ sie benommen hochschnellen. Die Sonne war in der Zwischenzeit ein ganzes Stück über das Firmament gewandert.

»Eowyn!« Verwirrt wandte sie sich um und sah Roran auf sich zustürmen. Mit einem hastigen Sprung setzte er über die Steine hinweg und fiel neben ihr auf die Knie.

»Ist alles in Ord…?« Sein Blick fiel auf ihr Gesicht und er erstarrte. »Wer war das?«

Seine Stimme war scharf, aber er legte seine kühle Hand unendlich vorsichtig an ihre verletzte Wange. Eowyn sah ängstlich über seine Schulter hinweg, aber er war alleine gekommen.

»Wer war das, Eowyn?«

Er sprach unnachgiebig. Als sie nicht antwortete, zog er sie seufzend in seine Arme. Seine Finger an ihrer Wange wurden kalt und Nässe benetzte ihre Haut. In ihren Augenwinkeln sah sie Weiß aufblitzen. Schneeflocken.

Einen Moment schloss sie die Augen. Sie atmete Rorans Winterduft ein, spürte seinen Atem an ihrem Ohr und einen winzigen Moment lang seine Lippen auf ihrem Haar.

Nervös regte sie sich in seinen Armen und setzte sich verlegen auf. Sie hielt den Kopf gesenkt, bedeckte seine kühle Hand an ihrer Wange aber mit ihrer.

»Warum?« Er sprach nur dieses kleine Wort und als er ihr Gesicht anhob, brannte sich sein Blick in ihre Augen.

Sie zögerte, schüttelte dann den Kopf. »Es ist besser, wenn wir einander nicht mehr über den Weg laufen.« Hastig blinzelte sie die plötzlichen Tränen fort.

Rorans Hand unter ihrer verkrampfte sich. »Ist das der Grund? Hat die Königin dich geschlagen, weil sie bemerkt hat, dass wir in der Nacht zusammen fort waren?«

Sie schüttelte erneut den Kopf. »Nicht die Königin.«

Er schwieg einen gehörigen Zeitraum. »Prinzessin Alisa also.«

Seine Stimme war nüchtern und er wandte sein Gesicht rasch von ihr ab. Sie hatte jedoch noch kurz die plötzliche, tiefe Abneigung in seinen Augen aufblitzen sehen und wünschte sich sehnlichst, ihre letzten Worte zurücknehmen zu können. Es war schlimm genug, dass er Alisa heiraten musste, sie wollte ihm das Herz nicht noch schwerer machen, indem sie ihm mitteilte, seine zukünftige Braut hätte einen Hang zur Gewalttätigkeit.

»Nein, nicht Prinzessin Alisa. Die Zofe der Königin. Sie hatte Angst, ich würde dich vielleicht von der Heirat mit Prinzessin Alisa abbringen und ermahnte mich.«

Die Lüge ging ihr glatt über die Lippen. Roran wandte sein Gesicht wieder ihr zu. Sie war sich nicht sicher, ob er ihr glaubte.

Gequält atmete er aus. »Es tut mir leid.«

Sie schüttelte den Kopf und umfasste seine Hand an ihrer Wange etwas fester. »Das muss es nicht. Nicht du hast mich geschlagen.«

Er strich ihr einige Strähnen ihres Haares über die Schultern. »Aber ich war der Grund dafür. Ich habe mich heute Morgen schon gewundert, dass du den Kopf nicht gehoben und dein Haar nicht zurückgestrichen hast. Ich hätte einen Weg finden sollen hierzubleiben.«

Ängstlich zuckte sie zurück. »Nein, dass wäre keine gute Idee gewesen. Du hast mir auch ohne deine Anwesenheit geholfen.«

Sie tastete im Schatten des Strauchs neben sich nach einer der Eisschollen. Eine einzige war noch übrig, obwohl auch sie bereits auf die Größe eines Fingernagels geschrumpft war. Roran nahm sie ihr aus der Hand und betrachtete sie verwirrt, bevor sein Blick zu dem Wasserfall zuckte.

»Oh …« Seine Mundwinkel hoben sich ein wenig. »Das freut mich.«

Sie presste seine kühlen Finger einen Moment länger gegen ihre Wange und rückte dann von ihm fort. »Ich glaube, es ist besser, wenn du jetzt gehst.«

Roran rührte sich im ersten Moment nicht, doch gerade als sie befürchtete, er würde ihrer Bitte nicht nachkommen, erhob er sich langsam und klopfte den Sand von seiner Hose.

»Vermutlich ist das sicherer für dich.« Er zögerte immer noch, gab sich dann jedoch einen Ruck und ging durch die Büsche davon.

Eowyn hob ihre Hand an die Wange, spürte dem Wasser der geschmolzenen Schneeflocken nach. Es war nicht fair, dass ein Mann wie Roran, so freundlich, großzügig und bescheiden gegen seinen Willen mit einer Frau wie Alisa verheiratet wurde.

Sie runzelte die Stirn, als Ärger auf Rorans Vater in ihr wuchs. Wie konnte er zulassen, dass sein Sohn sein Glück für diesen Friedenspakt aufgab? Sie seufzte zornig.

Erst als sie sicher war, dass genug Zeit seit Rorans Rückkehr verstrichen war, traute sie sich aus dem versteckten Pfad heraus. Sie strich ihr Haar wieder vor das Gesicht und half den anderen Dienstmädchen bei den Vorbereitungen für das Abendessen.

Der nächste Tag verlief ähnlich wie der erste. Die Königin nahm ihre Tochter, den Prinzen, seine Männer und einige Dienstboten mit, um ihnen die Umgebung zu zeigen. Sie bemerkte Rorans Blick auf sich, kurz bevor er ging, aber sie tat, als wenn sie es nicht bemerkte. Sie musste vorsichtig sein, wenn sie nicht wollte, dass Alisa ihrer Mutter erzählte, wie häufig sie sich mit ihm unterhalten hatte.

Sie schlenderte am Strand entlang und nutzte die freie Zeit, um ein wenig mehr von den Sommerlanden zu entdecken. Sie lief erst am Sonnensee vorbei, dann an Wiesen, die mit knallrotem Mohn und blauen Kornblumen gesäumt waren. Das Blau der Kornblumen erinnerte sie an Rorans Augen. Stöhnend drehte sie sich um und machte sich durch ein dichtes Wäldchen auf den Rückweg zum See.

Königin Alexandra, ihr Gefolge und Roran mit seinen Männern kehrten am Abend zurück. Bedächtig bedeckte Eowyn den Kratzer auf ihrer Wange mit ihren Haaren und bereitete das Abendessen vor.

Am nächsten Morgen wachte sie gerädert auf. Ihr Schlaf war nach wie vor nicht tief gewesen. Gähnend starrte sie in den blassblauen Himmel. Immerhin hatte ihr Traum sie nicht heimgesucht, also sollte sie vielleicht das Positive an ihrem leichten, aber dafür traumlosen Schlaf sehen.

Da die anderen Dienstboten sich ebenfalls zu regen begannen, erhob sie sich und rollte ihre Decke zusammen. Nachdem das Frühstück für die Königin hergerichtet worden war, machten sich die Dienstboten daran, die Pavillons abzubauen.

Königin Alexandra und Alisa setzten sich an den Strand und genossen die Aussicht.

Roran schlich sich unbemerkt zu ihr. »Was macht deine Wange?«

Er flüsterte, um niemanden auf sich aufmerksam zu machen. Eowyn hielt ihren Kopf furchtsam gesenkt und hoffte, dass weder die Königin, noch deren Tochter ihn in ihrer Nähe bemerkten.

»Es wird schon besser.« Sie wandte ihm weiter den Rücken zu, bis er die Geste verstand und sich entfernte.

Sie redete sich ein, darüber erleichtert zu sein, denn diese Empfindung war viel vernünftiger, als der Stich des Bedauerns, der sie tatsächlich befiel. Rasch löste sie weitere Bänder an den Pavillons und vermied es, zu ihm hinüberzusehen, der sich zu Yves und dem Rothaarigen an das andere Ende der Freifläche gesellte.

Nachdem die Pavillons abgebaut waren, die Kleider der Königin und Prinzessin verstaut und das restliche Essen eingepackt, machten sie sich auf den Rückweg. Da Eowyn ihr Gesicht mit dem deutlichen Zeichen von Alisas Ohrfeige tunlichst hinter den Haaren verbarg, konnte sie nicht so viel vom Land betrachten, wie auf dem Hinweg.

Bereits am Nachmittag waren sie zurück auf dem Schloss. Eowyn war froh darüber, endlich der ununterbrochenen, direkten Nähe der Königin entkommen zu können.

Sie lief kurz zu ihrer Kammer, bevor sie ihre alten Aufgaben aufnahm und Traude beim Anrichten der Speisen half. Die bemerkte Eowyns zerkratzte Wange zwar, enthielt sich aber glücklicherweise jeden Kommentars.

Es sickerte bereits Dunkelheit durch die Fenster, als sie endlich zu ihrem Zimmer zurückkehrte. Sie wollte schnell nach ihrer Schneekugel sehen, bevor sie die Wache in der Küche antrat.

Zu ihrem Erstaunen kam Iain ihr mit einem kleinen Köfferchen in der Hand auf dem Flur des Personals entgegen. »Ach, Fräulein Eowyn, genau zu Ihnen wollte ich. Wie gut, dass ich Euch hier treffe, ich habe nämlich keine Ahnung, welches dieser Kämmerchen Eures ist.«

Seine Haare standen wie üblich in alle Richtungen ab und er strahlte sie an. »Der Prinz bat mich nach Euch und Eurer Wange zu sehen.«

Er spähte zwischen ihren Haaren hindurch und sein Lächeln verwandelte sich in ein Stirnrunzeln. »Und ich sehe, er hat gut daran getan. Wo darf ich mir Eure Wange genauer ansehen?«

Bei dem Gedanken an Rorans typische Fürsorglichkeit wurde ihr warm ums Herz und sie bat Iain in ihre bescheidene Kammer. Er beachtete den winzigen Raum kaum, strich ihr Haar zurück und betastete ihre Wange und das Ohr.

»Mhm, mhm. Das war wohl eine recht ordentliche Ohrfeige, was?«

Er schob ein seltsames Gerät in ihr Ohr und nickte dann. »Ihr habet noch Glück gehabt, Euer Gehörgang hat keine bleibenden Schäden davon getragen. Schmerzt die Wange noch sehr?«

Sie schüttelte den Kopf. »Nein, sie fühlt sich auch überhaupt nicht mehr geschwollen an.«

»Das ist gut. Dann denke ich, wird diese kühlende Salbe ausreichen.« Er griff in seinen kleinen Koffer und beförderte ein schmales Gefäß zutage. »Ihr kennt es ja schon. Dreimal täglich auftragen, bis Ihr nichts mehr spürt und seht.

Iain schloss seinen Koffer und sah sie eindringlich von unten her an. Eowyn nickte gehorsam und strich mit einer schnellen Geste ihr langes Haar hinter ein Ohr zurück.

Der Arzt verharrte, gerade als seine Finger den Verschluss der Tasche schlossen. Er neigte den Kopf und musterte ihre Gesichtszüge seltsam verwirrt.

»Ist alles in Ordnung?«

Iain blinzelte. »Eure Gesichtsform hat mich nur gerade an jemanden von früher erinnert.« Er lächelte rasch. »Eine Sinnestäuschung. In meinem Alter hat man schon so viele Gesichter gesehen, dass man sie manchmal durcheinanderwirft.« Er schüttelte den Kopf und stand auf. »Dreimal täglich!« Er nickte ihr nachdrücklich zu und ging zur Tür.

Eowyn unterdrückte ein Grinsen, erhob sich ebenfalls und folgte ihm. »Richtet dem Prinzen bitte meinen Dank aus.« Sie wünschte, sie könnte sich persönlich bei ihm bedanken.

Iain verharrte neben der Tür. »Das werde ich.« Sein Gesichtsausdruck wurde melancholisch und schweifte in die Ferne. »Es ist Euch auch schon aufgefallen, dass ihm dieser Besuch in den Sommerlanden nicht bekommt, nicht wahr?«

Als er sie ansah und tatsächlich auf eine Antwort wartete, nickte sie zögerlich. »Er ist ein wahrer Winterländer. Ohne Schnee und Eis ist er nicht glücklich.«

Iain seufzte besorgt. »Ich kenne ihn sein Leben lang und ich habe es noch nie erlebt, dass er einen ganzen Tag am Stück keinen Schnee herbeigezaubert hat.«

Er blickte sie traurig an. »Die Winterländer lieben ihn und seine tiefe Leidenschaft für das Land. Er hat immer ein Ohr für jedes Problem, selbst wenn es noch so klein erscheint. Er hätte es verdient, jemanden zu heiraten, den er liebt. Jemanden Nettes, wie Euch zum Beispiel.«

Hitze stieg Eowyn bei diesem Kompliment in die Wangen und bei der Vorstellung mit Roran verheiratet sein zu dürfen, tanzte eine ganze Schar Schneeflocken durch ihre Adern. Eilig schob sie diesen unsinnigen Gedanken beiseite.

»Ich finde auch, dass Prinz Roran ein besonderer Mensch ist.«

»So ist es.« Iain öffnete entschlossen die Tür und trat auf den einsamen Gang hinaus. »Dreimal täglich auftragen, meine Liebe, ja?«

Eowyn nickte gehorsam und sah ihm hinterher, bis er um die nächste Biegung verschwand. Dann kniete sie sich vor ihr Bett, holte die Schneekugel heraus und ließ den Schnee darin wirbeln. Kurz nach seiner Ankunft noch hatte Roran ebenso mühelos Schnee erschaffen. Sie blinzelte, während ihr Herz furchtbar schwer wurde.

Als plötzlich eine Glocke läutete, schrak sie so heftig zusammen, dass ihr beinahe die Schneekugel aus der Hand gerutscht wäre. Hastig presste sie sie an ihr jagendes Herz, bevor sie über ihre eigene Schreckhaftigkeit lachen musste. Kopfschüttelnd verstaute sie das Geschenk sicher unter ihrem Bett und trat auf den Flur hinaus, um ihrem Wachdienst nachzukommen.

# Kapitel 15

Es stellte sich heraus, dass Königin Alexandra ihre ausgeglichene Laune nur zu schnell nach der Rückkehr aufs Schloss wieder verloren hatte. Die Reise lag nun vier Tage zurück und die Laune der Königin war stetig gesunken, bis sie heute Morgen gegen ein anderes Dienstmädchen handgreiflich geworden. Es war nur ein Schlag gegen die Schulter gewesen, aber es hatte ausgereicht, um alle Dienstboten wachsam in Deckung gehen zu lassen. Sie wussten alle, was passieren konnte, wenn die Laune der Königin derart fürchterlich war.

Es war Eowyn fast unbegreiflich, wie sie selbst bisher unbeschadet hatte davon kommen können. Nun ja, nicht, dass sie nicht schon genug gezeichnet wäre. Der Kratzer auf ihrer Wange, den sie Prinzessin Alisa verdankte, war erst seit diesem Morgen vollständig verschwunden.

Seufzend riss sie sich aus ihren Gedanken und konzentrierte sich auf das Spülen von Löffeln und Tellern. Es war spätabends und außer ihr und einigen Wachen war wohl niemand mehr auf. In dem Versuch, ihre Müdigkeit zurückzuhalten, hielt sie sich beschäftigt.

Sie wusch den letzten Löffel ab und sah sich nach einem Tuch um. Die kleine Öllampe, die ihre alte ersetzt hatte, warf schwaches, schummeriges Licht auf die Kücheneinrichtung.

Sie griff sich das Tuch neben dem Ofen, trocknete das Geschirr ab und räumte es in die Regale ein. Als sie damit fertig war ließ sie sich auf einem Hocker nieder. Es war kurz vor Mitternacht.

Plötzlich wünschte Eowyn sich ihre Schneekugel herbei, um sich zumindest damit beschäftigen zu können. Sie hatte festgestellt, dass das Rieseln des Schnees und die Gedanken an Roran die Zeit schneller vergehen ließen. Vier Tage war es jetzt her, seitdem sie ihn das letzte Mal von Nahem gesehen hatte.

Sie seufzte erneut und betrachtete die zuckenden Schatten an der Wand.

Die Zeit verrann wie zähflüssige Suppe. Eowyn dämmerte immer mal wieder weg, wagte aber nicht, der Müdigkeit nachzugeben. Schließlich übermannte der Schlaf sie dennoch.

*Die fremde Frau, deren Gesicht auf obskure Art und Weise hinter dem Fenster im zweiten Stock schwebte, warf triumphierend die langen, schwarzen Haare zurück, öffnete den Mund und formte Worte damit.*

*Eowyn berührte ihre Ohren, an die kein Laut drang. Sie neigte den Kopf und strengte sich an zu verstehen.*

*Da! Tatsächlich drang ein leichtes Poltern an ihre Ohren. Ob dieses Geräusch ein neuer Zauber war, um die Wörter der Fremden noch mehr zu verzerren? Das Poltern wurde lauter und Eowyn fuhr verzweifelt durch die Luft in dem Bemühen, das Poltern beiseite zu wischen, doch es wurde nicht leiser, sondern lauter und lauter …*

Mit einem Japsen fuhr Eowyn aus ihrem Traum hoch und fand sich in der Schlossküche wieder. Das Geräusch von energischen Schritten drang an ihre Ohren.

Das Poltern in ihrem Traum war echt gewesen.

Entsetzt sprang Eowyn auf und schaute sich hektisch um, doch noch war niemand zu sehen. Erleichtert nicht schlafend erwischt zu werden, klemmte sie sich einige Strähnen in ihren Dutt zurück und erwartete die Königin.

Doch derjenige, der um die Ecke bog, war jemand gänzlich anderes.

»Roran!« Überrascht starrte sie den Prinzen an, der mit abstehendem blondem Haar, übergeworfenem Hemd, Baumwollhosen, seinen Stiefeln und einem eleganten, silbernen Kerzenhalter vor ihr stand.

»Eowyn!« Er starrte sie ebenso verblüfft an, wie sie wahrscheinlich ihn. »Was machst du denn hier?«

»Ich habe Wachdienst in der Küche. Für den Fall, dass die Königin in der Nacht Essensgelüste überkommen, muss sich ständig eine Magd in der Küche aufhalten. Was machst du hier?«

»Ich ... Nun, ich konnte nicht einschlafen und wollte mir eine heiße Milch zubereiten. Ich hätte eine Wache schicken können, aber manchmal sollte man sich selbst bequemen.«

Er schaute sie einen Moment an. »Wie oft hattest du hier die letzten Tage Dienst? Ist das der Grund dafür, dass du häufig ... übermüdet aussiehst?«

»Die Wache lässt einem in der Tat weniger Zeit zum Schlafen, aber jeder hat hier mal Dienst.« Eowyn winkte verlegen ab, ohne jegliche Absicht dem Prinzen von ihrer Strafarbeit zu erzählen. »Diese Tage hat es mich getroffen.«

»Mmh.« Rorans Augen verengten sich und er wirkte nicht überzeugt, drang aber nicht weiter in sie.

»Wie geht es deiner Wange?«

»Ausgezeichnet. Vielen Dank, dass du Meister Iain zu mir geschickt hast.«

»Ich habe mir Sorgen um dich gemacht, da hielt ich es für das Beste, den Arzt nach dir sehen zu lassen. Darf ich?« Er wies auf einen zerbeulten Topf.

Eowyn blinzelte und versuchte zu verdauen, dass er sich tatsächlich Sorgen um sie, ein Dienstmädchen ohne Erinnerungen machte. Wärme dehnte sich in ihrem Magen aus, bis seine Bitte ihren Gedankenwirbel abrupt durchbrach.

Sie schrak zusammen. »Oh, lass mich bitte die Milch zubereiten. Ich denke, es würde der Königin nicht gefallen, wenn ich dich deine Milch selbst zubereiten ließe.«

Der entsprechenden Person würde es nicht einmal gefallen, sie überhaupt mit Roran in einem Raum zu sehen. Aber seine Gesellschaft war den über ihr hängenden, drohenden Schatten Alexandras wert. Sollte sie doch mit ihr tun, was sie wollte, solange sie Roran nur noch ein wenig länger ansehen durfte.

»Selbstverständlich. Ich will dich nicht in Schwierigkeiten bringen.«

Eowyns Wangen wurden heiß und sie eilte schnell in die Vorratskammer, um frische Milch zu holen.

Während die Milch sich über der kleinen Feuerstelle erwärmte, schritt Roran um den Küchentresen herum. »Mich treiben sehr viele Gedanken um, weswegen ich nicht einschlafen konnte. Die Milch sollte mich von meinem Gedankenkarussell abbringen.«

Er lächelte sie an, aber es verscheuchte die Schatten nicht aus seinen Augen.

Eowyn griff zum Holzlöffel und rührte in der Milch. Vielleicht gab ihr diese Beschäftigung den Mut, den Mund zu öffnen und eine heikle Frage zu stellen. »Gedanken wegen deiner Hochzeit?«

Energisch rührte sie weiter, sperrte die Ohren aber weit auf.

Roran schwieg. Nicht mal seine Schritte waren mehr zu

hören. Ein Blick aus dem Augenwinkel zeigte ihr, dass er an der einen Wand verharrte.

»Auch das, ja. Aber mein Ergebnis zu dieser Frage ist immer dasselbe. Der Frieden zweier Länder ist wichtiger als der Frieden einer einzelnen Person. Das ist das Los, das ein Prinz zu tragen hat.«

Er lachte auf, aber es klang so verbittert, dass es Eowyns Herz zerriss. In ihr keimte urplötzlich Hass auf seinen Vater auf, der zuließ, dass sein Sohn sich für den Frieden zwischen Sommer- und Winterlanden opfern musste.

»Wie kam es damals überhaupt zu dem Bruch zwischen den Winter- und den Sommerlanden, der heute diesen Friedenspakt notwendig macht? Das Gesinde hat die Wahrheit nie erfahren, nur vage Gerüchte über das Verschwinden einer Winterländerin sind damals umgegangen.«

»Ach, die Winter- und Sommerlande waren sich noch nie freundlich zugeneigt, dafür sind wir zu verschieden. Die einen mögen es warm, die anderen kalt und schon ergeben sich die ersten Konflikte. Der Auslöser für den endgültigen Bruch jedoch war tatsächlich das Verschwinden einer Winterländerin. Genauer gesagt war sie die beste Freundin meiner Mutter.« Er schwieg.

Eowyn rührte bemüht leise in der Milch, um nur ja keines seiner Wörter zu verpassen.

»Meine Mutter war Einzelkind, sie hatte keine Geschwister und so freundete sie sich in ihrer Kindheit schließlich mit dem einzigen gleich alten Mädchen am Hofe an. Das war die Tochter des zweiten Hofarztes und der damalige König war froh, dass seine Tochter in ihr endlich eine Spielkameradin gefunden hatte. Meine Mutter Leandra und Amarie wurden und blieben über die Jahre beste Freundinnen. Sie waren so vertraut, dass Leandra Amarie sogar einen Teil ihrer Macht über den Schnee schenkte.

Meine Mutter wurde Königin, heiratete und brachte mich zur Welt. Kurz darauf brach Amarie zu einer Reise durch die Winterlande auf, von der sie niemals zurückkehrte. Ihre letzten Spuren wurden an der Grenze zu den Sommerlanden gefunden und es wies alles darauf hin, dass sie von Sommerländern über die Grenze gezogen worden war.

Meine Mutter war außer sich und brach fast einen Krieg vom Zaun, in dem Bemühen Amarie zurückzubekommen, doch die Sommerlande beharrten darauf, ihren Aufenthaltsort nicht zu kennen.

Wir bezweifeln dies bis heute und vermuten außerdem, Amarie könnte etwas damit zu tun haben, dass der Sommerkönig seinen erstgeborenen Sohn wenig später verstieß und stattdessen Königin Alexandra zur Thronfolgerin machte.

Die Beziehung zwischen den beiden Ländern jedenfalls blieb über Jahre hinweg zerbrochen, bis meine Mutter starb und mein Vater den Thron übernahm, um ihn mir an meinem 21. Lebensjahr zu übergeben, wie es üblich ist.

Ihm gelang es, nachdem der alte Sommerkönig ebenfalls verstorben war, vor einiger Zeit mit Königin Alexandra den langfristigen Frieden auszuhandeln.

Mit meiner Hand als Pfand.«

Eowyn nickte nachdenklich. Eine verschwundene Winterländerin war also tatsächlich die einzige Ursache für das arg unterkühlte Verhältnis der beiden Länder gewesen. Und interessant, dass Roran behauptete, der Friedenspakt wäre von König Runtans angeregt wurden. In den Sommerlanden hieß es, Königin Alexandra hätte den ersten Schritt dazu gemacht.

»Wurde die Winterländerin je wiedergesehen?«

Roran schüttelte den Kopf. »Nein, wir hörten nie wieder etwas von ihr. Die Sommerländer beteuern bis heute, nichts von ihr zu wissen.«

»Mmh.« Ein Blubbern riss sie aus ihren Gedanken und sie drehte sich eilig um, um in der Milch zu rühren.

Roran kam zu ihr hinüber. »Ich habe aber nicht nur über die Hochzeit nachgedacht, sondern auch über dich.«

»Über mich?« Ihre Stimme klang erschrocken und sie spürte, wie ihr Hitze ins Gesicht schoss.

»Ja, über dich. Ich sollte dir sagen, wie viel es mir bedeutet, dass du dich für meinen Schnee begeisterst. Ich habe schon bald das Gefühl, du bist in diesem Land die Einzige. Zu Hause in den Winterlanden wird Schnee verehrt.«

»Oh« Eowyn lächelte bezaubert, »aber Schnee ist ja auch verehrenswert. Es ist etwas so Wunderschönes und Zartes. Ich finde es wahnsinnig faszinierend, dass jede Flocke einzigartig ist.«

Der Prinz sah sie mit einem Blick an, der ihre Knie weich werden ließ, doch das Brodeln der Milch lenkte sie ab.

Rasch hob sie die überkochende Milch von der Feuerstelle und goss sie in einen tönernen Becher. Um Ablenkung bemüht griff sie zu einem Gefäß mit Honig und ließ etwas davon in die Milch tropfen.

»Eowyn …, ich habe davon gehört, dass die Königin gerne nächtlichen Küchendienst als Strafarbeit verteilt. Bis heute konnte ich mir darunter nichts vorstellen, aber ganz offensichtlich erfüllst du gerade diese Art der Strafarbeit. Kannst du mir erzählen warum?«

Eowyn sah zu, wie der Honig wirbelnd in der Milch unterging. Würde Roran ihr jemals in anderen Situationen, als solchen begegnen, in denen sie von der Königin gemaßregelt wurde?

»Es war nichts Schlimmes. Ich hatte die Teetasse der Königin nicht schnell genug aufgefüllt und wegen meiner Träumerei hat sie mich mit Küchendienst bestraft. Ich habe nichts gestohlen oder dergleichen.«

Roran schüttelte den Kopf. »Das dachte ich mir schon.«

Er überwand die wenigen Schritte, die sie trennten und griff nach ihrer Hand. Als seine Augen mit plötzlicher Intensität über ihr Gesicht flogen, begann Eowyn am ganzen Körper zu zittern.

Gebannt starrte sie ihn an, bis er eine Hand unendlich vorsichtig in ihr Haar schob und schließlich seinen Kopf senkte.

Eowyns Herz blieb stehen, als seine Lippen ihre berührten und sich warm und weich darauf legten. In ihrem Kopf lösten sich jegliche Gedanken in Luft auf. Roran legte seine andere Hand an ihre Taille und zog sie dichter zu sich heran. Unwillkürlich streckte sie sich und schlang ihre Arme um seinen Hals.

Schneeflocken tanzten wild in ihrem Magen und ihr Herz klopfte viel zu schnell.

Roran seufzte leise an ihren Lippen. Sie spürte seinen Atem auf ihrem Mund, spürte seinen Daumen, der zärtlich über ihre Wange strich. Sie schmiegte sich enger an ihn, woraufhin er den Kuss vertiefte. Er hielt sie wie etwas Kostbares im Arm.

Seine Lippen waren unfassbar weich auf ihren.

So musste sich reines Glück anfühlen.

Erst nach einer gefühlten Ewigkeit hob er den Kopf. »Eowyn ...«

Seine Stimme klang rau und seine Finger zogen eine brennende Spur ihren Hals hinab bis zu ihrer linken Schulter.

Er senkte den Kopf erneut, verharrte aber plötzlich. »Der Tee, der für diese Strafarbeit gesorgt hatte. Hat er etwas mit dem Tee deines Teeunfalls zu tun?«

Von seinen Worten abrupt in die beklemmende Realität zurückgerissen, blinzelte sie. Sie brauchte einen Moment, bis sie die Unfassbarkeit seines Kusses verdaut hatte und seine Worte verstand. In Rorans Augen glomm Erkennen.

»Nein.« Hart auf dem Boden der Tatsachen angekommen, trat sie mehrere Schritte zurück. »Nein, das war ... anderer Tee.«

Sie bedeckte ihre Schulter mit der Hand. Roran brauchte nicht zu wissen, was die Königin mit ihr anstellte.

Er atmete gequält aus. »Du brauchst es mir gar nicht zu sagen, ich kenne die Wahrheit auch so schon. Warum tut Königin Alexandra dir so etwas an?«

»Ich weiß es nicht.« Sie wandte sich ab. »Du solltest jetzt besser gehen.«

Sie hoffte, dass er den Kopf schütteln und lächeln würde, doch er seufzte nur, griff nach seiner Milch und ging tatsächlich.

Eowyn hätte heulen mögen.

Den Rest der Nacht verbrachte sie wach in der Küche. Als die erste Köchin die Küche betrat, erhob sie sich hundemüde, aber erleichtert von ihrem Hocker. Endlich hatte diese grüblerische Nacht ein Ende.

Wie schon etliche Male zuvor, fuhr sie mit den Fingerspitzen über ihre Lippen und ihre Mundwinkel hoben sich. Sie sollte nicht so viel nachdenken, sondern dieses weitere Geschenk genießen und wie einen Schatz hüten. Sie raffte ihre Pantinen zusammen und wollte verschwinden.

Die Köchin hielt sie auf. »Hast du es auch schon gesehen?«

Sie klang so aufgeregt, dass Eowyn aufmerkte. »Nein, was denn? Ich war die ganze Nacht hier in der Küche.«

Die Köchin lachte und klapperte mit einigen Töpfen. »Dann lauf nur schnell hinaus und schau dir das Schloss von außen an. So etwas hat man hier in den Sommerlanden noch nie gesehen. Es ist wirklich einmalig ... Nur die Königin ist nicht erfreut darüber.« Sie bemerkte, dass Eowyn nach wie vor neben ihr stand. »Nun, lauf schon Mädchen, lauf. Sieh es dir an.«

Verwirrt schlüpfte sie in ihre Holzpantinen und eilte durch die Flure.

Bereits als sie die Tür öffnete, sah sie es. Der ganze Schlosshof war von Schnee bedeckt. Staunend ließ sie ihren Blick über das glitzernde Wolkenweiß wandern. Kinder schrien und lachten, hinterließen begeistert Fußabdrücke und tanzten durch den Schnee. Einige Erwachsene starrten in die Luft, Eowyn schob sich an ihnen vorbei.

»So etwas Hübsches. Das muss der Prinz gewesen sein.«

»Sag das nicht zu laut, Königin Alexandra ist übelster Laune, sie scheint den Schnee zu verabscheuen. Aber schön ist es. Solch ein Funkeln und Strahlen.«

Eowyn stakste durch den knöchelhohen Schnee und starrte auf die weiße Winterlandschaft vor ihr. Roran schien am Morgen guter Laune gewesen zu sein, wenn er in der Lage gewesen war, so viel Schnee zu schaffen.

Sie kam nicht umhin, kurz mit dem Gedanken zu spielen, ob es etwas mit ihrem Kuss zu tun hatte, doch als sie an den resignierten Gesichtsausdruck dachte, mit dem er sie verlassen hatte, verwarf sie den Gedanken wieder.

Einige Kinder liefen jubelnd über den Hof. Lächelnd drehte

sie sich zu ihnen um und erstarrte. Fassungslos bestaunte sie die Pracht hinter sich.

Das ganze Schloss war schneebedeckt, bis zur höchsten Kuppel. Das weiße Gewand ließ das riesige Schloss so prachtvoll aussehen wie noch nie.

Es war ein Anblick, der bereits den Schlossmaler auf den Hof laufen ließ. Er trug eine Staffelei und mehrere Kästen unter dem Arm. In der Mitte des Schlosshofs baute er seine Utensilien auf.

Er spürte ihren Blick auf sich. »Vergiss, dass du mich hier gesehen hast. Wenn die Königin davon erfährt … Sie ist nicht begeistert von dem Schnee.«

Eowyn ließ den Kopf in den Nacken fallen und starrte zum Himmel hinauf. Es war kein Wölkchen zu sehen und es rieselte auch kein Schnee mehr hinab. Die Sonne strahlte vom blauen Himmel und ließ das Schloss glitzern und funkeln.

Es war wunderschön anzusehen, doch Eowyn musste Tränen der Trauer unterdrücken.

Das gesamte Schloss zugeschneit zu sehen, hielt ihr deutlich vor Augen, wie es wäre, wenn die ganzen Sommerlande von Schnee bedeckt wären.

Sie vermisste ihre Eltern, auch wenn sie sie nicht mal kannte. Vielleicht waren es ruppige, gemeine Menschen, doch sie würde alles darum geben, zumindest die Erinnerung an sie zu besitzen.

Eine plötzliche warme Brise streifte ihre Nase. Innerhalb von Sekunden verwandelte die Brise sich in drückende Hitze. Eben noch leicht fröstelnd begann Eowyn nun zu schwitzen. Königin Alexandra schien zu allem bereit, um das Zeichen des Winters schnellstmöglich verschwinden zu lassen.

Prüfend fuhr sie mit der Hand durch den Schnee. Er pappte fest zusammen und schmolz.

Innerhalb weniger Minuten rutschten die ersten Schneedecken vom Dach und zerstörten das Schneewunder.

Trotz allem verließ Eowyn den Hof mit einem positiven Gefühl, hieß die Schneelandschaft doch, dass Roran heute ähnlich glücklich war, wie am Tage seiner Ankunft. Er hatte es verdient, glücklich zu sein.

# Kapitel 16

Wenig später bereitete sie das Frühstück der Königin vor. Einer der Gartenjungen hatte gerade frische Blumen für die Vase auf dem Frühstückstisch gebracht. Ansonsten war sie alleine in dem kleinen Raum neben dem Speisesaal, den sie zum Vorbereiten des Essens nutzten. Eowyn legte die Brötchen in den bereit stehenden Brotkorb und griff zu einer bauchigen, gläsernen Vase, die sie mit Wasser füllte. Sie arrangierte die Blumen darin, wobei die Spannung in ihren Schultern sich etwas löste. Die Königin mochte mit ihren Dienstboten anstellen können, was auch immer sie wollte, aber Roran würde sie niemals unterkriegen. Sie verteilte gelbe Ringelblumen um eine Kugelhortensie herum.

Immer noch konnte sie kaum fassen, dass er sie tatsächlich geküsst hatte. In seinen Armen hatte sie sich einen Augenblick wie eine Königin gefühlt. Wertvoll und bedeutend. Roran schaffte es immer wieder, ihr dieses Gefühl zu geben, obwohl ihre gesellschaftliche Stellung etwas ganz anderes sagte. Es war so leicht, ihn gerne zu haben.

Sie hatte in ihrer durchwachten Nacht darüber nachgedacht, ihm zu erzählen, dass die Königin vielleicht beabsichtigte, als seine Schwiegermutter an Macht über die Winterlande zu gewinnen. Solange sie selber dies aber nicht wirklich glauben konnte, wollte sie Roran nicht in unnötige Aufregung versetzen.

Wenn Königin Alexandra aber tatsächlich die Absicht hätte mehr Macht über die Winterlande zu gewinnen … Würde

Rorans Vater die Hochzeit absagen, trotz der Gefahr, damit den Friedenspakt seinerseits zu brechen? Oder hielt er seinen Sohn für stark genug, dem Einfluss seiner Schwiegermutter zu widerstehen?

Bei dem Gedanken verzog sie das Gesicht. Sie versuchte seit Tagen, nicht mehr daran zu denken, dass Roran bald Prinzessin Alisa heiraten würde. Wie am ersten Tag konnte sie sich die beiden immer noch nicht zusammen vorstellen.

Wenn er Alisa nur nicht heiraten müsste. Sie schüttelte den Kopf und schob Sommerastern zwischen die Ringelblumen. So oft hatte sie sich das nun schon gewünscht. Seufzend hielt sie in ihrer Tätigkeit inne.

Ohne Prinzessin Alisa würde Roran es im Schloss der Winterlande jeden Tag schneien lassen. Die Dienstboten würden bei der Arbeit lachen und ihren Herren anbeten. Nach ein paar Jahren würde er sich eine Frau suchen, die bei seinen Leuten ebenso beliebt war wie er. Sie runzelte die Stirn. Es fiel ihr schwer, sich eine passende Frau vorzustellen. Sie müsste auf jeden Fall eine typische Winterländerin sein. Eine große, schlanke Frau mit langen blonden, fast silbrigen Haaren. Blaue Augen, die Roran stets liebevoll anschauen würden. Er würde sie an der Hand durch seinen Schnee führen und ihr Gesicht in seine kühlen Hände nehmen. Eowyn beugte sich vor und vergrub das Gesicht in den Blumen vor sich. Eine einzelne Träne tropfte auf den Rand der Vase.

Ihre verzweifelt aufrechterhaltene Vorstellung von einer Frau, die Roran wählen würde, wenn er freie Wahl hätte, zerbarst. Darunter zum Vorschein kam das, was sie für sich selbst wünschte: sich selbst an Rorans Seite. Es war ihre Hand, die er hielt. Es war ihr Gesicht, das er berührte. Es war sie selbst, die er lachend durch seinen Schnee geleitete.

Hastig trat sie von den Blumen zurück und atmete langsam aus. Dieser Wunsch war albern. Er war sogar noch unmöglicher zu erfüllen, als die Hoffnung auf die Rückkehr der Erinnerung an ihre Eltern.

Aus diesem Grund sollte dieser neue Wunsch auch dorthin, wo derjenige über ihre Eltern vergraben lag. Ganz tief nach unten, auf den Grund ihres Herzens. Dorthin, wo nicht einmal sie selbst merkte, was sie sich tatsächlich im Leben wünschte, wonach sie sich tatsächlich sehnte.

Sie wusste nicht genau, warum Roran sie geküsst hatte. Vielleicht mochte er sie sogar ähnlich gerne, wie sie ihn. Aber er war ein Winterländer, sie eine Sommerländerin. Sie war ein Dienstmädchen ohne Erinnerung, das nicht einmal ihre Herrin zufriedenstellen konnte. Roran war ein Prinz, ein Mann, den jeder verehrte und es war ihm vorherbestimmt, Prinzessin Alisa zu heiraten.

Ihr Herz krampfte sich zusammen, dann schüttelte sie den Kopf. Sie musste endlich wieder den Tatsachen ins Auge sehen. Roran würde nicht darum herumkommen, die Prinzessin zu heiraten, sosehr sie es sich für ihn auch anders wünschte.

Die Vorstellung, dass er doch irgendwie dieser Heirat entgehen konnte und wesentlich eine echte Winterländerin ehelichen durfte, war reines Wunschdenken. Hastig stellte sie den Blumenstrauß auf den Frühstückstisch und beeilte sich, die Teekanne zu holen.

Die Sommeraster, die sie zuletzt in die Vase geschoben hatte, rutschte weiter hinein und streifte mit einer Blüte ihre Träne, die langsam an der Wand der Vase hinabfloss. Der Kopf der Aster neigte sich wie in Trauer.

# Kapitel 17

Stirnrunzelnd starrte Eowyn das Tablett in ihren Händen an. Sie stand am letzten Treppenabsatz des Stockwerks, auf dem Roran wohnte und konnte sich nicht überwinden weiterzugehen. Traude hatte sich in der Wäscherei den Fuß verstaucht und sollte ihn nach Anweisung des zweiten Hofarztes schonen. Jemand anderes musste daher ihre Aufgaben übernehmen und Traude hatte Eowyn gebeten, dem Prinzen sein Abendessen zu bringen. Sie war nicht sonderlich glücklich darüber, weil sie nicht wusste, ob es ihr in seiner Gegenwart gelingen würde, sich wie immer zu verhalten. Außerdem durfte Prinzessin Alisa auf keinen Fall hiervon erfahren.

Nervös biss sie sich auf die Lippen, straffte dann jedoch die Schultern und betrat das nächste Stockwerk.

Ihr Herz klopfte unruhig und ihre Hände waren feucht. Nachdem die Wache ihr die Tür zu Rorans Gemach geöffnet hatte, trat sie zögerlich ein.

Sofort drang Musik an ihr Ohr. Eowyn schaute verwirrt von ihrem Tablett auf.

Ein Violinist stand in der Ecke und entlockte seinem Instrument warme Töne. Im Takt dazu drehten sich zwei Männer im Kreis. Die Sessel vor dem Kamin waren zur Seite gerückt worden, um genug Platz zu schaffen. Eowyn kannte beide Männer nicht. Ihr Blick huschte weiter zu der letzten Person im Raum: Roran saß auf einem der Stühle am Tisch und starrte das Tanzpaar niedergeschlagen an.

»Seht Ihr es, Prinz Roran?«

Eowyn zuckte erschrocken zusammen, als der führende Mann den Kopf zum Prinzen verdrehte und die Musik zu übertönen versuchte.

»Die Haltung des Mannes ist gerade bis in die Schultern. Die Hand liegt am Schulterblatt der Dame. Eure Hand liegt immer viel zu weit unten! Schaut her, schaut, wo meine Hand liegt!«

»Ja, verstanden.«

Eowyn starrte Roran an, der ernst am Tisch saß. Das Lächeln, das sonst immer so freigiebig verschenkt hatte, war vollkommen verschwunden.

Urplötzlich brach der Musikant ab.

»Wieso hörst du auf zu spielen?« Der Mann, der Roran die Anweisung gegeben hatte, sah sich verwirrt um und entdeckte sie.

Er hielt mitten im Tanz inne und schließlich bemerkte auch Roran sie. Sein Gesichtsausdruck veränderte sich, doch Eowyn war nicht in der Lage ihn zu deuten. Er erhob sich und eine kaum wahrnehmbare Röte schlich sich auf seine Wangen.

»Eowyn.«

Sie spürte wie Hitze in ihr Gesicht schoss, deshalb senkte sie hastig den Kopf und knickste. Das Tablett in ihren Fingern begann zu zittern. Eilig trat sie an den Tisch und stellte es ab.

»Das Abendessen.«

Der Versuchung widerstehend, ihm noch einmal ins Gesicht zu schauen, faltete sie ihre Hände und wandte sich flink zur Tür um.

Sie hatte sie fast erreicht, als der Tanzlehrer auf sie zustürzte und am Arm packte. »Warte einen Moment. Es ist perfekt, dass du da bist. Kannst du tanzen?«

Eowyn runzelte die Stirn und musterte den Mann. Er war groß, hatte pechschwarzes Haar, eine kleine Knollennase und blaue Augen.

»Nein, ich kann nicht tanzen.« Natürlich wusste sie nicht tatsächlich, ob sie tanzen konnte, aber diese kleine Lüge schien ihr der schnellste Weg, den Raum verlassen zu können.

Ihre Wahrnehmung verlagerte sich auf Roran, dem einzigen Menschen, der ihre Erinnerungslosigkeit aufheben könnte. Die Hoffnung, dass dies tatsächlich noch geschehen würde, war mittlerweile kaum mehr als ein schwacher Lichtschimmer. Vielleicht würde sie den Rest ihres Lebens ohne Erinnerung bleiben müssen. Wenn dafür zumindest Roran glücklich sein würde, wäre es ihr das möglicherweise sogar wert gewesen.

»Mhm. Das ist natürlich ein Manko, aber im Endeffekt schadet es nicht. Dein Name ist Eowyn?«

Sie nickte unbehaglich.

»Schön. Du hilfst mir sicherlich einen kurzen Moment, nicht wahr? Unser Prinz hier wird in naher Zukunft mit Prinzessin Alisa einen Hochzeitstanz tanzen. Selbstverständlich muss dieser Tanz so perfekt sein, wie der Rest der Zeremonie.«

Der Tanzlehrer drehte sich zu Roran um und nickte ihm nachdrücklich zu. Auch Eowyn sah zum Prinzen hinüber. In ihrer Brust stieg ein zäher Schmerz auf, der ihren Atem stocken ließ.

Roran probte seinen Hochzeitstanz.

»Er tut sich mit dem Tanz etwas schwer. Vielleicht versteht er ihn besser, wenn er mit einer Frau übt. Prinzessin Alisa steht uns natürlich nicht zur Verfügung, deswegen musst du kurz ihren Platz einnehmen. Prinz Roran! Hierher.«

Der Prinz sah sie zum ersten Mal direkt an und erhob sich von seinem Platz am Tisch. Ihr Herz geriet ins Stolpern, als er näherkam, jedoch in sicherem Abstand stehen blieb.

Vertraulich trat der Tanzlehrer zu ihm. »Ich weiß, es ist eine Zumutung für Euch mit einem Dienstmädchen zu tanzen, aber eure Tanzhaltung ist grauenh…« Er stockte, als ihm aufging, mit wem er sprach, und verzog verlegen das Gesicht. »Sagen wir so: Sie bedarf dringender Korrektur.«

»Ich denke nicht, dass dies nötig ist, Karlo. Ich werde nicht besser tanzen, nur weil ich mit einer Frau statt einem Mann probe. Außerdem kannst du niemandem befehlen, meine Tanzpartnerin zu spielen.«

»Oh, es ist sehr wohl nötig. Woher sollt Ihr wissen, wohin Eure Hand gehört, wenn Ihr anscheinend nicht einmal wisst, wo sich das Schulterblatt der Dame befindet? Seht Ihr. Und Eowyn hilft uns gerne.«

Karlo packte erneut ihren Arm und schob sie zu Roran hinüber. Der stöhnte und gab schließlich nach. Er schaute sie an und hielt ihr seine schlanken Finger hin.

»Es tut mir leid. Sicherlich halten wir dich von der Arbeit ab.«

Sie zögerte, nicht sicher, was passieren würde, wenn Prinzessin Alisa dahinterkäme, was sie hier trieben. Dann jedoch sah sie in Rorans traurige Augen. »Nein, schon gut.«

Verlegen legte sie ihre Hand in die seine. Er umfasste sie vorsichtig und legte seine zweite Hand an ihren Rücken. Er sah unendlich niedergeschlagen aus und den Anblick konnte sie kaum ertragen. Sie wünschte, sie könnte ihm helfen, aber es gab nichts, was sie für ihn tun konnte, außer hier seine Hand zu halten. Es war so wenig. So verdammt wenig, was sie ihm geben konnte.

»Das Schulterblatt ist weiter oben«, flüsterte sie ihm zu.

»Oh, Verzeihung.« Er korrigierte seine Handposition.

»Gerade, Prinz Roran! Haltet Euch gerade! Die Schultern zurück. Seid stolz!«

Karlo gab dem Violinisten ein Zeichen. Der erhob sogleich sein Instrument und begann zu spielen. »Hört Ihr den Takt? 1-2-3, 1-2-3, setzt einfach ein. 1-2-3 ...«

Die Stimme Karlos verblasste, als Roran sie näher zu sich heranzog und stockend zu tanzen begann. Sie war ihm so nahe, dass seine Kühle sie einfing und sein Atem ihr Haar streifte. Ihr Herz klopfte im Takt der Musik und seine Hand an ihrem Rücken sandte ein Zittern durch ihren Körper. Vielleicht vom Tanz, vielleicht von seiner Nähe drehte es sich in ihrem Kopf so sehr, dass sie die Augen schließen musste.

Erst als ihre Finger nass wurden, öffnete sie sie wieder. Roran sah sie unverwandt an und Eowyn ahnte, was passierte: Schneeflocken. Ein kurzer Blick zur Seite gab ihr recht. Winzige Schneeflocken rieselten aus seiner Hand und schmolzen in der Wärme ihrer geschlossenen Hände zu Wasser.

Sie schaute Roran wieder ins Gesicht. Seine Augen waren auf sie gerichtet, als wenn sie in diesem Moment das einzige Wesen auf der Welt für ihn wäre.

Als ihr Blick auf seine Lippen fiel, errötete sie und erwischte sich bei dem törichten Wunsch, ihn noch einmal küssen zu dürfen.

Roran schien ihren Gedanken gehört zu haben, denn er senkte langsam den Kopf. Sein kühler Atem streifte ihre Wange.

»Gut! Danke!« Karlo klatschte in die Hände und der Violinist brach die Musik ab.

Sie spürte, wie Roran zusammenzuckte und sah erschrocken zur Seite. Sie hatte völlig vergessen, dass sich noch andere Personen im Raum befanden. Der Prinz trat zurück, ließ ihre Hand aber nicht los.

»Das war gut, Prinz! Ich glaube fast, Ihr habt den Tanz endlich verstanden. An Eurer Kopfhaltung müssen wir noch arbeiten, aber sonst ... Wenn Ihr erst Eure Braut im Arm halten, müsst Ihr genau so mit ihr tanzen.«

Eowyn starrte Karlo an und fühlte sich plötzlich unendlich erniedrigt. Roran hatte mit ihr getanzt, als wenn sie seine Erwählte wäre. Aber natürlich war sie nur Ersatz für Alisa gewesen.

Sie versuchte sich das Gefühl von Rorans Fingern unter ihren einzuprägen und entzog ihm ihre Hand.

»Danke, Eowyn. Du darfst gehen.« Karlo wedelte mit den Fingern und sie trat einen Schritt zurück.

Sie musterte Roran, dessen Gesicht wieder ausdruckslos geworden war. Sie hätte niemals gedacht, dass der Wunsch ihre Erinnerungen zurückzuerlangen, jemals von einem anderen Wunsch überlagert werden würde, aber hier stand sie und wünschte sich plötzlich nur eines.

Er sollte glücklich sein. In den Winterlanden.

Sie wandte sich ab.

»Ich geleite dich hinaus. Mach so lange Pause oder was auch immer, Karlo.« Roran trat zu ihr, legte ihr erneut eine Hand an den Rücken und schob sie zur Tür.

»Versprich mir bitte eins, Eowyn.« Er hatte die Hand an die Tür gelegt, machte aber keine Anstalten sie zu öffnen. Stattdessen sah er sie eindringlich an.

»Pass auf dich auf. Ich mag den Gedanken nicht, in mein sicheres Zuhause zurückzukehren, während du an einem Ort lebst, an dem du verletzt wirst.« Mit seinen Fingern strich er über ihre linke Schulter und öffnete die Tür.

Sie berührte flüchtig ihre Schulter. Sie hatte immer gewusst, dass er in die Winterlande zurückkehren würde und sie wünschte es ihm sogar, weil er sich so offensichtlich nach seiner Heimat sehnte. Zärtlich hob sie ihre Hand, strich nur federleicht damit über seine Wange. Sie spürte seine Kühle unter ihren Fingern und schaute in diese blauen Augen, die so unwahrscheinlich hell strahlen konnten. Ohne ihn würde ihre Welt nur noch aus lähmender, drückender Hitze bestehen.

»Versprich es mir. Bitte.« Roran legte seine Hand auf ihre und sah sie eindringlich an. Sie starrte ihn an, prägte sich seine Gesichtszüge ein. Erst jetzt, wo er offen von seiner Rückkehr sprach, wurde ihr klar, wie verzweifelt sie ihn, sein Lächeln, seinen Schnee vermissen würde.

Schweigend trat sie hinaus. Sie konnte ihm kein Versprechen geben, das sie nicht fähig war einzuhalten.

Traurig wartete sie auf das Klicken der sich schließenden Tür, doch der Prinz schien es nicht eilig zu haben. Stattdessen streckte er ihr die Hand mit der Handfläche nach oben entgegen. Eine einzige Schneeflocke wuchs aus seiner Hand empor und öffnete sich einer Rose gleich. Ihr Herz stockte, sie hob ihre Hand, berührte ganz sanft seine Finger und sah ihn an. Er schenkte ihr ein Lächeln und sie erwiderte es.

Als die Tür sich schloss, fasste sie den festen Vorsatz sich in den nächsten Tagen jede Kleinigkeit, jedes Detail an ihm einzuprägen, damit sie es für immer und ewig in Erinnerung behalten würde.

Noch ahnte sich nicht, dass sie nicht mehr dazu kommen sollte.

# Kapitel 18

Königin Alexandra war zwei Tage später am Frühstückstisch im Speisesaal unausstehlich. Sie starrte Eowyn kalt an und schlug sie mit ihrem Fächer, wann es möglich war. Bald zierten rote Striemen ihre Finger und Unterarme und Eowyn musste die Zähne zusammenbeißen.

Alle am Tisch schwiegen, sogar Alena und Alisa. Sie warfen ihrer Mutter vorsichtige Blicke zu, die auf ihrem Stuhl hockte wie ein Vulkan kurz vorm Ausbruch.

»Was schaust du so«, fuhr sie ihre Tochter an und schlug mit dem Fächer nach Eowyns Hand. »Es ist genug mit Tee! Wann wird dieses strohdumme Mädchen es endlich begreifen?«

Eowyn fuhr zusammen und blinzelte verwirrt. Sie hatte Königin Alexandra nur ihre obligatorische, zweite Tasse einschenken wollen. Eilig zog sie sich zurück, doch als die Königin krachend ihren Stuhl zurückschob und nach ihr brüllte, eilte sie verängstigt wieder herbei. Heute würde sie keine Chance haben, glimpflich davon zu kommen.

»Wie kann es sein, dass du so nichtsnutzig bist? Ich kenne kein anderes Mädchen, das so unfähig ist, so dumm und durchtrieben.« Königin Alexandra brüllte und Eowyn überkam plötzlich tiefe Angst. In den Augen der Königin flackerte etwas so Unstetes auf, dass sie um ihr Leben zu fürchten begann.

Mit dem Fächer schlug die Königin ihr so heftig auf die Wange, dass Eowyns Kopf zur Seite geschleudert wurde. Sie keuchte auf und hob die freie Hand an ihr Gesicht.

Obwohl die hasserfüllten Augen der Königin dicht über ihrem Gesicht hingen, konnte sie über das Klingeln in ihrem Ohr kaum verstehen, was sie sagte. »Dieses Mädchen muss endlich Disziplin lernen.«

Sie umklammerte ihren Arm wie ein Schraubstock, schleifte sie zum Kamin und griff nach dem Schürhaken aus dem dekorativen Ständer.

»Nein.« Eowyn schluchzte und warf sich mit aller Kraft ihrer Panik gegen den Griff der Königin. »Nicht, nicht der Schürhaken.«

Königin Alexandra lachte. »Ein gebranntes Mädchen scheut das Feuer, heißt es nicht so? Doch du musst endlich Disziplin lernen. Damals wie heute.«

»Nein.« Eowyn duckte sich und zerrte an ihrem Arm.

Sie sah verzweifelt zum Tisch hinüber, doch Alena verfolgten das Schauspiel zwar mit großen Augen, aber untätig. Ihre Schwester verschränkte zufrieden die Arme vor der Brust und betrachtete das Schauspiel genüsslich. Der andere Diener starrte sie entsetzt an, doch auch er rührte sich nicht.

»Nun bleib stehen!«

Die Königin riss sie zurück und bohrte ihre Finger in Eowyns Arm. »Ich kann es nicht fassen, dass ich dich zwei Sommer lang ertragen habe.« Spucke sprühte aus ihrem Mund, so erregt war sie. »Dein Vater hat es nicht weit mit dir gebracht.«

Eowyn erstarrte. Sie hatte plötzlich das Gefühl, als wenn die Welt auf dem Kopf stand und verkehrt herum einfror.

»Mein ... mein Vater? Ihr wisst, wer mein Vater ist?«

»Oh«, die Königin gackerte, »vielleicht haltet ihr mich alle für dumm und denkt, das Spiel, das ihr hier treibt, begreife ich nicht, aber mein Bruder war noch nie der Klügste. Er hätte doch bedenken müssen, dass du ihm mit jedem Tag ähnlicher wirst. Ich bin nicht so dumm, dass ich nicht eins und eins zusammenzählen kann.«

»Euer Bruder …?« Eowyn blinzelte und versuchte, das Gesagte durch die Panik in ihrem Inneren zu begreifen.

Königin Alexandra lachte und schlug mit dem Schürhaken zu. Beißender Schmerz loderte in Eowyns Bein auf, als die Spitze ihre Haut aufriss. Scharf rang sie nach Atem und hätte die Königin sie nicht am Arm zu sich gezerrt, wäre sie zu Boden gesunken.

»Mein Bruder, ja … Sehr raffiniert, allen vorzugaukeln, sich nicht mehr an seine Eltern erinnern zu können.«

Eowyn blinzelte und versuchte, sich von dem Schmerz in ihrem Bein zu lösen. Sie musste zuhören. Unter allen Umständen und wenn es sie umbrachte.

»Er dachte, er könnte den Thron zurückgewinnen, nicht wahr? Aber nicht mit mir!« Die Königin schlug erneut zu.

Eowyn schrie.

»Königin Alexandra!« Eine andere Stimme im Raum. Hätte sie nicht so untypisch vor wahnsinnigem Zorn gebebt, hätte sie sie für Rorans gehalten.

Eowyn kniff heftig die Augen zusammen, in dem Bemühen nicht ohnmächtig zu werden. Roran … Roran sollte verschwinden aus den Sommerlanden. Er durfte nicht hierbleiben und Alisa heiraten.

»Was ist in Euch gefahren?« Urplötzlich erklang die Stimme direkt neben ihr, was sie zusammenzucken ließ. Sie versuchte, den Sprecher zu fixieren, doch vor ihren Augen verschwamm alles.

»Prinz Roran!« Die Stimme der Königin quietschte erschrocken. Sie musste sich räuspern. »Sicherlich mag Euch dieser

Anblick seltsam anmuten, doch glaubt mir, den Vergehen dieser Dienstmagd ist nicht anders einzuhalten. Vielleicht solltet Ihr besser in Eure Räumlichkeiten zurückkehren, bis diese Angelegenheit erledigt ist.«

»Ich werde Euer Verhalten keineswegs auch nur eine Sekunde länger dulden!«

Eine andere Hand entriss Eowyn den bohrenden Fingern der Königin so erregt, dass sie stolperte und mit dem Schädel gegen die Einfassung des Kamins knallte. Sterne aus Schmerz explodierten in ihrem Kopf. Gnädigerweise ließ diese Hand zu, dass sie am Kamin zu Boden rutschte.

»Eowyn! Um des Winters willen…«

»Eowyn?! Woher kennt Ihr ihren Namen?« Die gellende Stimme der Königin fuhr wie ein Messer in Eowyns Kopf.

Stöhnend bemühte sie sich wegzurobben, doch ihre Arme und Beine wollten ihr nicht mehr gehorchen.

»Warum sollte ich ihren Namen nicht kennen?« Eine kühle Hand legte sich an Eowyns Hals und eine Brise trug eisige Kälte zu ihr. Roran … Flatternd schloss sie die Augen. Er würde auf sie aufpassen.

»Sie hat mit Euch gesprochen?« Entsetzen sprach aus der Stimme der Königin.

»Ja sicher. Ihr könnt Eurem Personal nicht verbieten zu sprechen. Ich denke, ich sollte Euer Dienstmädchen aus diesen Räumlichkeiten entfernen.« Rorans Stimme war leise, fuhr aber wie ein Speer aus Eis durch den Raum.

»Was hat sie Euch alles erzählt? Wovon?!«

Mühsam öffnete Eowyn ihre Augen wieder. Die Königin war unscharf, aber ihr aggressiver Tonfall klang, als wenn sie sich auf Roran stürzen wollte. Dessen Hand an ihrem Hals spannte sich an und er klang zunehmend verzweifelt.

»Ich denke nicht, dass Euch das etwas angeht. Wie kommt Ihr dazu ...«

»Raoul! Samuel!« Königin Alexandra unterbrach ihn harsch und ihre beiden Leibwächter eilten sofort an ihre Seite. »Bringt sie ausreichend weit von hier entfernt in den Wald. Dieses Mädchen wird offiziell dem Schloss verwiesen.« Sie fluchte. »Ich dachte, in meiner Nähe habe ich sie unter Kontrolle, aber ich hätte mich ihrer schon viel früher entledigen sollen. Verdammt, sie macht mir alles kaputt. Sie gefährdet die Allianz mit den Winterlanden durch ihre bloße Anwesenheit.« Sie wandte sich an ihre Leibwächter. »Ich will sie niemals wieder hier sehen, weder in der Nähe meiner Gäste aus den Winterlanden, noch in meiner Nähe und erst recht nicht in der meines Schwiegersohnes.«

Roran schnappte nach Luft. »Bitte bedenkt diesen Entschluss in Ruhe. Ihr könnt sie doch nicht in dieser Verfassung aussetzen. Überlasst mir ...«

»Prinz Roran.« In der Stimme der Königin schwang ein heuchlerisches, besänftigendes Lächeln mit. »Mein Entschluss steht fest und da Ihr nicht die ganze Geschichte kennen, würde ich vorschlagen, Ihr lasst mich meine Geschäfte erledigen, so wie es angemessen ist.« Das Lächeln verschwand. »Entfernt sie vom Schloss.«

Eine kühle Hand umklammerte Eowyns Finger, während gleichzeitig vier andere Hände ihre Arme umfassten und sie hochhievten.

»Ich verstehe, dass Ihr Eure Angelegenheiten selbst regeln wollt, und ich respektiere das, aber meint Ihr nicht, dass Ihr hier zu weit geht?« Roran ließ ihre Hand nicht los, während die anderen Männer sie Richtung Tür schleiften.

»Prinz Roran, es reicht. Dies sind mein Land, meine Angelegenheiten. Ihr habt hier kein Vorschlagsrecht. Alisa begleite den Prinzen auf sein Zimmer! Mäßigt Euch dort und bereitet Euch in Ruhe auf die Verlobungsfeier morgen vor.« Sie schwieg, doch Rorans kalte Hand löste sich nicht von Eowyns.

»Raoul.« Die Stimme Königin Alexandras fuhr wie eine Peitsche durch den Raum. Eine Hand an Eowyns Arm löste sich und nach einem dumpfen Schlag auch Rorans. Sie hörte sein schmerzerfülltes Keuchen hinter sich.

»Nicht ...« Eowyns Stimme wollte ihr nicht recht gehorchen, sie brachte nur ein Flüstern hervor. »Nicht, Roran ...«

Mit jedem Schritt, mit dem die Leibwächter sie von Roran fortbrachten, hatten sie das Gefühl etwas mehr von ihrem Herzen zu verlieren.

An der Tür verlor sie das Bewusstsein.

# Kapitel 19

Sie spürte das Rütteln eines Pferdes unter sich, als sie aufwachte. Sie versuchte, ihre Augen zu öffnen, doch es gelang ihr nicht. Ihr Geist rutschte wieder in gnädige Dunkelheit ab.

Beim nächsten Aufwachen wurde sie von vier Händen vom Pferd gehievt und auf den Boden gelegt.

Stimmen drangen von weit her an ihr Ohr. »Können wir sie hier jetzt einfach so liegen lassen? Sie ist bewusstlos und es wird bald dunkel.«

»Na sicher. Königin Alexandra hat es befohlen.« Schritte entfernten sich, ein Pferd wieherte. »Jetzt komm, Samuel. Wir müssen wieder zurück.« Jemand seufzte und schob ihr etwas in die Hand.

»Was tust du da?« Es war die Stimme von weiter weg.

»Nichts, nichts, ich komme schon.« Wieder entfernten sich Schritte und nach einem kurzen Moment trabten Pferde davon.

Eowyn mühte sich ihre Augen zu öffnen und ihre Hand zu bewegen, doch immer noch hatte sie nicht genug Kraft. Die Dunkelheit nahm sie wieder gefangen.

Als sie aufwachte, sickerte Helligkeit durch ihre Lider. Eowyn ächzte. Ihr Bein und ihre Wange brannten und ihr Kopf fühlte sich merkwürdig schwerelos an. Mühsam hob sie ihre Augenlider. Das helle Licht schmerzte in ihren Augen, sodass sie zu tränen begannen und sie heftig blinzeln musste. Erst nach einem Moment gewöhnte sie sich an die gleißende Helligkeit des Tages. Über ihr wölbte sich ein grünes Blätterdach, hohe Stämme ragten neben ihr in die Höhe.

Vorsichtig setzte sie sich auf, ließ sich jedoch gleich wieder zurücksinken, als schwarze Punkte vor ihren Augen zu tanzen begannen und ihr schlecht wurde. Sie wusste nicht genau, was passiert war. Sie atmete regelmäßig ein und aus, drängte die Panik in ihrem Inneren zurück und versuchte, sich nach einem Moment vorsichtig erneut aufzusetzen. Die Welt um sie herum schwankte. Es gelang ihr irgendwie, ihre Übelkeit zurückzudrängen und sich umzuschauen. Überall um sie herum standen Bäume, von denen Wasser herabtropfte. Sie furchte die Stirn und verstand plötzlich.

Raoul und Samuel hatten sie im Wald ausgesetzt. Ein Zittern erfasste Eowyn, während sie sich wieder an die schrecklichen Geschehnisse erinnerte.

Königin Alexandra hatte sie geschlagen. Roran war überraschend aufgetaucht und hatte ihr zu helfen versucht, aber die Königin hatte schließlich den Befehl gegeben, sie hierher zu verschleppen.

Sie senkte ihren Kopf und schaute auf den kleinen Leinenbeutel in ihrer Hand. Innerlich betäubt öffnete sie ihn und beförderte zwei Brotstücke zutage. Das eine Stück ließ sie in den Beutel zurückgleiten, das andere aß sie auf, um das gähnende Loch in ihrem Magen zu füllen. Sie legte eine Hand an den Kopf, um ihre Gedanken trotz des Pochens darin auf Trab zu bringen.

Einer der Wachen hatte doch gesagt, dass es dunkel wurde. Wenn es nun taghell war, hieß das dann, dass sie die ganze Nacht hier gelegen hatte? Dann war es wirklich ein Glück, dass kein Tier ihr den Beutel in der Zwischenzeit gestohlen hatte.

Außerdem war es überall nass. Sogar ihr Kleid war klamm. Hatte es geregnet?

Eowyn zitterte immer heftiger und Angst ließ ihr Herz hämmern. Sie hatte keine Ahnung, wie man sich alleine im Wald verhielt. Wie man an Nahrung gelangte, sich vor wilden Tieren schützte.

Das Einzige, was sie kannte, war die Arbeit auf dem Schloss, ihr karges Zimmerchen. Ihre Schneekugel. Bei dem Gedanken schluchzte sie auf. Sie würde Roran nie wiedersehen. Er würde Prinzessin Alisa heiraten, ohne zu wissen, dass es eine andere war, die ihn liebte.

Ja, sie liebte ihn. Das Eingeständnis kam spät, aber es gab einfach kein anderes Wort mehr für die Wärme, die sie erfasste, wann immer sie an ihn dachte, und die Sehnsucht nach ihm, wenn er nicht in ihrer Nähe war.

Oh Sommer, hoffentlich hatte man ihn nicht zu schlimm verletzt, als man ihn von ihr fortgezerrt hatte. Aber Roran war der baldige Schwiegersohn der Königin. Sie würde ihm nichts antun. Oder?

Und ihre Eltern ... Wahrscheinlich würde sie die beiden nun niemals kennenlernen.

Sie schluchzte stärker und ihr wurde plötzlich bewusst, dass sie völlig auf sich allein gestellt war und niemand nach ihr suchen würde. Am Hof würde sie nur eine weitere Dienstmagd sein, die unter seltsamen Umständen verschwunden war.

Ein greller Blitz zuckte durch ihren Kopf und ließ sie das Weinen abrupt beenden. Sie atmete tief durch und umklammerte ihren arg gebeutelten Schädel mit beiden Händen. Ein flammender Schmerz zuckte durch ihren Körper, als ihre Finger dabei eine dicke Beule berührten. Gequält stöhnte sie auf, aber der Schmerz brachte gleichzeitig ihre Vernunft wieder zum Vorschein. Sie musste vorsichtig sein. Sie musste herausfinden, wo sie war. An Roran zu denken, brachte sie im Moment nicht weiter.

Mit zitternden Fingern versuchte sie, den Bindefaden des Leinenbeutels um einen der Oberträger ihres Kleides zu schlingen. Sie brauchte mehrere Anläufe, weil sie durch ihre Tränen kaum etwas sehen konnte. Warum auch immer Samuel ihn ihr gegeben hatte, sie war sehr dankbar dafür.

Schließlich robbte sie zu einem nahen Stamm herüber und zog sich daran hoch, ohne ihr verletztes Bein zu belasten. Schwarze Punkte begannen erneut vor ihren Augen zu tanzen und einen Moment fürchtete sie, sich übergeben zu müssen, doch sie krallte sich an den Baum und blieb alleine dank ihrer Willenskraft stehen. Der Schwindel ließ etwas nach und sie stieß sich vom Baum ab. Unwillkürlich belastete sie ihr verletztes Bein und sengender Schmerz schoss ihr den Körper hinauf. Ihre Fingernägel gruben sich tief in ihr Fleisch, als sie die Hände zu Fäusten ballte. Mit einem unterdrückten Stöhnen ließ sie sich hastig am Baum wieder nach unten gleiten.

Obwohl sie es nicht sehen wollte, schlug sie den Rock ihres Kleides zurück. Zwei hässliche Löcher prangten in ihrem Bein. Blutschlieren verliefen davon bis zu ihrem Knöchel. Sie musste die Wunden unbedingt auswaschen. Ob es hier irgendwo ein Haus gab oder einen klaren Fluss? Oder einen Prinzen, der schmelzenden Schnee für sie fallen ließ? Eine einzelne Träne rann bei dem Gedanken über ihre Wange.

Wenn sie zumindest irgendetwas zum Verbinden gehabt hätte ... Außer ihrem Leinenkleid besaß sie jedoch nichts.

Sie atmete langsam aus und sammelte sich. Zuerst würde sie sich jetzt auf die Suche nach Wasser begeben.

Entschlossen griff sie zu einem abgebrochenen Ast neben sich und erhob sich mit dessen Hilfe auf ein Bein. Sie biss in ihre Unterlippe, als sie ihr anderes Bein zu Boden senkte und ihr Gewicht darauf verlagerte. Sie wimmerte leise, doch nach einer Weile verwandelte sich der reißende Schmerz in ein taubes Gefühl.

Als sie sich vom Baum löste und torkelnd einen Schritt machte, biss sie erneut heftig auf ihre Lippe, woraufhin der Geschmack von Blut auf ihre Zunge trat. Fast hätte Eowyn gelacht. Dieses Blut würde nun auch nicht mehr schaden.

Das Gesicht Königin Alexandras stieg vor ihrem inneren Auge auf. Das zufriedene Funkeln, als sie den Schürhaken ergriffen hatte. Eowyn straffte die Schultern. Sie würde ihr niemals die Genugtuung gönnen, hier im Wald zu verenden. Eines Tages würde sie ihr für alles, was sie ihr angetan hatte, gehässig ins Gesicht lachen.

Sie blickte sich genauer um. Sie hatte keine Ahnung, welche Richtung erfolgversprechender war. Hilflos starrte sie auf die Reihe von Bäumen neben ihr. Verzweiflung stieg in ihr auf und bevor sie sie überwältigen konnte, lief sie einfach los, der Nase nach.

Sie stützte sich, so gut es ging, auf dem Ast ab, dennoch ließ jeder Schritt ihr Bein stechen und ihren Kopf dröhnen.

»Die Königin wird es nicht schaffen, mich zu zerbrechen. Nicht die Königin. Nicht sie.«

Urplötzlich fiel ihr ein neues Bruchstück des vergangenen Tages ein, was sie schwankend auf der Stelle verharren ließ.

Der Bruder der Königin sollte ihr Vater sein? Zweifelnd verzog sie das Gesicht und setzte sich ungelenk wieder in Bewegung. Mit der Königin und deren Töchtern verband sie nichts. Ganz sicher erst recht kein Blut. Der frühere Thronfolger der Sommerlande war niemals ihr Vater. In ihrem Hass auf ihren Bruder hatte Königin Alexandra Gespenster gesehen. Das Personal erzählte immer noch davon, wie neidisch sie als Kind auf ihren älteren Bruder und seine Macht gewesen war.

Wen konnte die Königin dann bloß gemeint haben, als sie von einer Ähnlichkeit zu Eowyn gesprochen hatte?

Immer kompliziertere Fragen schossen ihr durch den Kopf und verdichteten sich zu klarer Panik. Erschöpft gebot sie dem wilden Reigen schließlich Einhalt. Um den zermürbenden und sinnlosen Gedanken über ihre Eltern zu entkommen, betrachtete sie ihre Umgebung, die Bäume um sich herum. Kraftlos lehnte sie sich kurz an einen Orangenbaum. Sie zitterte und ihr war heiß, trotz des kühlen Windes, der aufgewühlt durch die Bäume peitschte.

Eowyn leckte sich über ihre trockenen Lippen. Königin Alexandra schien in seltsamer Stimmung zu sein, wenn sie einen solch untypisch kalten Wind hervorbrachte.

Seufzend drückte sie sich vom Baum ab und kämpfte sich vom Wind weg. Sie war noch gar nicht lange zwischen den Bäumen herumgeirrt und dennoch bereits ungemein erschöpft.

Sie quälte sich weiter voran, bis sie plötzlich auf ein leises Rauschen in ihren Ohren aufmerksam wurde. War das Wasser? Schlagartig wieder wacher und bei Sinnen stolperte sie in Richtung des Plätscherns.

Erleichtert stöhnte sie auf, als sie einen schmalen Fluss durch die Bäume schimmern sah. So schnell sie konnte, humpelte sie hinüber. Umständlich kniete sie sich ans Ufer und schöpfte etwas Wasser in die hohlen Handflächen. Es war hell, klar und damit wohl einigermaßen sauber, also trank sie gierig davon. Schließlich raffte sie den Rock ihres Kleides und stieg vorsichtig auf ihrem gesunden Bein in den Bach. Die Zähne angstvoll zusammengebissen tunkte sie schließlich auch ihr zweites Bein hinein. Sie zischte, als das Wasser schmerzhaft ihre Wunden umspülte. Einen Moment stand sie reglos, bevor sie sanft die festgetrockneten Blutspuren an ihrer Wade wegwusch. Die Strömung zog an ihren Beinen und spülte den Dreck fort.

Als sie wenig später wieder aus dem Bach trat, pochten ihre Wunden heftig und es trat neues Blut aus. Eowyn fühlte sich dennoch besser.

Sie riss kurzerhand ein Blatt vom Busch neben sich, wusch eventuelle Schmutzpartikel im Bach ab, hockte sich an das Ufer und presste das Blatt auf ihre Wunden. Vielleicht reichte das schon, um den Blutfluss zu stillen.

Sie starrte auf die spiegelnde Wasseroberfläche. Nach einer Weile wurde sie erneut müde und richtete sich deshalb abrupt auf. Sie durfte nicht einschlafen, wenn sie noch vor der nächsten Nacht aus dem Wald heraus sein wollte. Besorgt lupfte sie das Blatt auf ihrem Bein. Etwas Blut sickerte noch aus den Wunden, doch einiges war bereits festgetrocknet. Es musste gehen, solange sie keinen Verband hatte.

Sie erhob sich schwerfällig, folgte dem Lauf des Flusses und irrte weiter durch den Wald. Die Sonne hatte ihren höchsten Punkt am Himmel erreicht und wanderte langsam weiter.

Eowyn lief, so weit sie konnte, aber nach einer Weile sackten ihr einfach die Beine weg. Das Bedürfnis ihres Körpers nicht mehr ignorieren könnend, lehnte sie sich an einen Stamm und schloss die Augen. Nur ganz kurz ausruhen.

Ihr eigenes Zittern riss sie nach einer ganzen Weile aus dem Schlaf. Die Dämmerung hatte bereits eingesetzt. Eigentlich hatte sie den Wald verlassen wollen, bevor die Sonne unterging, doch es war so schwer, ein Glied zu bewegen. Sie zitterte vor Kälte, ihr Bein schmerzte, ihr Magen rebellierte und sie war so müde. Sie gähnte und sank wieder in gnädige Dunkelheit.

# Kapitel 20

»Ryber. Schau nur das Mädchen dort! Oje, was ist mit ihm?«

»Es sieht aus, als wenn es ohnmächtig wäre.«

»Oh, die Arme. Warum sitzt sie in diesem Zustand hier draußen im Wald? Und auch noch ganz allein? Hallo? Kannst du mich hören?«

Stimmen zerfetzten die wohltuende Dunkelheit um Eowyn herum. Warum war ihr nur so kalt? Mühsam öffnete sie die Augen. Ihre Lider flatterten und ließen sie das Paar vor ihr nur verschwommen erkennen.

Ein kräftiger Mann, mit tiefen Falten um besorgte braune Augen, kniete neben ihr. Sein Gesicht war von weißen Locken umgeben. Eine kleine Frau stand mit ähnlich besorgtem Ausdruck in ihren grünen Augen neben ihm. Sie hatte die Hand auf die Schulter des Mannes gelegt. Durch ihr braunes Haar zogen sich graue Strähnen.

»Hallo? Ich bin Fertria und dies hier ist mein Mann Ryber. Kannst du uns hören?«

Eowyn ächzte. Sie zitterte vor Kälte und ihr Kopf fühlte sich viel zu schwer für ihren Hals an. »Ich ... Ich ...«

Sie leckte sich über die trockenen Lippen und blinzelte an dem Paar vorbei. Das letzte Mal, das sie wach gewesen war, konnte noch nicht lange her sein. Es war nur geringfügig dunkler geworden.

»Ach du armes Ding. Was ist nur mit dir passiert?« Die Frau schubste ihren Mann beiseite und befühlte mütterlich Eowyns Stirn.

Erschrocken zog sie ihre Hand zurück. »Sie hat hohes Fieber.« Sie wechselte einen Blick mit ihrem Mann, der Eowyn kurzerhand auf seine Arme hob.

Die Frau – Fertria – fasste nach ihrer Hand. »Wir nehmen dich vorerst mit zu uns. Keine Sorge, nur solange bis dein Fieber gesunken ist.« Sie tätschelte ihre Finger.

Eowyn stöhnte leise. Jeder Schritt des Mannes trieb Klingen des Schmerzes durch ihr Gehirn.

»Wir wohnen nicht weit weg von hier. Eine kleine, etwas einsame Hütte, aber uns gefällt es dort. Es ist sehr ruhig. Ein Glück für dich, dass wir uns heute erst so spät vom Besuch bei unserer Enkelin zurückgekehrt sind.«

»Sei still, Fertria. Ich glaube nicht, dass sie das im Moment groß interessiert.«

»Damit magst du recht haben, aber ich finde es bei Fieberträumen immer tröstlich, eine Stimme zu hören, die mir den Weg in die Realität weist. Ach, das arme Ding. Sie scheint Schmerzen zu haben, meinst du nicht auch?«

»Ja. Und sie ist ganz heiß.«

»Das ist das Fieber. Zu Hause werde ich ihr als Erstes Kräuterwickel machen und Wasser einflößen. Vermutlich hat sie schon lange nichts mehr getrunken. Wer weiß, wie lange sie ohnmächtig dort an diesem Baum saß.«

Die Stimmen schwiegen einen Moment, bis die Frau Eowyn wieder an der Hand berührte.

»Da vorne ist schon unser Häuschen. Jetzt ist es nicht mehr weit. Gleich wird es dir besser gehen.«

Eowyn versuchte einen Dank auszusprechen, aber ihre Lippen wollten ihr nicht gehorchen. Sie spürte, wie sie stattdessen wieder in Dunkelheit glitt.

Ein sanftes Ziepen an ihrem Bein weckte sie auf. Sie zitterte immer noch, weil ihr so kalt war und in ihrem Gehirn hingen schwer zu zerreißende Nebelschwaden. Ihr Kopf fühlte sich heiß an.

»Ah, guten Morgen, Kindchen!« Eowyn blinzelte und betrachtete die Frau neben ihrem Bein benommen. Im ersten Moment wusste sie nicht wer das war, bis sie sich ihrem Namen entsann: Fertria.

Sie hatte sie gefunden und mit zu sich genommen. Unbehaglich wandte sie den Kopf. Sie lag in einem schmalen Bett, einen Strohsack unter, mehrere Decken über sich. Der Raum, in dem sie lag, war klein. Ihrem Bett gegenüber stand ein weiterer Bettrahmen, der aber nicht gefüllt war. Sie hob die Decken an und sah an sich herunter. Sie trug ein ihr völlig unbekanntes, altes Wollkleid.

»Erinnerst du dich noch an uns? Mein Mann Ryber und ich haben dich gestern Abend gefunden. Wir waren auf dem Rückweg von unserer Enkelin und plötzlich lagst du da ohnmächtig an diesem Baum. Also haben wir dich mit zu uns genommen.«

Fertria legte ihr etwas Warmes auf das unverletzte Bein und setzte sich neben ihrem Arm auf den Bettrahmen. »Das hier ist das alte Zimmer meiner beiden Töchter. Es wird nicht mehr benutzt, außer wenn sie uns mal besuchen kommen. Aber das ist selten geworden, seit sie ihre eigenen Kinder haben. Mein ältester Sohn hat sogar schon eine Tochter, die ihrerseits ihr erstes Kind erwartet. Meinen Urenkel.«

Fertria legte ihr eine Hand auf die Stirn. Besorgt verzog sie ihren Mund, der von tiefen Falten umgeben war.

»Dein Fieber ist immer noch sehr hoch. Ich habe dir Kräuterwickel dagegen gemacht.« Sie beugte sich vor und nahm einen Becher von dem kleinen Tischchen neben dem Bett. »Hier trink etwas Wasser.«

Die alte Frau half ihr, sich etwas aufrechter zu setzen. Sterne begannen vor Eowyns Augen zu tanzen und ihre Kopfschmerzen verschlimmerten sich. Tapfer blinzelte sie durch die Punkte hindurch und tastete mit zitternder Hand nach dem Becher. Nachdem sie ihn fast fallen gelassen hätte, nahm Fertria ihr den Becher wieder aus der Hand und hielt ihn ihr an die Lippen. Eowyn zuckte zurück, nahm dann aber trotz ihrer verletzten Lippe einen Schluck.

Der erste Schluck schmerzte in ihrem geschwollenen Hals, aber das Gefühl ließ nach weiteren Schlucken nach. Das Wasser tat gut, war aber so kalt, dass sie fröstelte.

»Schön langsam. Nicht so hastig.« Fertria nahm den Becher fort und Eowyn ließ sich zurück in das Kissen sinken. Alleine diese kleine Anstrengung hatte sie erschöpft und ihr Schweiß auf die Stirn getrieben.

»Du kannst später mehr trinken. Wie ist denn überhaupt dein Name, Kindchen?«

»Ich bin Eowyn.« Ihre Stimme krächzte.

»Eowyn also. Magst du mir erzählen, wie du zu den Wunden an deinem Bein und der dicken Beule an deinem Kopf kamst und warum du alleine im Wald warst?« Eowyn zog eine der Decken etwas höher über sich. Ihr war so kalt und ihr Kopf so schwer. Nur ihre Wange brannte heiß. Heiß, wie glühender Sonnenschein.

»Die Königin hat mich mit dem Schürhaken geschlagen. Sie hat gedacht, ich wäre die Tochter ihres Bruders. Roran war auch da, hat mir helfen wollen.« Ihre Stimme wurde undeutlicher und sie schloss müde die Augen. »Er wollte mich von der Königin wegziehen, aber dabei bin ich mit dem Kopf gegen den Kamin geschlagen. Mein Kopf tut weh. Königin Alexandra hat mich im Wald aussetzen lassen. Hoffentlich geht es Roran gut …« Ihre Stimme verstummte und sie schlief ein.

Sie sah nicht mehr, wie Fertria sich ungläubig an den Hals fasste. »Die *Königin* hat dir das angetan?«

# Kapitel 21

*Das schwarze Kleid hing so schwer an Eowyn, dass sie sich kaum aufrecht halten konnte. Ihr Körper zitterte vor Anstrengung und Schweiß rann ihre Schläfen hinab. Der verschwommene Mann neben ihr strich ihr liebevoll über das Haar. Seine Hand war eisig kalt auf ihrer glühenden Stirn.*

*»Du bist nun dasjenige auf dieser Welt, das ich am meisten liebe.«*

*Sie wischte sich Schweiß von der Stirn und lächelte angestrengt zu ihm auf. Vor ihren Augen tanzten dunkle Punkte und es fiel ihr schwer, den Mann neben sich zu fokussieren.*

*Gerade öffnete sie die Lippen, um etwas zu erwidern, als die Fensterläden krachend gegen die Hauswände schlugen. In einem Schauer aus Licht und Scherben ging das Glas des einen Fensters zu Bruch.*

*Ein blasses Frauengesicht tauchte hinter dem Fenster im zweiten Stock auf und es war zu einer derart hasserfüllten Miene verzerrt, dass der Mann Eowyn am Arm packte und schützend hinter sich zerrte.*

*Ihre Beine zitterten dabei so sehr vor Anstrengung, dass sie sich an ihm abstützen musste. Schweiß rann in ihre Augen. Hastig blinzelte sie ihn fort.*

*Die Frau warf triumphierend ihre Haare zurück, öffnete den Mund und formte damit Worte.*

*Eowyn sperrte ihre Ohren auf, aber es blieb still, geradezu beängstigend und absolut still.*

*Sie begann darum zu kämpfen, die Worte zu verstehen, aber*

*sie scheiterte. Ihr Herz raste und sie musste sich zutiefst erschöpft auf das Bett sinken lassen.*

*Urplötzlich kniete Roran neben ihr. Seine blauen Augen waren voller Düsternis. Als er ihren Arm umfasste, war die Kälte, die von ihm ausströmte, ein Schock. Heftiges Zittern erfasste ihren Körper, in dem Hitze wütete. Roran schnellte hoch und stürmte auf die schwarz gekleidete Frau zu. Eisiger Wind kam auf und ein Berg aus Schnee ging auf die Fremde nieder. Sie fauchte, kämpfte sich aber mühsam wieder aus dem Schnee hervor.*

*Schneeflocken wirbelten heftiger durch den Raum, trafen auch Eowyn. Auf ihrer Haut fühlten sie sich wie Eissplitter an.*

*Plötzlich hielt die schwarze Frau einen Schürhaken in der Hand und hieb damit nach Roran.*

*Eowyn schrie auf. »Nein! Roran, pass auf!«*

*Roran duckte sich hastig. »Ich werde dieses Verhalten keineswegs auch nur eine Sekunde länger dulden!«*

*Er wirbelte herum, bereit die schwarze Frau zu packen, doch sie stand schon nicht mehr neben ihm, sondern neben Eowyn. Sie hob den Schürhaken über ihren Kopf und starrte zu dem Mann hinüber, der neben dem Frisiertisch stand.*

*»Sie wird nichts wissen, nichts ... Bis es überall in den Sommerlanden schneit, wie in dem verfluchten Jahr, in dem ich dich das erste Mal erblickte.« Mit diesen Worten schlug sie zu.*

*Eowyns gellender Schrei zerriss die durch den Schnee gedämpfte Szenerie. Pochender Schmerz flammte in ihrem Bein auf, aber sie versuchte trotzdem vom Bett zu krabbeln, denn die Fremde sprang mit erhobenen Schürhaken auf Roran zu. Wild kämpfte sie gegen die starken Hände an, die sie festhielten. Sie würde nicht zulassen, dass die Hexe Roran verletzte.*

*»Nein. Nicht Roran!«*

Ihr eigener Aufschrei holte sie aus dem Traum zurück.

»Es ist gleich geschafft, Kindchen. So, schau, schon hast du es hinter dir.«

Eowyns Herz raste von ihrem Traum. Sie keuchte und versuchte mühsam, in die Realität zu finden. Rybers Gesicht tauchte vor ihr auf. Er hielt sie an den Schultern fest.

Fertria stand mit einem Becher und einem Tuch neben ihrem Bein. »Ich habe deine Wunden gesäubert. Das war sehr schmerzhaft, ich weiß. Jetzt mache ich dir einen frischen Verband.«

Sie lächelte beruhigend und berührte ihr Bein. Urplötzlich verwandelte ihr sanfter Gesichtsausdruck sich in ein berechnendes Grinsen. Die braunen Haare mit den weißen Strähnen schimmerten rötlich auf. Königin Alexandra fixierte sie gehässig. Die weißen Leinenstreifen in ihren Fingern näherten sich ihrem Bein.

»Nein!« Eowyn riss ihre Beine an sich und strampelte wie wahnsinnig, um von den Händen der Königin fort zu kommen. Dabei schlug sie mit dem Kopf gegen den Bettrahmen, genau dort, wo sich ihre Beule befand. Einen Moment verlor sie die Orientierung und versank in Dunkelheit.

Ihre Augen flatterten. Es sollte nicht so schwer sein, sie zu öffnen. Vielleicht dauerte es eine Sekunde, vielleicht fünf Stunden, bis sie endlich genug Kraft hatte, sie aufzumachen. Augenblicklich rann eisige Furcht durch ihre Adern. Königin Alexandra stand neben ihr und starrte auf sie hinab.

»Kindchen, was ist denn?« Die Königin trat an ihre Seite und wollte eine Hand auf ihre Schulter legen.

Panisch wand Eowyn sich zur Seite. »Lasst mich endlich in Ruhe. Ich verstehe nicht, was ich Euch getan habe. Warum hört Ihr nicht auf, mich zu schikanieren?!«

Eowyn wand sich unter den Händen auf ihrer Schulter und zuckte vor der Königin zurück, als jene sich über sie beugte.

»Geh zur Seite, Fertria. Sie hat Angst vor dir. Sie denkt, du bist jemand anderes. Geh hinaus. Los.« Endlich wandte Königin Alexandra sich ab und verschwand.

Eowyn keuchte erleichtert auf. Tränen rannen über ihre Wange. Die Hände von ihren Schultern verschwanden. Hastig setzte sie sich auf und drückte sich eng an die Wand.

Im nächsten Moment wurde ihr furchtbar übel. Die Welt drehte sich wie wild vor ihr. Und es war kalt, eisig kalt. Die Kälte fraß sich geradezu durch ihre Knochen. Ihre Zähne klapperten aufeinander.

»Leg dich wieder hin, komm schon. Wir tun dir nichts.« In dem Wirbel vor ihren Augen tauchte das Gesicht eines alten Mannes auf. Seine weißen Haare standen wirr vom Kopf ab. Erleichtert entspannte sie sich, obwohl ihr Schädel sich anfühlte, als wenn er auseinander brechen wollte.

»Iain! Wie gut, dass du da bist ...« Ihre Stimme klang seltsam, wie von weit her. »Ich fühle mich nicht gut. Ich glaube, ich bin krank. Ist Roran auch da?«

»Roran kommt gleich. Lege dich erst mal wieder hin.« Gehorsam legte sie sich im Bett zurück und ließ zu, dass Iain die Decken über sie zog. Wenig später hielt er ihr einen Becher an die Lippen, von dem sie ein paar Schlucke trank. Schweiß trat auf ihre Stirn und ihr Zittern verstärkte sich. Plötzlich war sie so erschöpft, dass sie nicht einmal mehr schlucken konnte. Wasser mit einem seltsamen Geruch tropfte ihr Kinn hinab. Der Becher verschwand.

»Jetzt schlaf. Der Baldrian hilft dir.«

Im nächsten Moment war sie tatsächlich eingeschlafen.

Sie erinnerte sich später nicht mehr daran, aber Ryber rüttelte sie regelmäßig wach. Sie lächelte das vertraute Gesicht Iains über sich an und dämmerte wieder fort. Fertrias Stimme hinter der Tür war angespannt. »Hoffentlich ist ihr Kopf nicht schlimmer verletzt. Wenn sie uns morgen immer noch nicht erkennt, müssen wir nach einem Heiler schicken.«

# Kapitel 22

Der Klang der Laute war süß und rein. Eine leise, etwas heisere Stimme begleitete die Musik.

*Roran lächelte auf sie hinab. Sie tanzten schweigend durch den Raum. Kühle Luft ging von ihm aus.*

*Zarte Schneeflocken fielen im Sonnenlicht glitzernd neben ihnen zu Boden, wie Diamanten an einer Schnur. Roran zog sie fester an sich. Erst zögerte sie, aber dann bettete sie ihren Kopf an seiner Brust und vergrub ihre Nase in seinem weichen Hemdstoff.*

*Sein Atem zerzauste ihre Haare und sein Herz schlug beständig unter ihrem Ohr. Sie sah zu ihm hinauf und hob eine Hand an seine Wange. Roran schmiegte sein Gesicht hinein, ohne den Blick von ihr zu nehmen. Das helle Blau seiner Augen leuchtete.*

*Sie wünschte, er könnte immer sein, wie er jetzt war. Ohne Sorgen.*

*Sie nahm die Hand von seiner Wange und schlang die Arme um ihn. Roran umarmte sie ebenfalls und so standen sie, ließen die Töne der Laute um sich herum fließen und die Stimme der Frau über ihren Köpfen schweben. Rorans Lippen berührten ihr Haar und er vergrub sein Gesicht darin.*

*Im Takt der Musik begann er sich wieder zu bewegen und sie mit ihm. Sie tanzten langsam, nur für sich.*

*Roran hob ihr Gesicht an und küsste sie zart auf die Wange. Seine Schneeflocken strichen über ihr Haar.*

*Das Lied wurde schneller und er begann, sie über den Boden zu wirbeln. Er ließ sie sich drehen und drehen, bis ihr schwindelig wurde.*

*Die Musik verklang schließlich. Rorans Lächeln verschwand. Er blieb vor ihr stehen und zog ihre Hände an seine Lippen. Plötzlich waren die Schatten in seinen Augen wieder da und der Schneefall stoppte. Er ließ ihre Hände los und wandte sich um.*

*Eowyn blieb stehen und beobachtete, wie er von ihr fort ging. Sie presste eine Hand auf ihre Brust, um ihr Herz daran zu hindern, herauszupurzeln und ihm zu folgen.*

*Wenn er nur dort, wo sein Weg enden würde, glücklich sein könnte.*

Sie wachte mit Tränen in den Augen auf. Vor Sehnsucht nach Roran fühlte sich ihr Herz hohl an.

Sie wandte den Kopf, was Sterne durch ihr Sichtfeld trieb und sah zu Fertria hinüber, die mit einer Laute auf dem Schoß neben ihr saß.

Die Alte musterte sie offensichtlich erleichtert. »Das Lied habe ich immer für meine Kinder gespielt, wenn sie krank waren. Jetzt, wo wir erneut eine kranke Person bei uns beherbergen, dachte ich, ist es an der Zeit, die alte Laute wieder hervorzuholen.« Sie sah gnädig zur Seite und legte ihre Laute ab. Eowyn wischte ihre Tränen fort.

In ihrem Kopf drehte es sich, als wenn Roran sie noch immer über die Tanzfläche wirbeln würde. An ihrem Hinterkopf spürte sie ihre drückende Beule.

»Dein Fieber sinkt. Dem Sommer sei Dank. Gestern Abend plagten dich noch fürchterliche Fieberträume. Wie fühlst du dich mittlerweile?«

»Besser.« Ihre Stimme war kratzig.

Fertria half ihr auf und reichte ihr einen Becher. Obwohl Eowyns Hand zitterte, gelang es ihr diesmal, den Becher selbst an den Mund zu führen. Das klare Wasser war wohltuend.

»Ich habe immer noch Kopfschmerzen und mein Bein schmerzt, aber es fühlt sich nicht mehr an, als wenn es in Flammen stünde. Mir ist auch nicht mehr so eisig kalt.«

»Das klingt gut.« Fertria berührte ihre Hand. »Du hast in deinen Fieberträumen häufig von einem Roran gesprochen. Magst du mir erzählen, wer er ist?«

Eowyn senkte den Kopf. Sie wollte nicht über Roran sprechen. Es tat zu weh.

»Er bedeutet mir viel, aber er gehört einer anderen.«

Fertria seufzte. »Ich dachte mir schon, dass deine Geschichte keine glückliche ist.«

Sie streichelte Eowyns Hand. In ihren grünen Augen, um die sich tiefe Falten gegraben hatten, stand das Wissen all ihrer Lebensjahre geschrieben.

»Ich lasse dich kurz alleine.« Fertria verließ den kleinen Raum und Eowyn starrte an die weiße Wand.

Hoffentlich ging es Roran gut. Hoffentlich hatte die Königin ihn nicht verletzt, aber das würde sie bestimmt auch nie tun. Er war ihr Schwiegersohn. Er war das Mittel zu ihrer Macht über die Winterlande. Königin Alexandra würde nicht das Risiko eingehen, ihn dazu zu verleiten, die Hochzeit abzusagen, indem sie ihn verletzte.

Es fiel ihr schwer, ihren eigenen, aufmunternden Worten zu glauben. Die Königin war unberechenbar. Im Affekt könnte sie Roran ebenso schlimm verletzt haben, wie Eowyn selbst.

Sie rollte sich zusammen und barg ihr Gesicht zwischen den Händen. Ihre misshandelte Wange fühlte sich an ihren Fingerspitzen warm an.

Hoffentlich würde er sich trotz der Hochzeit mit Alisa selbst treu bleiben. Sich selbst, seinem Land und seinem Schnee. Ihr

Herz schmerzte bei dem Gedanken. Roran hätte es so sehr verdient, jemanden zu heiraten, den er von Herzen liebte. Eine Frau, neben der er gerne morgens aufwachen würde. Eine Frau, die sich von ihm und seinem Schnee necken ließ.

Sie öffnete den Mund, aber es kam kein Schluchzen heraus. Es steckte in ihrem zerrissenen Herzen fest.

Sie hätte ihm davon erzählen sollen, welchen Plan Königin Alexandra mit dieser Hochzeit verfolgte. Dass sie versuchen würde, an Rorans statt über die Winterlande zu regieren. Wenn sie es getan hätte, besäße sie nun zumindest sein Versprechen, darauf zu achten, dass weder Alisa noch ihre Mutter ihn von seinem Platz als baldigem König der Winterlande vertrieben.

Nun blieb ihr nur das Vertrauen auf seine Stärke und seine Treue den Winterlanden gegenüber.

Solange er stark und treu blieb, würde er zu seiner Verantwortung als König stehen. Egal, was seine Ehefrau ihm einredete oder einzureden versuchte.

Zarte Gewissheit spross aus ihrem Herzen. Roran würde niemals jemand anderen für sich über sein Land regieren lassen, es sei denn, ihm wurde etwas angetan.

Dieser plötzliche Gedanke ließ sie frösteln. Würde die Königin so weit gehen, Roran zu vergiften oder ihn auf andere Weise umzubringen? Wenn Alisa erst sein Kind, den Thronfolger der Winterlande, zur Welt gebracht hatte und Roran nicht mehr lebte, würde sie über das Land herrschen, jedenfalls bis ihr Kind den Thron übernahm.

Scharfe Sorge stieg in ihr auf bei dem Gedanken, dass die Königin ihn ermorden lassen könnte. Sie legt eine Hand auf die Brust, um ihr wie rasend schlagendes Herz zu beruhigen, bis ihr plötzlich ein weiterer Gedanke kam.

Sie würde einen Brief an den Hof der Winterlande senden, zu Händen Prinz Rorans. Sie würde ihm mitteilen, was Königin Alexandra vermutlich mit dieser Hochzeit beabsichtigte. Roran wäre gewarnt und könnte auf sich aufpassen. Erleichterung durchströmte sie. Das würde sie tun. Sie würde ihm einen Brief schreiben und ihn warnen.

Erschöpft drehte sie sich auf die Seite und schloss die Augen. Den Gedanken daran, was sie selbst nun mit ihrem Leben anfangen sollte, schob sie ganz weit von sich weg.

Ihr Körper war noch ausgelaugt vom Fieber, deswegen glitt sie trotz ihres aufgewühlten Zustands schnell in erholsamen Schlaf.

Sie wachte davon auf, dass jemand an der leichten Decke zupfte, die über sie gebreitet war.

Schläfrig blinzelte sie und begegnete Fertrias grünen Augen. »Guten Nachmittag. Wie geht's dir?«

»Schon viel besser.« Ihre Stimme krächzte und sie musste sich räuspern. Sie erwiderte Fertrias Schmunzeln zaghaft und spürte, wie ihre verletzte Lippe dabei wieder aufplatzte. Sie zuckte zusammen und leckte hastig darüber.

Das Denken fiel ihr durch das Wirbeln in ihrem Kopf nicht leicht. Mühsam, da sie immer noch geschwächt war, richtete sie sich auf und griff vorsichtig nach dem Becher auf ihrem Nachttisch. Fertria eilte sofort an ihre Seite und reichte ihn ihr.

Als das köstlich kühle Wasser ihre Lippen benetzte und ihre Kehle hinabrann, stöhnte sie entzückt und genoss die Nässe. Gierig trank sie den Becher leer und stellte ihn auf das niedrige Tischchen zurück.

In ihrem Kopf begann es sich wieder zu drehen, weshalb

sie sich in das Kissen zurücksinken ließ. Das Fieber hatte sie entkräftet. Die Beule an ihrem Kopf bereitete ihr immer noch Kopfschmerzen.

»Das hat gutgetan.«

Fertria lachte. »Du hast seit zwei Tagen, seit wir dich gefunden haben, kaum Wasser zu dir genommen. Kein Wunder, dass dir es guttut. Ich wollte dich nicht aufwecken, musste aber einmal nach deiner Wunde sehen.«

»Oh ... Wie sieht sie denn aus?«

»Soweit in Ordnung. Sie nässt nicht und die Röte, die zuerst zu sehen war, ist auch zurückgegangen. Ich würde sagen, du hast Glück gehabt. Das hätte weitaus schlimmer enden können, alleine im Wald.« Sie ließ sich ächzend auf Eowyns Bettkante nieder. »Was hältst du davon, wenn ich dir einen Teller Kraftbrühe bringe? Das wird dir wieder auf die Beine helfen.«

»Das wäre sehr nett. Vielen Dank, wirklich vielen Dank für alles. Ich kann es Euch gar nicht vergelten, dass Ihr Euch so viel Mühe um mich macht ...«

»Ach, papperlapapp. Es ist schön, sich mal wieder um jemand anderen als Ryber zu kümmern. Früher lebten unter diesem Dach vier Kinder.« Die Falten um Fertrias Augen wurden tiefer und sie starrte wehmütig zu dem anderen Bett hinüber, als wenn ihre Tochter noch darin läge. »Es ging wild und laut zu bei uns und ich musste immer auf alle ein wachsames Auge haben. Damals haben sie mir den letzten Nerv geraubt, aber heute wünsche ich mir die damalige Zeit wieder zurück.«

»Wie lange lebt Ihr und Ryber schon hier?«

»Seit 44 Jahren. Meine Eltern lebten in einem Haus im nächsten Dorf. Als ich fünfzehn war, begegnete ich dort Ryber, der auf der Durchreise durch unser Dorf war.« Fertria lächelte und einen Moment konnte Eowyn sie in ihrer Jugend sehen, mit zwei langen, geflochtenen Zöpfen und neugierigem Gesicht.

»Er war damals siebzehn und erledigte Besorgungen für seine Eltern. Ich war sofort von ihm angetan, von seiner stattlichen Figur und seinen wilden Locken. Wie zufällig kam er einige Zeit später wieder in mein Dorf. Ich weiß es noch ganz genau. Es war die Woche, in der wir Erntefest gefeiert haben.« Der Blick der Alten verlor sich in der Ferne. Eowyns Herz schmerzte bei dem Gedanken daran, dass manchen Personen tatsächlich das Glück vergönnt war, ein Leben lang mit der Person zusammen zu sein, die einem das Wichtigste war.

»Was war ich aufgeregt, als das große Erntedankfest anstand, das wir jährlich feierten! Ich hatte in Erfahrung gebracht, dass Ryber auch an dem Fest teilnehmen würde und ich hoffte so sehr, er würde mich zum Tanz auffordern. Den ganzen Abend sah es allerdings nicht so aus, also musste ich mir selbst ein Herz fassen und ihn ansprechen. Später stellte sich heraus, das er sich seinerseits nicht getraut hat, mich anzusprechen.« Sie kicherte. »Es war der schönste Tanz meines Lebens. Das Feuer, das Lachen, die Musik und immer wieder Ryber. Wie er lächelte oder sich durchs Haar strich, sodass es noch wilder abstand.

Drei Monate später hielt er bei meinen Eltern um meine Hand an. Sie hatten gehofft, mich besser verheiraten zu können, aber Ryber war zumindest eine verlässliche Partie, deshalb stimmten sie letztendlich zu. Seit 44 Jahren sind wir jetzt verheiratet. 44 Jahre. Das ist mehr als das Doppelte deines jetzigen Lebensalters, Kindchen.«

Der Satz hielt Eowyn vor Augen, dass sie nicht einmal genau wusste, wie alt sie war. Ihre gesamte Vergangenheit war verloren. Stechender Schmerz durchzuckte sie, doch sie versuchte es sich nicht anmerken zu lassen.

»Also seid Ihr kurz nach eurer Hochzeit in dieses Häuschen eingezogen?«

Fertria nickte strahlend. »Ryber, seine drei Brüder und sein Vater haben dieses Haus erbaut, als wir uns verlobten. Seit damals ist es mein Heim und ich will nirgendwo anders sein. Natürlich war es zu Beginn schwierig. Ich war noch sehr jung, jünger als du jetzt, meine Eltern wohnten ein ganzes Dorf entfernt. Es erschien mir, als wenn ein halbes Land zwischen uns läge, dabei waren es nur wenige Meilen. Aber ich wusste von Anfang an, dass es die richtige Entscheidung war. Ich liebe Ryber immer noch, seit 44 Jahren. Es macht mich glücklich mit ihm zusammen zu lachen oder auch zu schweigen. Ich glaube, nicht vielen ist ein solches Glück zuteil wie ihm und mir. Wir sollten es wirklich mehr wertschätzen.«

Eowyn musste sich räuspern. »Das solltet Ihr tatsächlich. Denjenigen, der einem so viel bedeutet, sollte man niemals loslassen müssen.«

Fertrias Aufmerksamkeit wanderte aus der Vergangenheit zurück in die Gegenwart. Sie legte eine Hand auf ihre. »Das stimmt.«

Schweigen dehnte sich aus, während jede ihren eigenen Gedanken nachhing.

»Wie alt sind Eure Kinder mittlerweile? Leben sie weit entfernt?«

Fertrias Lächeln erblühte erneut und Stolz sprach aus ihrer Stimme.

»Wir haben zwei Töchter und zwei Söhne. Mein ältester Sohn Rutran ist 43 Jahre alt. Er ist in das Heimatdorf seiner

Frau gezogen, wo auch seine älteste Tochter wohnt. Ich erzählte dir bereits von ihr. Sie ist hochschwanger und erwartet unseren ersten Urenkel. Rutrans andere zwei Kinder hat es leider noch weiter fort gezogen. Wir sehen die beiden viel zu selten. Dann ist da noch mein Zweitältester Wirtig, er ist 41 und hat fünf Kinder. Meine Tochter Elaia ist 40, aber leider wurde sie nie mit eigenen Kindern gesegnet. Sie lebt mit ihrem Mann zusammen in meinem alten Heimatdorf.

Ach, war das ein Zufall damals. Ich nahm sie mit, um meine Eltern zu besuchen und sie verliebte sich währenddessen in den Sohn des Müllers.

Ich besuche sie natürlich sehr gerne. Meine Mutter lebte zum Schluss bei ihnen im Haus, sodass ich auch sie bei meinen Besuchen dort sehen konnte.

Meine Jüngste Armira hat es tatsächlich am weitesten weg gezogen. Als Kind war sie so anhänglich, dass ich dachte, sie würde einmal dieses Haus hier übernehmen und niemals weit von uns fortziehen. Sie ist eine Nachzüglerin, gerade 31 Jahre. Sie lernte ihren Mann ebenfalls kennen, als er auf der Durchreise durch unser Dorf war, so wie ich damals Ryber. Nur dass Ryber lange nicht so weit entfernt wohnte, wie Erlar. Das ist Armiras Mann.

Er ist der Sohn eines Ortsrates in einer Stadt weit oben in den Sommerlanden. Es war von Anfang an klar, dass er eines Tages das Amt seines Vaters übernehmen würde und seine Heimatstadt nicht verlassen konnte. Armira hat sich entschlossen, mit ihm zu gehen.« Fertria legte ihre Hände übereinander und seufzte. »Wo die Liebe manchmal hinfällt, nicht wahr? Sie hat drei Kinder und das Jüngste habe ich noch nie zu Gesicht bekommen. Es müsste gerade vier Jahre alt sein.« Ihr Gesicht nahm einen traurigen Ausdruck an. »Erlar ist sehr beschäftigt, sodass sie es nicht schaffen, uns zu besuchen und für Ryber und mich ist die Reise mittlerweile einfach zu weit.« Sie verstummte und nun war es an Eowyn tröstend Fertrias Hand zu berühren.

»Keines von Euren Kindern wohnt also in direkter Nähe?«

»Duze mich bitte, Eowyn. Ansonsten fühle ich mich noch älter, als sowieso schon.« Sie schmunzelte, aber dann viel ihr Blick auf das leere Bett an der anderen Zimmerwand. »Leider hast du recht. Keines unserer Kinder hat es hier im Dorf gehalten. Eigentlich kann man es heute kaum noch *Dorf* nennen. Neben Ryber und mir leben nur noch zwei andere Pärchen hier.« Sie seufzte erneut. »Elaia wohnt noch am dichtesten. Wir besuchen sie oft und sie kommt auch häufig bei uns vorbei. Das ist sehr schön. Nur schade, dass sie uns keine Enkel schenkte. Es ist so erfrischend mit jungem Volk zusammen zu sein.« Fertria lachte und die Melancholie fiel von ihr ab. »Deswegen macht es mir auch solch eine Freude dich zu bemuttern. So, nun haben wir aber genug getratscht.«

Sie erhob sich ächzend, wobei ihre Knie knackten. Das Geräusch erinnerte Eowyn an Traude und das Schloss der Sommerlande. Ob Traude wusste, was mit ihr geschehen war? Welches der Dienstmädchen wohl ihre Kammer übernahm? Würde jene die Schneekugel unter dem Bett finden? Hastig verbot sie sich den Gedanken daran.

»Ich bringe dir einen Teller Kraftbrühe. Der wird deine alte Stärke zurückbringen.« Fertria lächelte und tätschelte Eowyns Hand, bevor sie hinausging. Eowyn sah ihr nach. Sie war eine bemerkenswerte Frau. Sie lebte nur mit ihrem Mann in einer einsamen, kleinen Hütte, war aber dankbar für alles, was sie besaß.

Wenige Minuten später kehrte die Alte zurück. Sie hatte

ein Tablett organisiert, auf dem ein randvoll gefüllter Teller Kraftbrühe ruhte.

Eowyn richtete sich auf und Fertria legte ihr das Tablett auf den Schoss. »Vielen Dank.«

»Bedank dich nicht immer. Es ist mir ein Vergnügen. Nun iss.« Fertria lächelte und verließ das kleine Zimmer.

Heißer Dampf stieg Eowyn ins Gesicht und sie tauchte ihren Löffel in die Suppe. Langsam spürte sie ihre Lebensgeister zurückkehren. Nur ihr Optimismus und ihre Hoffnung ließen auf sich warten.

Wohin ihr Weg von nun an wohl führen würde?

Der Löffel in ihrer Hand begann zu zittern. Eowyn schloss die Augen und verbot sich den Gedanken an ihre ungewisse Zukunft. Sie würde einen Weg finden. Irgendwie.

Nach der Hälfte des Tellers war sie pappsatt. Sie schwang ihre Beine aus dem Bett und setzte das Tablett auf dem Nachttisch ab. Weißes Leinen bedeckte ihr verletztes Bein.

Eowyn wandte den Blick ab und sah stattdessen auf den dunklen Dielenboden hinab. Behutsam setzte sie ihre bloßen Füße auf den Boden und rutschte vom Bett herunter.

Ein zarter Schmerz kehrte in ihre Wade zurück, aber zumindest stand sie einen Moment aufrecht. Schnell wurde ihr jedoch schwindelig von der Anstrengung und sie ließ sich wieder zurück auf das Bett sinken. Sie zog die leichte Decke über sich und döste ein.

# Kapitel 23

Eowyn wachte davon auf, dass sie Durst verspürte. Im Zimmer war es dunkler geworden. Die Sonne musste gerade untergehen.

Sie drehte sich auf die Seite und hielt inne. In ihrer Brust hatte sich ein seltsames Gefühl breitgemacht. Als wenn sie tagelang nichts gegessen hatte und ein Loch im Magen verspürte, nur dass dieses Loch nicht in ihrem Bauch, sondern ihrem Herzen saß. Sie brauchte noch einige weitere Minuten, bis sie das Gefühl identifizierte.

Dem Druck in ihrem Herzen nachgebend, krümmte sie sich zusammen und ließ ihren Tränen freien Lauf.

Sie vermisste ihn. Sie vermisste Roran so sehr. Sie vermisste sein Lachen, seine blauen Augen, auch wenn Düsternis darin stand, seinen Schnee – oh, seinen Schnee. Sie zog die Decke über sich und biss sich so fest auf die Lippe, dass sie Blut schmeckte.

Ihr verschwommener Blick fiel auf ihre Hand, die Roran stets mit einem Lächeln ergriffen hatte und lautlos weinte sie noch mehr. Sie wünschte, sie hätte zumindest seine Schneekugel bei sich. Zumindest diese eine Geschenk, das ihr von ihm verblieben wäre.

Sie weinte, bis sie keine Tränen mehr hatte und richtete sich schließlich langsam auf. Ihre Augen fühlten sich geschwollen an und ihre Nase war verstopft. Sie schlang die Arme um sich und versuchte, sich selbst Halt zu geben.

Nach einer Weile setzte sie sich auf, schwang entschlossen die Beine aus dem Bett und erhob sich vorsichtig. Einen Moment hielt sie sich ihren dröhnenden Kopf, dann straffte sie sich entschlossen. Sie belastete ihr verletztes Bein so wenig wie möglich und humpelte zur Tür hinüber. Fertria und Ryber saßen gemeinsam an dem kleinen Tisch, der neben der Kochstelle stand und spielten ein Gesellschaftsspiel. Fertria hob erschrocken den Kopf, als sie die Tür knarren hörte.

»Darf ich einen Moment hinausgehen? Ich brauche ein wenig frische Luft.«

Fertria biss sich auf die Lippe, dann erhob sie sich zustimmend. »Aber nur einen kurzen Moment. Und nimm deine Decke mit.«

Eowyn blinzelte. »Ist es draußen nicht warm?«

»Doch, natürlich, aber du bist geschwächt, da kann dir bereits etwas Wind eine Erkältung bescheren.«

Fertria eilte in das Kämmerchen, das Eowyn als Krankenlager diente und legte ihr die Decke um die Schultern. Dann begleitete sie sie hinaus und wies auf eine kleine Bank, die an der Hauswand stand. »Setz dich ruhig hierher.«

Eowyn tat wie geheißen. Es war peinlich es zuzugeben, aber ihre Knie zitterten bereits von dem kurzen Weg hinaus. Fertria zupfte ihr die Decke über die Knie, sah sie einen Moment prüfend an und verschwand wieder nach drinnen.

Eowyn atmete tief ein, roch den würzigen Geruch der Bäume und sah zu dem nahen Wald hinüber, der das Haus von fast alle Seiten zu umgeben schien. Ihr Blick wanderte weiter zu einer kleinen Stelle hinüber, die Fertria offensichtlich als Kräuterbeet diente. Sie schlüpfte aus ihren Pantinen und erspürte die Grashalme unter ihren bloßen Füßen.

Sie lehnte den Kopf an die Wand zurück, wobei sie sorgfältig darauf achtete, nicht gegen ihre Beule zu stoßen.

Der Himmel trug ein zartes Rosa zur Schau und verabschiedete die Sonne für die Nacht. Eowyn strich sich eine Strähne aus der Stirn, die sich verschwitzt zu kringeln begann. Es war drückend. Eine Hitze, die die miserable Laune der Königin in die gesamten Sommerlande hinausschrie.

Sie lüpfte die Decke über ihrem Knie. Die heiße, feuchte Luft lastete auf ihrer Lunge, aber das Schauspiel am Himmel entschädigte sie. Das Rosa vertiefte sich erst zu einem dunklen Rot und ging dann in weiches Lila über. Sie wünschte, sie könnte all ihre Sorgen dort zum Himmel hinaufschicken.

Eine Tür knarrte und Ryber schaute um die Ecke. »Fertria möchte, dass du wieder hineinkommst. Es wird dunkel hier draußen.«

Eowyn hätte nichts dagegen gehabt, noch einen Moment in der Dämmerung zu sitzen, doch wollte sie ihre Gastgeberin keinesfalls vor den Kopf stoßen. Also erhob sie sich, nahm Rybers Hand, die er ihr hilfsbereit entgegenstreckte und kehrte in das Haus zurück. Die Kühle, die zwischen den dicken Wänden herrschte, war angenehm. Eowyn sah zu dem Tisch hinüber, von dem aus Fertria ihr entgegenlächelte. An der Wand verbreitete eine kleine Fackel schimmerndes Licht.

»Was ist das für ein Spiel, das ihr spielt?«

Ryber lachte. Ein dunkles, rumpelndes Geräusch. »Es hat keinen Namen. Wir haben es uns selbst ausgedacht, als unsere Kinder noch hier lebten. Es wird mit Steinen gespielt.« Er sah auf sie hinab. »Setz dich doch einen Moment zu uns und schau zu. Es ist nicht schwierig.«

Eowyn nickte und ließ sich zu der Bank hinüber führen, die neben dem Tisch an der Wand stand. Fertria steckte sofort die Decke um ihre Beine fest, was Eowyn beinahe ein

Lächeln entlockt hätte. Sie schlüpfte erneut aus ihren Schuhen und zog ihre Füße vorsichtig unter sich.

Das Spiel war in der Tat nicht schwer und nach einer Weile hatte sie die Logik dahinter entschlüsselt. Die Steine wurden in bestimmte Formen gelegt und ließen sich nur bewegen, indem man einen anderen Stein übersprang.

Die Stille, die nur vom Schaben der Steine über dem Tisch unterbrochen wurde, das schwache Licht und ihre Erschöpfung ließen sie nach einer Weile eindösen.

Sie spürte, wie starke Arme sie später von der Bank hoben und in ihr Bett trugen. Fertria zog ihr die Decke bis über die Schultern.

»Guten Morgen, Kindchen!«

Eowyn zuckte zusammen und fuhr aus dem Schlaf. Die Nacht schien vorbei zu sein, denn im Zimmer war es taghell.

Fertria beugte sich über sie. »Wie geht es dir heute?«

Eowyn wühlte sich aus ihren Kissen hervor und richtete sich auf. »Noch etwas besser als gestern. Ich habe tatsächlich ein wenig Hunger.«

»Das ist eine gute Neuigkeit« freute sie sich. »Trink ruhig etwas. Ich möchte mir zuerst dein Bein ansehen, aber dann bringe ich dir etwas Ei, in Ordnung?«

»Das wäre perfekt, vielen Dank.« Fertria seufzte, aber sie schmunzelte. Sie schlug die Decke von Eowyns Beinen zurück. »Was sagte ich dir über das Bedanken? Das ist wirklich nicht nötig.«

Sie ließ sich auf der Bettkante nieder und wickelte behutsam den Verband ab. Eowyn starrte währenddessen an die Decke. Noch war sie nicht bereit für den Anblick ihrer Wunde. Zumindest ihr Kopf fühlte sich langsam besser an.

Die Beule schmerzte zwar noch etwas, aber ihr schwindelte nicht mehr ununterbrochen.

Fertria seufzte und wickelte ihr Bein in einen neuen Verband. »Deine Wunde schließt sich, aber nur sehr, sehr langsam. Es sieht zwar nicht danach aus, als wenn sie entzündet wäre, aber sie verheilt nur schlecht.«

Besorgt öffnete und schloss Eowyn ihren Mund. Sie wünschte, Iain wäre hier. Er wüsste sicherlich was zu tun wäre.

»Wir werden heute Nachmittag weitersehen, in Ordnung?«

Eowyn versuchte ein Lächeln, aber es misslang. Königin Alexandra war es wieder einmal gelungen, sie zu zeichnen.

Erneut klang die Stimme der Königin in ihrem Ohr nach, wie sie ihren Bruder Adrian als Eowyns Vater bezeichnete. Sie runzelte die Stirn. Das konnte einfach nicht sein. Lächerlich.

»Alles in Ordnung, Kindchen?«

»Was? Oh ja, ich war nur in Gedanken.«

Fertria strich zögernd das Laken glatt. »Was ich mich gefragt habe ... Wo ist denn eigentlich deine Familie?«

Eowyn zuckte zusammen und sah hastig auf ihre Hände hinab. »Ich ... Ich habe keine Familie.«

»Nicht einmal eine Großmutter oder entfernte Tante?« Unglaube sprach aus Fertrias Stimme.

Eowyn presste die Lippen zusammen. Sie wünschte so sehr, sie wüsste, ob sie eine Großmutter oder Tante besaß. »Nein. Es gibt niemanden.«

»Das ist ja schrecklich. Es tut mir so leid für dich.« Fertria legte eine Hand auf Eowyns Finger. »Familie ist das Wichtigste auf dieser Welt.«

Eowyn presste ihre Augen zusammen und nickte. Die Alte konnte nicht wissen, dass sie mit ihren Worten in einer Wunde bohrte, die niemals geschlossen werden würde.

»Aber wo bist du denn dann aufgewachsen?«

»Ich war Dienstmädchen am Hofe der Sommerlande, solange ich mich erinnern kann.«

»Ach, in so jungen Jahren schon so hart gearbeitet. Und wie bist du dort an deine Verletzungen gekommen, wenn ich fragen darf? Du musst nicht antworten, wenn du nicht magst.«

Eowyn schüttelte den Kopf und löste ihre verkrampften Hände bewusst voneinander. »Ich weiß nicht, wie viel ihr in diesem abgelegenen Dorf über Königin Alexandra wisst, aber sie ist sehr launisch und jähzornig, wie man auch an ihrem Sommer ablesen kann.«

Fertria nickte zustimmend. »Auf jeden Fall«, murmelte sie leise.

»So geht sie auch mit ihren Dienstboten um. Es ist nicht das erste Mal, dass sie mich geschlagen hat, aber dieses Mal hat sie mich sogar des Schlosses verwiesen.«

Die Alte schüttelte den Kopf und wurde blass. »Wenn ich ehrlich sein darf ... du hast bereits im Fiebertraum erzählt, dass sie für deine Verletzung verantwortlich sei, aber ich wollte es nicht glauben. Ich hätte nie gedacht, dass sie derart gewalttätig sein könnte.«

Eowyn lächelte müde. »Tja, bei uns im Schloss ist es ein offenes Geheimnis, dass manche Dienstboten einfach verschwinden, nachdem sie sich Königin Alexandra widersetzt hatten.«

»Das ist ja ...« Fertria fehlten offensichtlich die Worte. »Und womit hast du ihren Zorn auf dich gezogen?«

Eowyn stieß verächtlich die Luft zwischen den Zähnen aus. Sie war kurz davor zu erzählen, dass die Königin sie für ihre Nichte hielt und vermutete, sie plane den Thron an sich zu reißen, ließ es dann aber doch bleiben. »Ich ... Ich weiß eigentlich nicht genau, was ich an dem Tag falsch gemacht habe. Sie war wohl einfach in der passenden Laune.«

Fertria klappte der Kiefer hinunter. »Das ist ja fürchterlich!«

Eowyn rang sich ein gequältes Lächeln ab.

Erregt sprang die alte Dame auf. »Wenn der alte König das geahnt hätte, hätte er seinen Sohn niemals verstoßen und Alexandra zur Königin gemacht.«

Eowyn sah überrascht auf. Es war ein Hirngespinst der Königin, dass sie ihren eigenen Bruder für Eowyns Vater hielt, aber sie wollte dennoch alles über ihn wissen. Aufgeregt richtete sie sich auf.

»Weißt du, warum Prinz Adrian damals verstoßen wurde?«

Fertria lachte auf. »Ich wünschte, ich wüsste es, aber leider nein. Es dringt nicht viel aus dem Schloss heraus und erst recht nicht in entlegene Dörfer wie dieses.« Sie zuckte die Schultern. »Es passierte einfach und wir erfuhren nie, warum. Es hat uns ganz und gar nicht gefallen. Prinz Adrian war sehr beliebt. Er hatte immer ein schelmisches Zwinkern im Auge und man konnte sehen, wie wohl der Sommer sich in ihm fühlte. Dann wurde er verstoßen und wir bekamen Alexandra als Königin. Ach«, sie seufzte und setzte sich wieder auf die Bettkante, »man konnte sehen, dass sie nur die zweite Wahl des Sommers war. Prinz Adrian hat immer irgendetwas zum Blühen gebracht, Alexandra niemals.«

Eowyn sog gierig die Einzelheiten über den verstoßenen Prinzen auf. War es vielleicht, ganz vielleicht, doch möglich, dass er ihr Vater war? Verzweifelt versuchte sie sich an das Bild des Mannes aus ihrem Traum zu erinnern, aber er war zu verschwommen, um ihn mit Königin Alexandra vergleichen zu können. Missmutig ließ sich in die Kissen zurück sinken.

»Hast du ihn kennengelernt?«

Fertria lachte. »Niemals persönlich, aber die Geschichten über ihn zogen sich durch alle Dörfer. Ich glaube, er wäre ein besserer König geworden, als Alexandra. Die Wirtschaft ist nicht mehr das, was sie unter ihrem Vater war und auch sonst. Ich kenne niemanden, der ihr etwas anderes als ängstliche Ehrfurcht entgegenbringt. Den Prinzen aber fanden wir schon von Kindesbeinen an furchtbar sympathisch.« Sie seufzte und erhob sich. »Nun ist es aber gut mit diesen alten Geschichten. Du kommst sicherlich schon fast um vor Hunger. Ich mach dir schnell ein paar Eier.« Und schon war die alte Frau aus dem Zimmer verschwunden. Eowyn verzog enttäuscht das Gesicht. Sie hatte gehofft, noch mehr über den verstoßenen Prinzen zu erfahren. Seufzend griff sie zu dem Becher auf dem Nachttisch.

Das Ei, das Fertria ihr wenig später brachte, war ausgezeichnet und füllte das gähnende Loch in ihrem Magen. Wäre die drückende Beule an ihrem Kopf und ihr schmerzendes Bein nicht gewesen, hätte sie sich schon fast wie die alte Eowyn gefühlt. Als sie es im Bett nicht mehr aushielt, stand sie vorsichtig auf und setzte sich mit Fertrias Einverständnis erneut auf die Bank vor dem Haus. Sie legte ihre Hände an die Schläfen, denn ihr Kopf war immer noch angeschlagen.

Sie blinzelte in die gleißende Sonne und vergrub die Zehen im Gras. Das grelle Licht fachte ihre Kopfschmerzen an, aber sie genoss die Helligkeit. Gleichzeitig war es dermaßen schwül, dass ihre Haare sich sofort wild lockten. Verwirrt schüttelte Eowyn den Kopf, bereute die schnelle Bewegung aber sofort. Dunkle Sterne blitzten vor ihren Augen auf.

Man sollte meinen, die Königin wäre glücklich, jetzt wo sie

Eowyn endlich los war. Sie musste nun nicht mehr fürchten, dass ihr Bruder sie vom Thron zu stoßen versuchte.

Bei dem albernen Gedanken entwich Eowyn ein Schnauben, aber ihre Verwirrung blieb. Der Königin musste eine neue Laus über die Leber gelaufen sein, wenn sie derart schlechter Stimmung war. Ob es etwas mit Roran zu tun hatte? Augenblicklich besorgt blinzelte sie in den Wald hinüber. Hoffentlich ging es ihm einigermaßen gut. Sie erinnerte sich wieder daran, dass sie ihm einen Brief zukommen lassen wollte.

Ob es zu viel verlangt wäre, von Fertria und Ryber etwas Briefpapier zu verlangen? Briefpapier war teuer und die Versendung in die entfernten Winterlande kostete noch weitaus mehr. Sie schüttelte – diesmal bedachter – den Kopf und verschlang ihre Finger ineinander. Sie hatte nicht eine Münze bei sich und sie konnte die beiden alten Personen, die sie so hilfsbereit und uneigennützig bei sich aufgenommen hatte, niemals um einen solchen Batzen Geld bitten.

Die alten Sorgen stiegen in ihr hoch und drohten, sie unter sich zu begraben. Sie schlug die Hände vor das Gesicht. Es war bald an der Zeit, einige Entscheidungen über ihr weiteres Leben zu treffen.

Sie konnte Fertria und ihrem Mann nicht länger auf der Tasche liegen. Sie musste sich eine Anstellung besorgen, damit sie für ein Dach über dem Kopf und etwas Essen selbst bezahlen konnte. Erst wenn sie eine Anstellung besäße, würde sie auch genug Münzen verdienen, um einen Brief zu bezahlen. Sie rieb sich über ihre Nasenwurzel.

Bis sie genügend Geld für diese kostspielige Angelegenheit zusammen hatte, würde ein Jahr vergehen. Besorgt knabberte sie an ihrem Fingernagel. Dieser Zeitraum könnte zu lange dauern.

Wie aber sollte sie Roran dann warnen? Es gab keinen anderen Weg, es sei denn sie reiste höchstpersönlich zu ihm in die Winterlande, aber auch dafür bräuchte sie Münzen. Für ein Pferd, Verpflegung, vermutlich Winterkleidung.

Traurig reckte sie ihr Gesicht der Sonne entgegen. Sie musste einen Schritt nach dem nächsten tun. Roran zu erreichen, war momentan unmöglich. Also musste sie sich vorerst um ihr eigenes Leben kümmern. Vielleicht wusste Fertria etwas darüber, ob in einer der umliegenden Städte ein Dienstmädchen gebraucht wurde.

Sie blinzelte gegen die Sonne und fühlte sich plötzlich furchtbar alleine. Familie hatte sie noch nie gehabt, dafür aber wenigstens ihr vertrautes Kämmerchen, ihre vertraute Arbeit, die vertrauten Kollegen. Traude ... und zuletzt auch Roran. Nun hatte sie dies alles nicht mehr. Nichts davon.

Sie seufzte schwer und blinzelte in das wärmende Sonnenlicht.

Wenig später kehrte sie in das Haus zurück und hatte trotz ihrer Sorgen das Gefühl, weniger ermattet zu sein, als noch bei seinem Verlassen.

# Kapitel 24

Zwei Tage später fällte sie eine radikale Entscheidung, über die Fertria ganz und gar nicht begeistert war. Sie fürchtete, Eowyn wäre nicht gesund genug für eine solch lange Reise. Eowyn wusste jedoch, dass sie nicht länger warten konnte.

Sie hätte sich dafür schütteln können, nicht schon viel früher auf den Gedanken gekommen zu sein. Roran war noch nicht fort. Die Hochzeit stand kurz bevor und erst danach würde er in seine geliebten Winterlande zurück reisen. Im Augenblick befand er sich also im Schloss der Sommerlande. Ihn dort aufzusuchen, war ihre einzige Möglichkeit, ihn noch zu erreichen.

Die Entfernung betrug zwei Tagesmärsche. Sie würde dorthin zurückkehren und Roran warnen. Je länger sie jedoch wartete, desto näher rückte der Tag der Heirat und Rorans Rückkehr in seine Heimat, wo sie ihn nicht mehr erreichen konnte. Sie musste es also vorher schaffen, ihn vor Königin Alexandras Absichten zu warnen.

»Kindchen. Du hast immer noch ein schmerzendes Bein, das sehr langsam heilt. Ich habe auf den Heiler nur verzichtet, weil die Wunde sich langsam zu schließen begann und ein Heiler einiges kostet. Das heißt aber noch lange nicht, dass du vollständig genesen bist. Selbst die kurzen Spaziergänge um das Haus erschöpfen dich noch.«

»Ich kann nicht länger warten. In wenigen Tagen wird Roran verheiratet sein und weit fort ziehen. Ihn dort zu erreichen ist für mich unmöglich.«

Fertria faltete ihre Hände und sah sie verärgert über den Tisch hinweg an. Eowyn stand vor ihr, sich an einer Stuhllehne abstützend, um Gewicht von ihrem Bein zu nehmen.

Sie hatte Fertria erzählt, dass Roran bald heiraten würde und sie ihn davon unterrichten musste, dass seine künftige Schwiegermutter mit dieser Hochzeit eine Intrige plante. Natürlich hatte die neugierige Frau wissen wollen, um was für eine Intrige es sich handelte. Eowyn war jedoch nicht näher darauf eingegangen und mittlerweile hatte die Alte aufgegeben, es herausfinden zu wollen.

Es musste niemand wissen, dass Roran der Prinz der Winterlande war und seine zukünftige Schwiegermutter Königin Alexandra.

»Meinst du nicht, dass du zumindest noch zwei weitere Tage warten kannst, um etwas mehr zu Kräften zu kommen?«

»Die Hochzeit findet bereits nächste Woche statt und ich komme lieber einen Tag eher, so anstrengend die Reise auch sein mag, als auch nur eine Minute zu spät.«

Fertria seufzte. »Du hast eine dicke Beule am Kopf, die sich noch nicht ansatzweise zurückgebildet hat.«

Instinktiv fuhr Eowyns Hand an ihren Hinterkopf. Äußerst behutsam strich sie über die Erhebung. Sie wollte nicht zugeben, dass die Beule ihr Sorgen bereitete. »Die Beule wird heilen, ob ich nun hier im Bett liege oder im Wald unterwegs bin.«

Fertria wies mit dem Zeigefinger erbost in ihre Richtung. »Du hast außerdem eine tiefe Wunde im Bein. An deinem Verband war bisher noch bei jedem Wechsel Blut und die starke Belastung durch einen solchen Fußmarsch wird dem Heilungsprozess nicht förderlich sein. Im Gegenteil.«

Eowyns Blick glitt zu ihrem Bein hinunter. Sie wollte auch

hier nicht zugeben, dass sie sich Sorgen machte. Für eine Wanderung war die Wunde noch lange nicht gut genug verheilt. Dann dachte sie jedoch daran, was Roran alles für sie getan hatte. Er hatte ihre Verletzungen gekühlt, hatte sie zum Lächeln gebracht. Er hatte immer auf Augenhöhe mit ihr gesprochen und sie wie jemand Gleichwertigen behandelt. Er hatte ihr ein Geschenk zukommen lassen, um sich dafür zu entschuldigen, ihre Erinnerungen nicht zurückholen zu können, dabei war es nicht einmal seine Schuld. Sie straffte die Schultern.

»Ich bin es Roran schuldig.«

Fertria schüttelte ergeben den Kopf. »Gut, wenn du das meinst. Auf deine Verantwortung.«

»Natürlich.« Sie setzte sich auf den Stuhl und griff nach den Händen der anderen Frau. »Wenn du ihn kennen würdest, wenn du wüsstest, wie loyal er ist, wie bemüht, um jeden seiner Mitmenschen, selbst wenn es das noch so unwichtigste Dienstmädchen ist ... Er verdient es, gewarnt zu werden.« Bittend sah sie Fertria in die grünen Augen.

»Ich kann dich ja doch nicht aufhalten, nicht wahr?«

Eowyn schüttelte nur den Kopf.

»Nun«, die Alte verzog unglücklich das Gesicht, »dann werde ich dir besser etwas Proviant einpacken und saubere Leinen für dein Bein.« Sie erhob sich, schaute dann aber noch einmal auf sie hinab. »Vielleicht findest du einen Weg uns mitzuteilen, ob du es geschafft hast, deinen Roran zu warnen.«

Eowyn nickte und plötzlich standen ihr Tränen in den Augen. Die beiden waren so nett zu ihr gewesen, hatten nicht einen Moment aufgehört, sich um sie zu bemühen und sie konnte nichts tun, um dies zu vergelten.

Fertria begann im Haus herumzuwuseln und legte verschiedene Sachen in einen schmalen Korb, von dem Eowyn wusste, dass er üblicherweise den monatlichen Marktgängen in die nächste Stadt vorbehalten war. Sie registrierte es mit noch größeren Schuldgefühlen.

Als Ryber erfuhr, dass sie sie verlassen würde, ließ er es sich nicht nehmen, ihr zu zeigen, wie sie ein Feuer entfachen konnte, um wilde Tiere fernzuhalten.

Nach weniger als einer Stunde stand sie draußen vor der Tür, gehüllt in ihr altes Leinenkleid, das Fertria frisch für sie gewaschen hatte. Ihr Bein war in einen neuen Verband gewickelt und über ihrem Arm hing Fertrias alter Korb. Wie sich herausstellte, besaß sie noch einen zweiten, sodass sie den Korb nicht allzu sehr vermissen würde. Die Sonne strahlte hell vom Himmel und obwohl es noch früh in den Morgenstunden war, lag bereits eine feuchte Hitze in der Luft, die nur durch eine überraschend kühle Brise gemildert wurde.

»Ich weiß, du magst es nicht, wenn ich mich bedanke, aber trotzdem. Ihr habt so viel für mich getan, dass eigentlich nicht einmal dieses Wort ausreicht. Ihr habt mich im Wald gefunden und gesund gepflegt, obwohl ich eine völlig Fremde für euch war. Ich glaube nicht, dass es viele Leute wie euch in den Sommerlanden gibt. Ähnlich uneigennützig und großzügig.« Sie versuchte ein schiefes Lächeln. »Also Danke. Von Herzen.«

»Ach, Kindchen!« Auch Fertria ließ der Abschiedsmoment nicht kalt. »Wir sollten uns bei dir bedanken. Es war uns eine Freude, dich hier bei uns zu haben. Du bist ein liebes Mädchen, trotz allem, was das Leben dir zugemutet hat.«

Fertria kam auf sie zu und umarmte sie zu ihrer Überraschung fest. Zögerlich bückte sie sich hinunter und legte ihre Arme um die alte Frau.

»Wenn du jemals wieder in unserer Nähe sein solltest: Unsere Tür steht dir immer offen.« Sie tätschelte ihre Schulter und trat zurück.

»Danke noch mal, für alles.«

Fertria versuchte ein Lachen, aber es wurde eher zu einem unterdrückten Schluchzen. »Papperlapapp. Es war uns eine Ehre.«

Ryber klopfte seiner Frau nachsichtig auf die Schulter und nahm Eowyn ihren Korb ab. Er würde sie bis zu dem Pfad begleiten, dem sie nur noch geradeaus folgen musste, um zum Schloss zu kommen.

»Auf Wiedersehen, Kindchen.«

Eowyn winkte Fertria über die Schulter zu. »Auf Wiedersehen.«

Ryber schlug eine gemächliche Gangart ein, die Eowyn sehr zupass kam. Instinktiv belastete sie ihr verletztes Bein so wenig wie möglich und humpelte ihm langsam hinterher. Sie betraten den dichten Wald.

Nach einer Weile begann ihre Hüfte von dem schiefen Gang zu schmerzen, also versuchte sie nun doch, so normal wie möglich zu laufen. In ihre Wade kehrte das bekannte Pochen zurück.

Ryber warf ihr immer wieder einen besorgten Blick von der Seite her zu. Sie überspielte ihren Schmerz mit einem falschen Lächeln.

Schließlich blieb er stehen und wies auf eine Weggabelung.

»Hier beginnt der Pfad, der in Richtung des Schlosses führt.« Er zögerte. »Ich kann dich gerne noch ein Stück weiter begleiten.«

»Ach, dass wird nicht nötig sein. Fertria erwartet dich sicherlich bald zurück.« Ryber biss sich auf die Lippe. Man sah ihm an, dass er hin- und hergerissen war, ob er sie tatsächlich alleine weiterlaufen lassen konnte.

»Bist du dir sicher?«

Sie rang sich ein weiteres Lächeln ab. »Ja, bin ich. Danke, dass du mich bis hierher begleitet hast.«

»Gut ... Wenn du meinst.«

Immer noch zögernd gab er ihr den Korb, den er bis zuletzt für sie getragen hatte. Sie nickte und hängte ihn sich über den Arm. Sie wollte alleine weitergehen. Zu tun, als ob alles in Ordnung wäre, war fast anstrengender, als die Wanderung an sich.

»Dann wünsche ich dir alles Gute für deine weitere Reise. Möge der Sommer mit dir sein.« Er klopfte ihr unbeholfen auf die Schulter und wandte sich ab.

»Danke, Ryber.« Bestätigend hob er die Hand und entfernte sich von ihr.

Erleichtert wischte sie sich den Schweiß von der Stirn, der nicht nur von der warmen Luft herrührte. Sie humpelte zu einem Baum hinüber und ließ sich zu seinen Füßen nieder. Befreit atmete sie auf, als das Gewicht von ihrem Bein verschwand. Ermüdeter, als sie Ryber gegenüber hatte zugeben wollen, lehnte sie den Kopf an den Baumstamm, wobei sie sorgsam auf ihre Beule achtgab. Hinter ihrer Stirn breitete sich ein leichter Kopfschmerz von den Erschütterungen der Schritte aus. Ihre Knie zitterten bereits. Wie sollte sie es bis zum Schloss schaffen?

Sie öffnete ihren Korb und holte den kleinen Wasserschlauch heraus. Sie setzte ihn an die Lippen und trank einige Schlucke.

Entschlossen erhob sie sich danach. Sie dehnte vorsichtig ihre Nackenmuskulatur und nahm ihren Weg wieder auf. Bereits nach wenigen Metern zitterten ihre Knie aufs Neue. Sie hatte ihre Kraftreserven deutlich überschätzt.

Nach einer Weile, in der sie sich stoisch weiterquälte, lehnte sie sich erneut an einen Baum. Es fuhr plötzlich ein scharfer, kalter Wind durch den Wald und ließ sie frösteln. Die Königin musste wirklich seltsamster Laune sein.

Ein Blick auf ihren Verband zeigte ihr einen dunklen Fleck. Die Wunde blutete wieder heftiger. Ermattet schüttelte sie den Kopf. Vielleicht war es doch eine schlechte Idee gewesen, diese Reise anzutreten. Zumindest hätte sie noch zwei, drei Tage warten sollen.

Sie blinzelte in die Schatten des Waldes und schüttelte abermals den Kopf. Nein. Das, was sie Roran zu sagen hatte, war zu wichtig. Wenn er ihr etwas ähnlich Wichtiges zu sagen hätte, würde er selbst nicht ruhen, bis er es ihr endlich mitgeteilt hatte. Sie wollte keineswegs zu spät am Schloss angelangen, denn wenn er es bereits verlassen hatte, wäre jegliche Chance ihn vor Königin Alexandra zu warnen dahin.

Erneut wischte sie sich den Schweiß von der Stirn und blickte durch das Blätterdach über ihrem Kopf zum Himmel hinauf. Was sie sah, ernüchterte sie. Die Sonne hatte noch nicht einmal ihren höchsten Punkt erreicht. Im Gegenteil. Sie war noch ein gutes Stück davon entfernt.

Eowyn bibberte in dem kalten Wind, ließ sich am Baumstamm hinabsinken und schloss die Augen. Sie würde sich nur einen kurzen Moment ausruhen. Kraft tanken für den weiten Weg, der noch immer vor ihr lag.

# Kapitel 25

»Eowyn! Oh, Winter. Ich habe sie gefunden! Eowyn … Was ist mit ihr? Ist sie ohnmächtig?«

»Ich weiß nicht. Sie sieht jedenfalls sehr blass aus. Lasst uns ein Lager in der Nähe aufschlagen und dann hole ich Iain. Nur gut, dass du darauf bestanden hast, von ihm begleitet zu werden.«

Unwillig warf Eowyn ihren Kopf herum. Die Stimmen wurden schließlich so laut, dass sie nicht länger in ihrem Dämmerzustand bleiben konnte.

»Nein, du holst ihn bitte jetzt sofort, ich warte hier auf dich.« Die Stimme klang aufgebracht. »Sie wacht auf. Jetzt mach, Yves. Je eher Iain hier ist, desto besser.«

Eowyn schlug die Augen auf und fokussierte den Mann vor ihr. Er sah Roran zum Verwechseln ähnlich, besaß sogar das strahlende Lächeln und die steile Falte auf der Stirn. Sie schloss die Augen wieder. Sie träumte noch. Roran war auf dem Schloss, bei der Königin und seiner Braut.

»Eowyn! Bleib bei mir.« Eine kühle Hand legte sich besorgt an ihren Kopf und drückte unabsichtlich auf die dicke Beule an ihrem Hinterkopf.

Erstickt keuchte Eowyn auf und riss die Augen auf. Sie duckte sich von der Hand weg und starrte den Menschen vor sich an.

In Träumen empfand man keinen Schmerz. Das war wirklich Roran. Die Erkenntnis, dass er hier bei ihr war, ließ sie ungläubig zwinkern. Es konnte doch nicht sein, dass die Person nach der sie sich tagelang gesehnt hatte, nun wie von Zauberhand vor ihr im Wald kniete.

»Verzeih mir.« Rorans Stimme zitterte und er streckte seine Hände nach ihren Fingern aus.

Eowyn begann unkontrolliert zu schluchzen und ließ sich in seine Arme sinken. »W-w-was machst du hier?«

»Oh Eowyn.« Er schloss seine Arme so fest um sie, als ob er sie nie wieder loslassen wollte. »Ich dachte«, seine Stimme stockte, »ich dachte, ich würde dich nicht finden. Ich wusste nicht, wie schwer du verletzt bist, ob du überhaupt noch lebst. Ich konnte nicht ..., ich wusste nicht, wo ich dich suchen sollte, bis Samuel mir schließlich verriet, wo sie dich hingebracht haben. Ich war so besorgt. Ich wusste nicht mal, ob du noch lebst. Nicht mal das wusste ich.«

Eowyn rannen Tränen der Erleichterung über das Gesicht und tropften in seinen Kragen.

Rorans Hand fuhr verzweifelt über ihren Rücken, als wenn er sich nur dadurch überzeugen konnte, dass sie tatsächlich lebendig vor ihm saß. »Aber ich hätte dich so lange gesucht, bis ich dich gefunden hätte. Selbst, wenn ... In welchem Zustand auch immer. Ich hätte dich niemals hier draußen alleine gelassen.«

In ihrem Kopf drehte es sich. »Ich dachte, du ... du bist im Schloss und feierst mit Alisa deine Verlobung.«

Ihr fiel plötzlich etwas ein, was sie sich von ihm lösen ließ. Sie wischte sich über das Gesicht und starrte in Rorans Augen, die so hell strahlten, dass es sie fast blendete.

»Du darfst Alisa nicht heiraten. Du musst versuchen, deinen Vater zu überreden, diese Bedingung zu ändern. Auch er wird sehen, dass Alisa nicht zu dir passt. Wenn er sie kennen würde, würde er nicht wollen, dass du sie heiratest. Außerdem plant Königin Alexandra mit der Hochzeit Macht über die Winterlande zu gewinnen. Sie wollen dich gefügig machen und sie … ich …« Die Worte strömten so schnell aus ihr heraus, dass sie sich verhaspelte.

Mit einer Fingerspitze fuhr Roran über ihre unverletzte Wange und schmiegte seine Hand an ihr Gesicht. »Was auch immer die Königin geplant hat, es ist egal.« Eowyn runzelte verwirrt die Stirn, wollte ihm vehement widersprechen, ihm klarmachen, was das für ihn bedeutete, aber er sprach bereits weiter. »Ich fürchte auch, es ist zu spät, mit meinem Vater zu sprechen. Nachdem du vor meinen Augen weggeschleppt wurdest, hat Alisa mich auf mein Zimmer gebracht und hämisch davon gesprochen, wie Königin Alexandra dir das schon öfter angetan hat … Ich konnte einfach nicht anders. Ich merkte, dass ich nicht in der Lage bin, sie zu heiraten. Nicht mal für meinen Vater oder den Frieden. Selbst wenn ich dich niemals kennengelernt hätte, könnte ich sie nicht heiraten. Sie hasst Schnee, dass was mich ausmacht, aber damit nicht genug. Sie ist oberflächlich, was ich schon von Anfang an wusste, aber darunter verbirgt sich eine richtiggehend bösartige Person. Eine Frau, die tatenlos zusieht, wie ihre Mutter jemanden mit einem Schürhaken verletzt, kann nicht meine Ehefrau werden. Daher habe ich meine Verlobung gelöst. Es hatte schlimmere Folgen, als ich gedacht hätte. Die Königin hat getobt, es hat die ganze Nacht so schwer gewittert, dass ich vor Angst um dich außer mir war und sie droht meinem Vater mit Krieg. Ich weiß, ich hätte eine andere Lösung finden müssen, aber, obwohl ich seit meiner Ankunft jede Sekunde nach einer gesucht habe, habe ich keine gefunden. Wahrscheinlich sollte ich meine Handlung bereuen und für einen großen Fehler halten, doch das tue ich nicht.«

Eowyn versuchte schockiert seinen Worten zu folgen. Der Satz »Selbst wenn ich dich niemals kennengelernt hätte, könnte ich sie nicht heiraten.« hatte sie aus der Bahn geworfen. Was meinte er damit?

»Du hast die Verlobung gelöst? Du wirst Alisa nicht heiraten?«

Roran nickte und streichelte nun ihr Kinn. Ihr fiel ein so schwerer Stein vom Herzen, dass sie meinte, die Erde unter sich beben zu spüren. Sie fühlte sich plötzlich so leicht, als wenn sie auf Wolken gehen würde. Roran war frei. Frei jemanden zu heiraten, den er tatsächlich liebte.

»Aber mach dir keine Sorgen, wir werden einen anderen Weg für den Frieden finden.«

Da Eowyn ihm in die Augen blickte, sah sie das Schuldbewusstsein und die Besorgnis darin. Roran versuchte, sie von etwas zu überzeugen, von dem er selbst nicht überzeugt war. Die Wolken unter ihren Füßen lösten sich auf und ließen sie auf dem harten Boden der Tatsachen zurück. Mit seiner Entscheidung hatte er den eh nur wackelig stehenden Frieden zwischen den beiden Ländern gefährdet. Sie legte eine Hand an seine Wange.

»Es war die richtige Entscheidung für dich. Du hättest niemals mit Alisa zusammenleben und gleichzeitig der König sein können, den die Winterlande verdienen.«

Er verzog das Gesicht. »Die richtige Entscheidung für mich, aber die falsche für Tausend andere.«

Im Grunde ihres Herzens musste sie ihm recht geben. Die Winter- und Sommerländer hätten viel von dieser Verbindung und dem langfristigen Frieden gehabt. Sie sah zur Seite und bemerkte erst jetzt den Schnee um sie herum. Es war ein Wunder, dass sie das Rauschen bisher nicht gehört hatte. Es waren riesige Schneeflocken, die um sie herumtosten und alles mit Schnee bedeckten. Nur die Bäume ganz weit hinten waren noch schneelos. Oh Sommer, sie hatte sogar seinen Schnee vermisst.

»Es schneit«, stellte sie verwundert fest.

Rorans Finger wanderten ihr Ohrläppchen entlang. »Ich weiß. Das ist meine Erleichterung darüber, dich entdeckt zu haben. Ich hätte es nicht überstanden, wenn du ... wenn ich dich nicht gefunden hätte.«

Sein Finger fuhr ihre Lippenkontur nach, bevor er sich vorbeugte und sie sehnsüchtig küsste. In Eowyn stieg ein solches Maß an Zuneigung auf, dass sie darüber den Schmerz ihrer verletzten Lippe vergaß. Wie ein kostbarer Schatz legte sie ihre Hände um sein Gesicht und grub die Finger in sein Haar.

Den Verlust *dieser* Erinnerung würde sie sicherlich niemals verwinden. Roran löste seine Lippen von ihr und wiegte sie sanft in seinen Armen.

»Es ist richtig, dass du Alisa nicht heiratest.« Im Taumel der Gefühle zupfte sie an seinen Haaren. »Sie hätte dich nicht mal über die Jahre hinweg so lieben können, wie ...« Ihre Finger in seinem Haar erstarrten und ihr schoss heißes Blut in die Wangen. »Ich meine, sie wäre niemals die Richtige gewesen an deiner Seite ..., das war allen klar.«

Roran hob langsam den Kopf. Das Lächeln auf seinem Gesicht erlosch, während er ihr in die Augen sah und sie von sich weg schob. »Sie hätte mich nicht so lieben können wie wer, Eowyn?«

Sie öffnete den Mund, doch ihr fiel keine passende Ausrede ein. Sie suchte hektisch nach einer Ausweichmöglichkeit und wurde dabei tatsächlich noch röter.

»Wie wer?« Er sah sie unbarmherzig an, doch sein Schnee wirbelte hoch durch die Luft.

»Wie ... Wie ...« Ihr Gehirn ließ sie kläglich im Stich und sie entschloss sich, einfach die Wahrheit zu sagen. Warum auch nicht? Sie hatte nichts mehr zu verlieren. »Sie hätte dich niemals so sehr lieben können wie ich.«

Ihr Herz schlug wie verrückt, aber Roran antwortete nicht und an seinem Gesicht konnte sie nichts ablesen, deswegen sah sie zu seinem Schnee hinauf. Die Flocken hatten sich beruhigt und fielen reglos, aber stetig vom Himmel. Es war nirgendwo mehr Grün oder Braun zu sehen. Ihr Blick fiel erneut auf Rorans Gesicht, der seine Augen geschlossen hatte. Ihr Herz krampfte sich verzweifelt zusammen.

Als er langsam den Kopf schüttelte, riss ihr diese Geste das Herz aus der Brust, ließ es vor ihren Füßen auf den Boden aufprallen und in tausend Stücke zerspringen.

Natürlich, reglos starrte sie auf die Flocken in der Luft. Natürlich. Wie könnte er sie auch ebenfalls lieben, ein Mädchen ohne Vergangenheit, ein Mädchen ohne Eltern, ohne Zukunft ...

In ihrer tiefen Verzweiflung merkte sie kaum, wie Roran sie wieder an sich zog, doch sie sah, wie seine Schneeflocken zu tanzen begannen und immer zahlreicher vom Himmel fielen.

»Ich werde dich nie wieder gehen lassen, nie wieder.« Rorans Stimme wankte, als er ihr Gesicht in beide Hände nahm und sie anschaute. Seine Augen strahlten wie kleine Sonnen.

»Ich will dich immer an meiner Seite wissen. Dich, die ich so sehr liebe, dass es beängstigend ist. Wenn ich mir vorstelle, dass ich dich fast verloren hätte ...«

Eowyn blinzelte. Die Scherben ihres Herzens auf dem Boden hoben sich in die Luft und fügten sich wieder zusammen.

Fassungslos bog sie sich zurück. »Ist das … Meinst du das wirklich ernst?«

»Schon von dem Tag an, als du in mein Zimmer gelaufen kamst, mit einem Staubstreifen im Gesicht und unglaublicher Geschicklichkeit beim Kaminanzünden.« Er verzog das Gesicht. »Das hat alles noch viel schlimmer gemacht. Ständig sah ich dich über die Flure huschen und dann wollte dir nur noch hinterherlaufen, damit du wieder über meinen Schnee lächelst und meine Stimmung hebst. Stattdessen verbrachte ich meine Stunden mit Alisa und der Vorstellung, wie es mit dir an meiner Seite wäre.«

Beinahe hatte sie das Gefühl, ihr breites Lächeln würde ihr Gesicht entzwei reißen. »Ehrlich?«

Er nickte schief grinsend.

Zärtlich legte sie ihre Hände an seine Wangen. »So etwas Schönes hat noch nie jemand zu mir gesagt.«

»Da bin ich aber froh« wisperte er. Auf seinem Gesicht hatte sich ein Strahlen breitgemacht, wie sie es noch nie an ihm gesehen hatte. Erstaunlich, dass ausgerechnet sie, das Dienstmädchen, das nichts auf die Reihe bekam, es schaffte, ihn so glücklich zu machen. Der Gedanke ließ ihr Lächeln noch breiter werden.

Roran küsste sie erneut und seine Schneeflocken streichelten ihr Gesicht, so dicht vielen sie um sie herum.

Sie löste sich von ihm, lachte trotz ihrer Schmerzen und wischte sich über das nasse Gesicht. »Meinst du nicht, dass das langsam genug Schnee ist?«

Sie hätte gedacht, dass er darüber schmunzeln würde, doch es passierte das Gegenteil. Sein Gesicht verdüsterte sich. »Erinnerst du dich daran, wie ich dir erzählte, dass ich niemals überall in den Sommerlanden Schnee fallen lassen könnte?«

Seine Ernsthaftigkeit steckte sie an und sie nickte beunruhigt. »Dafür hättest du der glücklichste Mann von ganz Sommerlanden sein müssen und Königin Alexandra würde dadurch sterben.«

»Richtig. Ich bringe gerade die Königin um.« Roran fuhr sich mit der Hand über das Gesicht, dem man plötzlich die Strapazen der letzten Tage ansah.

Eowyn sah ihn verwundert an. »Wie meinst du das?«

»Ich habe es nicht mehr unter Kontrolle. Ich war so glücklich, als du gesagt hast, dass du mich liebst, dass ich ..., dass der Schnee einfach zu fallen begann. Mein Schnee macht, was ich fühle und da ich glücklicher war als alles andere ... Mein Glück hat meinen Schnee einfach mitgerissen.«

Sie blinzelte verständnislos, weshalb Roran nachsetzte. »Du hast mich gerade zum glücklichsten Mann der ganzen Sommerlande gemacht. Mein Glück war so groß, dass mein Schnee einfach überall zu fallen begann. Nirgendwo in den Sommerlanden herrscht in diesem Moment mehr Sommer.«

Fassungslos starrte Eowyn in das Schneegestöber. Nur Rorans Arme hielten sie noch warm. »Es schneit überall? Überall in den Sommerlanden?«

Roran nickte. Er sah gequält aus. Eowyn stiegen Tränen in die Augen, doch sie blinzelte sie weg. Wenn stimmte, was die schwarze Frau Nacht für Nacht in ihrem Traum sagte, würde sie ihre Vergangenheit wiederbekommen. Ihre Eltern ...

Roran seufzte. »Ich hasse Königin Alexandra für das, was sie dir angetan hat, und sie ist wahrlich keine gute Königin für ihr Volk, doch ich will sie nicht umbringen.« Er schlang die Arme fester um Eowyn.

»Ich weiß.« Sie hob ihre Hand und legte sie an seine Wange. Sie konnte nicht fassen, was hier geschah. Königin Alexandra, die sie über zwei Sommer lang zu einem Prügelknaben gemacht hatte, starb. Sie wusste nicht, was sie nun fühlen sollte. Sie war erleichtert, dass die Königin sie dadurch nie wieder anrühren konnte, aber sie fühlte sich komischerweise ebenso schuldig wie Roran.

»Mach dir keinen Vorwurf.« Ihre Lippen fühlten sich taub an. »Du bist nicht schuld an ihrem Tod. Du kannst nichts für die Mächte, die deine Stellung dir mitgeben. Und denk daran, dass auf diese Weise vielleicht der Krieg umgangen wird, den Königin Alexandra androhte, nachdem du die Verlobung mit Alisa gelöst hast. Ich hoffe, Prinzessin Alena handelt diesbezüglich vernünftiger. Königin Alexandras Tod jedenfalls ist nicht deine Schuld.«

Roran seufzte und küsste sie. »Du bist ein Sonnenschein. Du strahlst immer eine Wärme und Geborgenheit aus, wie es sie nur in den Sommerlanden gibt.«

Er lächelte sie an, doch plötzlich verzerrte sich sein Gesicht besorgt. In ihren Ohren rauschte es laut.

»Eowyn? Eowyn! Was ist mit dir?« Seine entsetzte Stimme wurde davongetragen und sie spürte wie sie in Dunkelheit fiel.

# Kapitel 26

Sie saß wie so oft in ihrem Traum auf dem Bett eines großzügigen, fein eingerichteten Zimmers und strich sanft über den Tagesbezug. Sie befand sich schon eine Weile im Schlafzimmer ihrer Eltern. Das schwarze Kleid, das sie trug, passte überhaupt nicht zu diesem Raum, in dem ihre Mutter immer so fröhlich gewesen war. Sie sah sie noch vor sich, wie sie lächelnd an ihrem zierlichen Frisiertisch saß und ihre Frisur richtete.

Ihr Vater streichelte zart über ihr Haar. In den letzten Wochen hatten sich mehr Falten in sein Gesicht gegraben.

»Du bist nun dasjenige auf dieser Welt, das ich am meisten liebe.« Die Augen ihres Vaters waren erloschen, nur auf dem Grund war noch ein zarter Schimmer der alten Fröhlichkeit zu sehen.

Traurig lächelte sie ihn an und wand ihre Hand liebevoll um die seine.

Gerade wollte sie ihm etwas Aufmunterndes sagen, als die Fensterläden krachend gegen die Hauswände schlugen und das Glas des einen Fensters splitterte.

Erschrocken umklammerte sie die Hand ihres Vaters fester und starrte das Gesicht an, das hinter dem Fenster im zweiten Stock auftauchte.

Es war ein blasses Frauengesicht, von langen, schwarzen Haaren umgeben und zu einer hasserfüllten Miene verzogen. Eowyns Vater umklammerte ihre Hand seinerseits und zog sie schützend hinter sich.

Die Frau öffnete ihre blutroten Lippen und die Wörter, die sie sprach, waren gestochen scharf.

»Adrian!« Ihre Stimme war mehr Fauchen, als Sprechen. »Das also ist alles von dir? Ein Brief, in dem du meine Hand zurückweist?«

Eowyns Vater schob sich schützend weiter vor sie. »Was tust du hier, Adretta?«

Eowyn zog fragend an seiner Hand und für den Bruchteil einer Sekunde wandte er sich ihr zu. »Adretta ist die Frau, mit der man mich verlobt hatte, bevor ich deine Mutter kennen- und lieben lernte.«

Adretta klatschte beifällig in die Hände. »Du erinnerst dich an mich. Gut. Nach deinem Brief war ich mir da nicht sicher.«

Ihre wie Kohlestücke glänzenden Augen legten sich auf Eowyn. »Vielleicht solltest du dem Mädchen auch mitteilen, dass du mich damals fallen gelassen hast wie eine heiße Kartoffel. Aber ich habe mich genügsam zurückgezogen, habe dich deinem ... Glück überlassen.« Sie spuckte das Wort aus wie ein madendurchzogenes Brotstück.

»Denn ich wusste schon immer, dass meine zweite Chance kommen würde. Ich wusste es immer, sonst hätte ich dich niemals kampflos aufgegeben. Doch du ...« Die Frau riss ihren Mund auf und Eowyn wusste plötzlich mit absoluter Gewissheit, dass sie eine schwarze Hexe war.

»Du ...«, sie lachte, »du trauerst lieber deiner Frau hinterher, als mein Angebot anzunehmen. Du wagst es, meine Hand auszuschlagen.« Die Augen der Hexe glitzerten giftig.

Eowyn erstarrte vor Panik, als sie auf sie fielen.

»Nach dem Tod dieses anderen Weibstückes habe ich deinem Vater das Angebot gemacht, mich zu heiraten. So wie es immer schon vorgesehen war.« Sie wandte sich Eowyns Vater zu und schlug die Hände zusammen. Eine schwarze, verdorrte Rosenknospe fiel daraus hervor.

»Jahrelang habe ich auf dich gewartet. Ich wollte dir deine rechtmäßige Stellung zurückerobern. Alexandra hätte auf mich gehört und wäre zurückgetreten.« Die Frau lächelte. »Ich bin nicht umsonst bei Hexen in die Lehre gegangen. Ich wollte zusammen mit dir herrschen, an deiner Seite. Du hast mein Angebot nun ausgeschlagen. Vielleicht wegen dem jungen Mädchen da hinter dir? Deiner Tochter.«

Adrian schob Eowyn wieder hinter sich. Seine Hand zitterte, wie sie es noch nie bei ihm gesehen hatte. »Adretta, lass uns das in Ruhe besprechen, ja? Wir finden ...«

Kreischend lachte die Hexe auf. »In Ruhe! So in Ruhe wie du mein Angebot ablehntest? Ich habe seit achtzehn Sommern auf diese Gelegenheit gewartet und du schlägst sie gedankenlos aus. Ein Fehler, mein Lieber. Ich habe nicht mein Leben geopfert, damit du alles zunichte machst.« Sie schwang sich in das Fenster und fixierte Eowyn.

»Ich denke, mir kommt da gerade eine grandiose Idee, wie ich dich am eigenen Leib spüren lassen kann, wie es ist, wenn deine Hoffnungen, deine Zukunftswünsche einfach so zerschlagen werden.« Die Hand ihres Vaters umklammerte Eowyns Arm schmerzhaft. Seine Knöchel traten weiß hervor.

Adretta gluckste und machte eine Handbewegung, woraufhin ihr Vater zur Seite geschleudert wurde. Eowyn schluchzte auf. Vor Angst um sich und ihren Vater stand sie wie erstarrt und die Hexe lächelte ihr süffisant zu.

»Nun zu dir, Mädchen ...«

Adrian am anderen Ende des Raumes begann panisch, um Verzeihung zu bitten. Die Hexe klatschte vergnügt in die Hände. Eine weitere verdorrte Rosenknospe fiel zu Boden.

»Nun wird deinem Vater sein Fehler wohl endlich aufgehen, nicht wahr?«

»Adretta, bitte. Lass uns noch mal darüber sprechen. Ich nehme dich zu meiner Frau, wie du es wolltest, ja? Aber bitte, lass meine Tochter da raus!«

Blitzschnell fuhr die Hexe herum. »Jetzt also?« Ein bitteres Lächeln huschte über ihr Gesicht. »Nein. Ich werde dich ebenso mit Füßen treten, wie du es vor achtzehn Sommern und zwei Wochen bei mir getan hast.« Sie legte den Kopf schief und deutete nachdenklich auf Eowyn, die wie erstarrt war. Das Herz raste angstvoll in ihrer Brust.

»Was meinst du, wird deinen Vater am meisten schmerzen? Eine hässliche Tochter? Eine verwandelte Tochter? Eine tote Tochter?«

Eowyn starrte zu ihrem Vater hinüber. Er lag leichenblass an der Wand neben der Kommode und schien plötzlich um Jahre zu altern. Es spiegelte sich solch pure Verzweiflung auf seinem Gesicht, dass es ihr körperlich wehtat.

»Vater?« Sie wollte zu ihm laufen, als eine unsichtbare Hand sie hochriss und auf das Bett warf.

»Vater?!« Panisch begann sie zu strampeln, aber die Hand ließ sie nicht los.

»Rührend«, kommentierte Adretta und stakste zu ihrem Vater hinüber. »Adrian, was hältst du davon, wenn dieses Mädchen all ihre Erinnerungen an dich und deine verstorbene Ehefrau verliert? Wenn du jeden Tag daran denken wirst, dass deine Tochter nicht weiß, wer du bist, dass sie dich nicht kennt?«

Er begann zu zittern und versuchte sich aufzurappeln. »Nein, Adretta, nicht. Sie hat doch nichts damit zu tun.« Todesangst lag auf seinem Gesicht, als er zu Eowyn hinüber sah.

Die Hexe lachte begeistert auf.

Adrian stöhnte. Ihm lief Blut aus einer kleinen Wunde am Kopf. »Adretta, tu das nicht. Stell mit mir an, was du willst, aber nicht mit Harmony. Nicht sie.«

»Oh doch. Und du wirst bis ans Ende deines Lebens darunter leiden, dass du mich ausgeschlagen hast, denn du wirst jeden verdammten Tag daran denken, dass deine Tochter dich nicht kennt.« Die Hexe tänzelte auf der Stelle.

Adrian versuchte, sich am Bein der Kommode hochzuziehen.

Eowyn zitterte vor Unverständnis und Angst. Sie verstand nicht, was die Hexe mit ihr vorhatte. Nur eines: Sie wollte sie von ihrem Vater trennen. Sie kämpfte gegen die unsichtbare Hand, die sie festhielt. Ihr begannen Tränen über das Gesicht zu laufen.

»Vater! Vater!«

Er warf ihr einen panischen Blick zu, schluchzte und bettelte Adretta an.

»Wie romantisch. So niedlich. Und jetzt Schluss damit!« Urplötzlich stand die Hexe neben Eowyn auf dem Bett. Ihre dunklen Augen verengten sich freudig und sie hob eine Hand über sie.

»Sie wird nichts wissen, nichts ... Bis es überall in den Sommerlanden schneit, wie in dem verfluchten Jahr, in dem ich dich das erste Mal erblickte.«

Eowyn fühlte nichts, als die Welt um sie herum zu verschwimmen begann. Plötzlich wusste sie nicht mehr, wo sie war, sie wusste auch nicht, wer der Mann neben der Kommode war, der so verzweifelt schrie.

Eine schwarz gekleidete Frau packte sie am Arm und zerrte sie durch das Fenster hinaus. Sie flogen, bis die Frau sie vor einem imposanten Schloss absetzte.

»Hier wird dein Vater dich niemals suchen.« Die Frau lachte gehässig und verschwand.

Eowyn trat orientierungslos auf das Schloss zu und die Erinnerung an die Frau war bereits fort, als sie taumelnd im Schlosshof angelangte.

Das Bild verblasste und es blieb nur Schwärze um Eowyn herum. Sie schwebte irgendwo in tiefer Dunkelheit und jede Bewegung war so mühsam, dass sie starr blieb.

Der Traum wurde zu einer handfesten Erinnerung.

Adretta ... Die schwarze Hexe war es gewesen, die ihr alle Erinnerungen genommen hatte. Sie hatte eine Vergangenheit und eine Zukunft zerstört, nur um sich an einem Mann zu rächen, der sie nicht hatte heiraten wollen, weil es für ihn nur eine Frau gegeben hatte, die er liebte.

Das Entsetzen über eine solch grausame Tat schnürte ihr die Kehle zu. An einem einzigen Tag, im Bruchteil von wenigen Minuten hatte sich ihr ganzes Leben verändert.

Der braunhaarige Mann mit den grünen Augen ... Das war ihr Vater ... Eowyn wartete darauf, dass Erinnerungen an ihn in ihr aufstiegen, aber es tat sich nichts.

Vater ... Ein fremdes Wort für sie. Sie schloss die Augen, horchte in sich hinein. Die schwarze Wand in ihrem Kopf war immer noch da. Verzweiflung brach über sie herein. Ihr Roran hatte es doch überall in den Sommerlanden schneien lassen, warum konnte sie sich nicht an ihren Vater erinnern?

Selbst das Schreien fiel ihr in der zähen Dunkelheit schwer. Sie trommelte gegen die schwarze Wand in ihrem Geist, riss und zerrte daran und urplötzlich tat sich ein Riss darin auf.

Die Erinnerungen überwältigten sie.

Kitzelnde Finger an ihrem Bauch. Grüne Augen, die sie anlächelten. Ein dunkles Lachen über ihr begeistertes Krähen. Hände, die sie auffingen, wenn sie fiel, die sie durch die Luft wirbelten. Ein Schnarchen. Braune Haare zwischen ihren Fingern, während sie auf breiten Schultern ritt. Sein Jubeln, als sie gegen einen Ball trat. Vater.

Langes, blondes Haar, das vor ihr wehte. Graue Augen, die sie zärtlich ansahen, eine sanfte Stimme. Piksende Finger an ihren Fußsohlen, schelmisches Lachen, Küsse auf ihrem Haar. Schneeflocken aus langgliedrigen Fingern. Mutter.

Die Bilder verfestigten sich mehr.

Ihr Vater, der ihre Mutter herum schwang und zu ihr herübersah. »Harmony, ist dies nicht die hübscheste Frau der ganzen Welt?« Ihre Mutter lachte.

Sie selber klatschte auffordernd in ihre Hände und sah ihre Mutter vor sich an. Gespielt genervt schüttelte jene den Kopf, schlug aber schließlich die Hände zusammen, woraufhin eine einzelne Schneeflocke in die Luft flog.

Ihre Mutter lächelte, beugte sich zu ihr vor und presste ihr ein Kuss auf die Wange.

»Jetzt schlaf, du kleine Schneeverrückte.«

Ihr Vater und ihre Mutter standen Hand in Hand vor ihr.

»Sie sieht dir so ähnlich.« Ihr Vater klang ernst, doch ihre Mutter lachte.

»Sie sieht mir überhaupt nicht ähnlich, sie hat dein Haar und deine Augen.«

»Aber sie hat deine Gesichtsform. Sie ist dir wie aus dem Gesicht geschnitten.«

Sie war draußen, es war warm und ihr Vater tanzte mit ihr durch die flirrenden Sonnenstrahlen, bis er plötzlich aufhörte. Sie folgte seinem Blick zu ihrer Mutter, die traurig in die Luft starrte. Sie wusste, was sie hatte. Sie vermisste ihr altes Zuhause. Ihr Vater ließ ihre Hände los und lief zu ihr hinüber. Sie folgte ihm.

»Amarie?« Adrian ließ sich neben ihrer Mutter nieder und küsste ihre Handflächen.

»Ich vermisse die Winterlande, den meterhohen Schnee, Leandra ...«

»Ich verstehe bis heute nicht, warum du nicht dorthin zurückgekehrt bist. Ich würde dir überallhin folgen, sogar bis ans Ende der Welt.«

Ihre Mutter schüttelte den Kopf. »Du bist der Regent dieses Landes, du gehörst hierher.«

Adrian schüttelte ebenfalls den Kopf. Sein Gesicht verdüsterte sich. »Mein Vater hat mich verstoßen, ich bin nicht der Regent dieses Landes. Alexa führt die Sommerlande.«

»Das stimmt nicht. Das Land weiß immer noch, dass du der rechtmäßige Regent bist, der es hätte führen sollen. Die Sonnenstrahlen liebkosen dich, die Blumen recken sich dir zu. In den Winterlanden hätte man uns getrennt. Der Hof vermutet, dass ich gewaltsam von Sommerländern entführt wurde und meine Heirat mit einem, wenn auch verstoßenen, Sommerprinzen hätte man dort niemals gebilligt.«

Ihr Vater hob sie hoch und küsste ihr ganzes Gesicht, bis sie sich kichernd zurückbog.

»Ist dir die Geschichte nicht viel zu politisch? Und habe ich sie dir nicht schon oft genug erzählt?«

»Nein! Ich will noch mal hören, wie du Mama kennengelernt hast!«

»Na gut. Also ... Ich war unterwegs, um das Land kennenzulernen, das ich eines Tages regieren sollte. Meine beiden Begleiter hatte ich gerade abgehängt, als eine Frau aus dem Wald trat. Sie war so wunderschön, dass ich sofort anhielt. Wie sich herausstellte, hatte sie sich erst versehentlich auf Sommerlanden-Gebiet verirrt und war dann so gefesselt von unserer Natur gewesen, dass sie sich tiefer bei uns verstrickte. Da es bereits dunkel wurde und wir dichter an meiner Unterkunft waren als an der Grenze zu ihrem Land, nahm ich sie dorthin mit. Leider hielten meine Begleiter Amarie für eine Winterländer-Spionin, schnappten sie sie und brachten sie sofort zum Schloss. Ich wollte sie natürlich davon abhalten, aber die Männer waren meinem Vater, dem König absolut treu und sahen es als ihre Pflicht an, ihm die Spionin zu zeigen. Deshalb schlugen sie mich kurzerhand bewusstlos. Als ich später erwachte, plagten mich Schuldgefühle, weil ich die Frau in meine Unterkunft gebracht hatte. Ich war verantwortlich dafür, dass sie verschleppt wurde, deswegen machte ich mich sofort auf den Weg, um ihr zu helfen.

Amarie wurde im Schloss festgehalten. Alle hielten sie zunächst für eine Spionin, doch nach einer Weile wurde klar, dass sie keine sein konnte. Stattdessen bezichtigten uns plötzlich die Winterlande, sie entführt zu haben. Ein Irrtum, den man ganz schnell aus der Welt hätte schaffen können, doch mein Vater, der König der Sommerlande, sah in Amarie die Gelegenheit Macht gegenüber den Winterlanden zu gewinnen. So verschwieg er ihren Aufenthaltsort und versuchte im

Geheimen, Informationen über die Winterlande aus ihr herauszubekommen.« Gedankenversunken hielt er in seiner Erzählung inne.

Sie musste ihm helfen. »Aber Mama hat nichts verraten und da du sie jeden Tag besucht hast und dich in sie verliebt hast, hast du sie aus dem Schloss gebracht.«

Ihr Vater lachte und zerzauste ihr die Haare. »Ganz genau. Ich brachte sie in eine Hütte an der Winterlanden-Grenze und ritt zum Schloss zurück. Amarie sollte in ihr Heimatland zurückkehren. Am nächsten Tag ritt ich noch einmal zur Hütte, weil ...« Er stockte wieder.

»Weil du sentimental warst und sie vermisst hast ...«, soufflierte sie.

»Harmony!« Adrian stöhnte. »Was habe ich mir nur für ein ungeduldiges und besserwisserisches Kind herangezogen.«

»Das bin ich gar nicht, aber du erzählst die Geschichte nicht flüssig.«

»Irgendwann wirst du selber merken, wie schwierig es ist, Erinnerungen flüssig zu erzählen. Aber na gut. Ja, ich vermisste meine hübsche Winterländerin so schrecklich, dass ich in die Hütte zurückkehrte. Ich spielte bereits mit dem Gedanken, ihr in die Winterlande zu folgen, als sich herausstellte, dass das gar nicht nötig war.«

»Weil Mama nämlich noch da war und auf dich gewartet hat.«

»Harmony!« Ihr Vater stöhnte erneut. »Du darfst mich nicht unterbrechen, wenn ich die Geschichte flüssig erzählen soll. Psst jetzt. Also, Amarie war nicht in die Winterlande zurückgekehrt, weil sie merkte, dass sie mich nicht verlassen konnte. Wir gestanden uns unsere Liebe und in ihrem Glück ließ sie es fast überall in den Sommerlanden schneien. Nicht überall, die Berge im Westen widersetzten sich ihr, aber ihre Gabe besteht ja auch nur aus dem Teil, den Leandra, die Königin der Winterlande, ihr geschenkt hat.

Ich kehrte wenig später aufs Schloss zurück und teilte meinem Vater mit, die Winterländerin heiraten zu wollen. Mein Vater war außer sich, aber ich beharrte auf meinem Standpunkt. Leider war er nicht bereit, mit sich reden zu lassen. Er sah nur die Probleme, die es mit sich brachte, dass ich die Frau, die er eingesperrt hatte, heiraten wollte. Er drohte, mich zu verstoßen, sollte ich sie tatsächlich heiraten. Damit war für ihn die Sache erledigt. Er fiel aus allen Wolken, als ich Amarie tatsächlich offiziell heiratete. Ein guter zukünftiger Herrscher hätte so etwas nicht getan, aber ... ich wusste, dass ich nicht mehr ohne sie leben konnte und erst recht nicht ohne sie herrschen.

Na ja, mein Vater verstieß mich und ich verlor meine Gabe und meinen Thron, aber Amarie macht es jeden Tag wett. Sie macht mich glücklicher, als man es sich vorstellen kann.« Er schwieg erneut und sah bedrückt aus.

»Macht es dich traurig, dass du nicht König sein darfst?« Sie sah ihm zu, wie er den Kopf schüttelte, aber sie sah etwas anderes in seinen Augen.

»Nein, es macht mich nicht traurig. Es tut mir leid um mein Land, denn ich weiß, dass Alexa es nicht gut führt. Was mich traurig macht, bist du.« Er setzte sie auf den Boden.

»Wir verwehren dich dem Land als seine rechtmäßige Regentin. Wenn ich König wäre, wärest du meine Nachfolgerin. Und du, meine Kleine, hättest dem Land weitaus mehr Ehre bereitet, als all wir anderen.«

»Mhm, und warum darf Mama heute nicht mehr in die Winterlande?«

»Das dürfte sie schon, aber dann müssten wir zugeben, dass der Regent sie entgegen seiner Äußerungen damals festgehalten hat. Dass er gelogen hat. Das wäre Hochverrat. Die Winterlande würden jeglichen Kontakt zu den Sommerlanden abbrechen, jegliche wirtschaftlichen und freundschaftlichen Beziehungen. Daran wollte Amarie niemals schuld sein.«

»Also ist alles Opas Schuld, weil er machtgierig war und dann gelogen hat?«

»Im Großen und Ganzen könnte man das so sagen. Da siehst du mal, wie schlecht es ist, zu lügen.«

»Ich werde nie lügen!« krähte sie überzeugt, woraufhin ihr Vater lachte.

Adrian und sie trugen schwarz, sie hielten beide je eine Rose fest. Tränen liefen ihr über das Gesicht und ihr Vater umklammerte ihre Hand viel zu fest. Sie konnte nicht fassen, dass ihre Mutter jetzt im Himmel war. Sie wollte ihr Lachen zurück. Sie schaute zu ihrem Vater hoch, in dessen Haar sich erste weiße Strähnen zeigten. Ihr Vater wollte seine geliebte Frau auch zurück.

Doch sie hatten nur noch sich.

# Kapitel 27

Eowyn öffnete die Augen, doch sie schwebte nach wie vor in ihrer dunklen Blase, nur mit dem Unterschied, dass Tausende Bilder um sie herumschwebten. Die Mauer in ihrem Kopf war weg und sie erinnerte sich plötzlich an alles, was vor dem Fluch der dunklen Hexe passiert war. Die Trauer über den Verlust ihrer Mutter stieg erneut in ihr auf, so wie damals.

Alle Wörter Königin Alexandras ergaben nun einen Sinn.

Es war eine solche Hülle von Bildern, Empfindungen und Eindrücken, dass ihr Schädel zu platzen drohte. Sie musste hier raus. Sie musste zu Roran, zu ihrem Vater.

Sie begann zu strampeln und zu schwimmen. Sie kam nach wie vor schlecht voran und fragte sich panisch, wie sie je hier herauskommen sollte, aus ihren Erinnerungen, ihrer Vergangenheit.

Sie wollte zurück in die Gegenwart, zurück zu Roran. Sein Bild stieg vor ihr auf und lotste sie aus dem verwirrenden Getümmel der Bilder ihrer Vergangenheit heraus, auf das Licht am anderen Ende zu. Ihre Bewegungen wurden hektischer, als es sie immer stärker drängte, zurück in seine Arme zu gelangen und mit ihm zusammen die Bilder ihrer Vergangenheit zu ordnen.

Das Licht am Ende umflorte sie wie eine Hülle aus Schnee, hinter der Dunkelheit herrschte.

Sie kehrte zurück.

Als sie aufwachte, ächzte ihr Schädel vor Schmerz und ihr Bein brannte, doch als sie in Rorans Gesicht sah ging es ihr abrupt besser. Von Ferne erklang ein misstönender Schrei, von dem Eowyn sofort wusste, dass Adretta ihn ausgestoßen hatte. Sie schauderte und hoffte, dass die Hexe ihr niemals wieder begegnen würde.

»Eowyn! Dem Winter sei Dank bist du wieder da! Ich dachte schon, deine Kopfverletzung wäre vielleicht ernster ... Ich hätte mir niemals verziehen, war ich es doch, der sie dir zufügte.« Seine vor Besorgung dunkel umwölkten Augen klarten auf und er küsste sie voller Erleichterung auf die Stirn.

In Eowyn jedoch herrschte keine Erleichterung. Sie hatte zwar ihre Erinnerung wieder, aber ... wer war sie? War sie Harmony, das Mädchen von früher oder Eowyn, das Dienstmädchen der Königin?

Und Roran. Würde man sie als Cousine der nächsten Sommerherrscherin, Tochter des verstoßenen Adrian und der verschollenen Amarie in seiner Heimat noch willkommen heißen? Wenn in den Winterlanden bekannt wurde, dass Amarie hier festgehalten worden war und der damalige Regent darüber gelogen hatte ... Vielleicht würde Rorans Vater dies als Affront sehen und der Frieden stünde noch wackeliger als sowieso nach Rorans Entlobung.

Er streichelte zärtlich ihr Gesicht und sah sie liebevoll an, obwohl die Besorgnis in seine Züge zurückgekehrt war. Eowyn seufzte und konzentrierte sich einen Moment nur auf das Gefühl von seinen Händen an ihrem Gesicht und seinen Beinen unter ihrem Kopf. Er musste sie auf seinen Schoß gezogen haben, als sie ohnmächtig geworden war.

»Eowyn, was ist denn mit dir?« Halt suchend griff sie nach seinen Fingern. Egal was passierte, sie würde ihn nicht kampflos aufgeben.

»Mein richtiger Name ist Harmony. Vielleicht solltest du

mich Harmony nennen?« Verwirrt starrte sie Rorans blonde Haare an.

»Harmony ...« Er probierte den Namen aus und sah sie ernst an. »Ein schöner Name, den deine Eltern sicherlich mit Sorgfalt ausgesucht haben. Willst du denn Harmony genannt werden?«

Sie zuckte hilflos mit den Schultern, schüttelte gleichzeitig den Kopf.

»Für mich wirst du meine Eowyn bleiben. Das ist doch aber sicher keine Entscheidung, die jetzt getroffen werden muss. Du hast also deine Erinnerung wieder?« Er lächelte sie an und der Aufruhr in ihrem Inneren besänftigte sich. Sie war immer noch Eowyn. Nur mit Vergangenheit.

»Roran?« Entschlossen setzte sie sich auf, was den Schnee unter ihr zum Knirschen brachte. Sie musste ihm sagen, wer sie war.

»Ja?« Er beugte sich zu ihr vor und küsste sie so zärtlich, dass sie kurzzeitig vergaß, was sie hatte sagen wollen.

»Ich hätte nicht gedacht, dass meine Erinnerungen mein Leben vielleicht schwerer machen würden, aber ... Ich verstehe nicht, warum mir niemals etwas aufgefallen ist. Ich verstehe nicht ... Ich kann nicht fassen, dass ...« Sie umklammerte seine Hand fester.

»Bist du sicher, dass du mir das jetzt erzählen willst? Sollen wir nicht warten, bis Yves und Iain kommen und er dich untersucht hat?«

»Nein, ich muss es jetzt erzählen. Diese Frau aus den Winterlanden, die verschwunden ist. Amarie. Sie war meine Mutter.« Da sie der Schmerz über den Verlust ihrer Mutter überwältigte, nahm sie Rorans entgleisenden Gesichtszüge nur am Rande war.

»Sie ist deine Mutter? Sie ... sie hat hier in den Sommerlanden gelebt?«

Eowyn nickte und atmete aus. »Sie ist mittlerweile verstorben, aber sie hat hier gelebt mit meinem Vater und mir.«

Rorans Gesicht verdüsterte sich. »Ist sie damals entführt worden?«

»Nein. Sie hat sich auf Sommerlanden-Gebiet verirrt und fand nicht mehr zurück. Mein Vater hat sie aufgegabelt, er wollte hier helfen, aber ...« Sie holte erneut Luft. »Vielleicht sollte ich dazu sagen, dass mein Vater der verstoßene Prinz Adrian der Sommerlande ist.«

Roran lachte und schüttelte ungläubig den Kopf. »Also hatte Adrian tatsächlich etwas mit Amaries Verschwinden zu tun?«

Sie nickte. Wäre nicht alles so schrecklich gewesen, hätte sie vielleicht auch darüber lachen können.

»Mein Vater ist Adrian der Sommerlande und er begegnete Amarie. Da es bereits zu dunkel für eine Rückreise über die Grenze war, hat er sie mit zu seiner nahen Unterkunft genommen.«

Sie erzählte ihm die ganze Geschichte, die sie erst vor einigen Minuten selbst erfahren hatte, die sie gleichzeitig aber schon ewig kannte.

Roran sah erschüttert drein. »Dein Großvater hielt Amarie eingesperrt, während er uns stets weismachte, er wüsste nichts von ihrem Aufenthaltsort?«

Sie nickte.

»Oh. Wenn meine Mutter noch auf dem Thron säße, hätte sie sich durch diese Nachricht vielleicht zu einer unüberlegten Handlung hinreißen lassen. Mein Vater wird heutzutage anders darüber denken. Es ist zwanzig Winter her. Mach dir keine Sorgen. Amarie war äußerst beliebt, die Winterländer werden dich als ihre Tochter mit offenen Armen aufnehmen. Diese zugegebenermaßen skurrile Geschichte wird mich nicht davon abhalten, dich meinem Land als meine Braut zu präsentieren.« Rorans letzter Satz riss sie ruckartig aus ihrem Erinnerungs-Wirrwarr.

Roran wollte sie heiraten? War es denn nicht erst vor Kurzem gewesen, als sie ihn das erste Mal gesehen hatte? Hatte sie nicht erst heute seine Liebe gewonnen?

Roran lachte und küsste sie. »Warum noch warten, wenn wir uns doch lieben? Auch wenn du die Tochter von Adrian und Amarie bist, du bleibst meine geliebte Eowyn.« Fassungslos starrte sie ihn an, bevor sie zu strahlen begann und in seine Arme fiel.

»Ich liebe dich«, flüsterte sie in sein Ohr und fuhr durch seine Haare, in denen einige verirrte Schneeflocken schmolzen.

»Ich liebe dich auch.« Rorans Atem fuhr über ihren Hals und ließ sie erschauern. »Wie hast du deine Erinnerung überhaupt verloren?« Sie verzog das Gesicht, kuschelte sich in seine Arme und erzählte ihm auch diese Geschichte.

Er blieb lange still und umschlang sie schließlich fester.

»Ich hoffe, dass du oder irgendjemand anders so etwas nie wieder erleben muss. Dennoch ... ohne die schwarze Hexe wäre ich dir nie begegnet.« Er küsste sie erneut.

Eowyn schmiegte sich an ihn. In ihr herrschte heillose Verwirrung, doch sie wusste, dass sie den Platz an Rorans Seite fest innehatte.

Der Schnee ließ langsam nach und sie lehnte den Kopf an seine Brust. Sie war plötzlich furchtbar erschöpft. Der Schmerzen sowie die Anstrengung der Reise ließen sie wegdämmern.

# Kapitel 28

Sie wachte davon auf, dass Roran sich bewegte. Die Äste der Bäume über ihnen senkten sich plötzlich kraftlos unter dem Schnee herab. Die Temperatur fiel.

»Königin Alexandra ist verstorben.« Roran wisperte und sah zutiefst gequält aus.

Zärtlich nahm sie sein Gesicht in ihre Hände und drehte es zu sich. »Du bist nicht schuld, Roran. Die Mächte, die ein Regent trägt, sind euch auferlegt. Du kannst nichts für die Verbundenheit mit dem Winter. Du bist nicht schuld, dass es schneit, wenn du glücklich bist.«

»Sag mir das noch ein paar tausend Male, vielleicht beginne ich irgendwann, dir zu glauben.« Er lächelte sie an und strich ihr eine Strähne über die Schulter zurück.

»Weißt du, Roran ... Plötzlich wird mir auch klar, warum Königin Alexandra immer so außer sich war, wenn sie bemerkt hat, dass ich mit einem Winterländer gesprochen habe. Sie hat mich mit ihrem Fächer geschlagen, als ich mit Iain sprach. Sie hat mich des Schlosses verwiesen, als sich herausstellte, dass ich mich mit dir unterhalten habe. Sie hat nie geglaubt, ich hätte tatsächlich mein Gedächtnis verloren und sie hatte immer Angst, dass ich irgendeinem Winterländer erzählen würde, was tatsächlich mit meiner Mutter in den Sommerlanden geschah.«

Roran nickte. »Sie kann sich ihrem Thron nie sonderlich sicher gewesen sein. Gegenüber Adrian hat sie wahrscheinlich immer befürchtet, dass er ihn sich irgendwann zurückholen würde und dann war da die Gefahr vonseiten meiner Leute. Wenn mein Vater herausbekommen hätte, was mit Amarie damals geschehen ist, hätte er vielleicht probiert, Adrian statt ihrer zum Herrscher der Sommerlande zu machen. Königin Alexandra hatte panische Angst, dass du Amaries Vergangenheit an einen von uns ausplauderst und wir ihr daraufhin den Thron streitig machen würden.« Er fuhr mit einem Finger ihre Augenbraue entlang. »Denk nicht mehr an sie. Der Abschnitt ist für dich vollends vorbei.« Sie legte ihre Hand auf seine und nickte, auch wenn ihr nicht entgangen war, dass Roran sich selber nicht einschloss. Nun, sie würde ihn schon noch lehren, dass er für Königin Alexandras Tod nicht verantwortlich war.

»Wie hast du mich überhaupt gefunden, im Speisesaal?«

»Ich war in der Nähe, als ich auf eine kleine Gruppe aus Dienstpersonal stieß, die sich den Krach hinter der Tür anhörten. Ich wusste sofort, dass es dein Schrei war, den ich hörte. Ich habe die Tür aufgerissen und …« Roran zeichnete Linien auf ihren Handrücken. Die ihr schon bekannte Falte grub sich tief in seine Stirn. »Lass uns nicht mehr darüber sprechen.«

Eowyn nickte und lehnte ihren hämmernden Kopf wieder gegen seine Brust. In dem nassen Schnee fröstelte sie.

Beide zuckten erschreckt zusammen, als ein Fluchen an ihre Ohren drang. Roran zog sie mit sich hoch, doch ihre Beine waren so schwach, dass sie gleich wieder in den Schnee sank. Sie war plötzlich so erschöpft wie noch nie in ihrem Leben. Und Letzteres konnte sie endlich mit absoluter Gewissheit sagen.

»Was hat Roran sich bei diesem Schneefall nur gedacht? Königin Alexandra hat es gar dahingerafft und ihn kann man kaum wiederfinden.«

Roran lächelte erleichtert, was die Schatten in seinen Augen aber nicht zu vertreiben vermochte. »Das sind Yves und Iain. Er kann dir bestimmt helfen.«

Er lief den Männern entgegen. »Yves? Wir sind hier.«

»Roran!« Zwei Pferde stoben hinter den Bäumen hervor. Die Köpfe und Kleidung der Reiter waren schneebedeckt, doch es schien ihnen kaum etwas auszumachen. In den Winterlanden waren sie so etwas gewöhnt.

»Bis du in Ordnung?« Der eine Reiter sprang behände von seinem Pferd und schlitterte auf den Prinzen zu. »Was ist das mit dem Schnee?«

Trotz ihrer leicht verschwommenen Sicht konnte Eowyn ihn als Yves ausmachen, der zurückgekehrt war. Der andere Reiter stieg ruhiger ab, schnappte sich eine Tasche und eilte auf sie zu.

»Fräulein Eowyn. Könnt Ihr mir sagen, wie viele Finger Ihr seht?«

Gehorsam zählte sie seine hochgereckten Finger. Zählen. Das hatte Emma, ihre Lehrerin, ihr beigebracht. »Drei.«

Roran stapfte an ihre Seite und nahm ihre Hand fest in seine. Obwohl Iain ihren Kopf betastete, konnte sie Yves argwöhnische Miene erkennen. Es hätte ihr fast ein Lächeln entlockt.

Roran drückte ihre Finger. »Yves, Iain, ich möchte Euch meine Verlobte vorstellen.«

»Wie bitte?!« Yves riss die Augen auf und starrte sie an. »Ich meine, nun wo du die Verlobung mit Prinzessin Alisa gelöst hast, hast du sicher freie Wahl, aber was würde dein Vater dazu sagen?«

»Es ist mir egal, was Vater sagt, Yves. Mein Herz gehört Eowyn. Und ihres mir.«

In diesem Moment fand Iain die Beule an ihrem Hinterkopf und sie konnte einen Schrei nur mühsam unterdrücken. Vor ihren Augen tanzten Sternchen. Rorans Hand umklammerte ihre fester.

»Ihr solltet nicht hier draußen herumirren. Diese Beule sieht nicht gut aus, wir müssen eine Gehirnerschütterung in Betracht ziehen.« Iain ließ von ihrem Kopf ab und untersuchte ihr Ohr. »Die Ohrfeige hat, dem Winter sei Dank, wohl keine Folgeschäden nach sich gezogen.« Er zwinkerte ihr aufmunternd zu, zog vorsichtig an ihrem Bein und rollte ihren Rock züchtig etwas höher. Irritiert über den fachkundigen Verband, runzelte er die Stirn.

»Habt Ihr das selbst verbunden?«

Eowyn schüttelte erschöpft den Kopf. »Ein älteres Paar hat mich im Wald gefunden und gepflegt. Sie waren sehr nett.«

»Sie hätten Euch nicht schon so früh wieder gehen lassen dürfen.«

Ihr Kopf war plötzlich so schwer. »Das wollten sie auch gar nicht. Aber … Ich musste doch zurück zum Schloss und Roran davor warnen, was Königin Alexandra mit dieser Hochzeit bezweckte.«

Roran drückte ihre Hand. »Das liegt jetzt alles in der Vergangenheit.«

Ungläubig nickte sie. Sie konnte das noch gar nicht glauben. Iain wickelte unterdessen den blutdurchtränkten Verband ab. Er blieb still, während er die Wunden betrachtete.

Eowyn war so ausgelaugt, dass sie sich an Roran lehnte und die Augen schloss. Mittlerweile fror sie jämmerlich. Ihre nackten Füße spürte sie kaum noch.

»Warum ist es immer noch so kalt? Alenas Macht sollte so stark sein, dass es zumindest eine warme Brise gibt.«

»Ich weiß nicht. Vielleicht braucht sie eine gewisse Zeit, bis ihre Gabe sich auf das gesamte Land ausdehnt.«

Iain räusperte sich und Eowyn schlug wieder die Augen auf. »Ich muss diese Wunden eingehender behandeln, aber dazu sollten wir Euch in eine trockenere Umgebung bringen. Ich fürchte jedoch, dass Narben zurückbleiben werden.«

Roran küsste sie auf die Schläfe. »Schau, mit etwas Fantasie kann man aus allen drei Verletzungen ein R lesen.« In der Luft zeichnete er ein R über ihr Bein.

»Ein R für Roran.« Eowyn schnaubte. »Na, dann ist ja gut. Immer wenn ich mein Bein sehe, werde ich also an dich denken.«

»Siehst du, so schlimm ist es gar nicht.«

Er wandte sich an Yves und seine zärtliche Stimme wurde ernst. »Wir sollten ein Lager aufschlagen und hier übernachten. Morgen holen wir dann unsere restlichen Habseligkeiten und den Rest meines Gefolges aus dem Schloss, um in die Winterlande zurückzureisen.«

Eowyn zuckte zusammen, als Iain schmelzenden Schnee auf ihr Bein häufte, um die Wunde zu reinigen und einen neuen, festen Verband um ihre Wade schnürte.

»Was ist mit mir, Roran? Wohin soll ich?«

Er zögerte. »Am liebsten würde ich dich sofort mit in meine Heimat nehmen.«

Eowyn atmete erleichtert auf, als Iain von ihrem Bein abließ. »Ich muss zu meinem Vater. Er denkt immer noch, ich wäre ohne Erinnerungen. Ich mag mir nicht vorstellen, was in ihm vorgeht. Ich muss ihn sehen.«

Roran drückte ihre Hand und nickte. »Natürlich, du hast recht. Ich werde dich begleiten. Wenn wir das Sommerschloss verlassen haben, werden wir alle zu deinem Vater reisen. Meine Männer können in der Nähe ihr Lager aufschlagen.«

Yves nickte. »Wie du wünschst.« Er zerrte Handschuhe aus seiner Jacke und zog sie über. »Jetzt werde ich erst mal unser heutiges Lager aufschlagen.«

Er entfernte sich zu seinem Pferd und begann, die Gepäckstücke abzuladen. Innerhalb kurzer Zeit hatten die drei Männer aus Stöcken und Decken zwei von diesen geschlossenen Pavillons aufgebaut, die sie schon einmal ganz zu Beginn ihrer Bekanntschaft im Wald gesehen hatte. Zelte. Das kleinere, luxuriösere der beiden war sicherlich dem Prinzen vorbehalten, während das größere, schlichtere für seine Gefolgschaft vorgesehen war.

»Eowyn?«

Roran trat zu ihr. Sie hockte nach wie vor auf dem Boden und war zu erschöpft, um überhaupt ihre Hilfe anzubieten. Das Fieber musste sie viel stärker geschwächt haben, als sie und sogar Fertria gedacht hatten. Nur dieser eine Tag der Wanderung hatte sie bereits aller Kräfte beraubt. Zudem noch die eisige Kälte, die ihr langsam bis in die Knochen drang.

»Du wirst in meinem Zelt schlafen und wir anderen teilen uns das große. Alles andere wäre unziemlich.«

Sie nickte und humpelte mit Rorans Hilfe hinüber.

Kaum hatte ihr Kopf dort die Plane berührt, war sie schon eingeschlafen. Rorans behutsamen Gute-Nacht-Kuss bemerkte sie nicht mehr, ebenso wenig, wie das Schaffell, das er aus einem Beutel zauberte und über sie breitete.

# Kapitel 29

Am nächsten Tag fühlte Eowyn sich gestärkter, aber es zehrten nach wie vor alle möglichen Gedanken an ihren Kräften. Der Traum mit der schwarzen Hexe war nicht zu ihr gekommen und sie spürte instinktiv, dass er es auch nie wieder tun würde. Sie hatte stattdessen von früher geträumt, von ihrer Mutter, ihrem Vater, dem Haus, in dem sie gewohnt hatten. Es war schlicht, schließlich brachte ein ehemaliger Prinzentitel nicht automatisch Geld. Trotzdem war es solide, denn ihr Vater tätigte aufgrund seiner exzellenten Bildung gewinnbringende Geschäfte. Sie hatte das Haus, ihr Zuhause, geliebt.

Die Männer brachen das Lager eilig ab und ließen nicht mal zu, dass Eowyn auch nur den Vorschlag machte zu helfen.

Kühle Luft schlug ihr ins Gesicht, als Roran sein Pferd antrieb, auf dem sie ebenfalls Platz gefunden hatte. Trotz der beunruhigenden Erkenntnisse des vergangenen Tages fühlte sie sich dort so sicher und geborgen wie lange Zeit nicht mehr. Sie trug Rorans dicke Schaffellweste, allerdings waren ihre nackten Waden dem kalten Wind ungeschützt ausgesetzt.

Auch Yves bemerkte die kühle Luft. Er trieb sein Pferd neben ihres. Die Hufe des Tieres knirschten auf der Schneedecke.

»Der Schnee ist noch kein bisschen geschmolzen, dabei hätte die Macht der neuen Königin dies längst zumindest ansatzweise vollbringen müssen. Irgendetwas läuft dort nicht mit rechten Dingen ab.«

Roran nickte. »Du hast absolut recht. Gestern dachte ich noch, die Kräfte Alenas müssten sich erst über das gesamte Land entfalten, aber mittlerweile ist nur noch seltsam, dass der Schnee immer noch da ist. Es muss sie entkräften, dass ihr Land so lange im Winter festgehalten wird.«

»Vielleicht weiß sie nicht recht, wie sie Zugang zu ihren Kräften finden kann?«

Roran schnaubte. »Ich kann mir nicht vorstellen, dass Königin Alexandra es unterlassen hat, ihre erstgeborene Tochter in ihrer Macht zu schulen. Alena muss die Gabe als zukünftige Regentin von Geburt an besessen haben und entsprechend wird ihre Mutter sie in deren Umgang eingewiesen haben. So wie meine Mutter mir gezeigt hat, meine Kräfte zu lenken.

Nur weil Sommerkräfte selten so auffällig in Erscheinung treten wie Winterkräfte, wird die Königin doch nicht darauf vertraut haben, dass Alena die Kontrolle darüber schon alleine erringen wird?

Jedenfalls ist es sehr ungewöhnlich. Und es tut mir ehrlich leid, schließlich war es mein Schnee, der dieses Dilemma ausgelöst hat ...«

»Es ist nicht deine Schuld, Roran.« Eowyn legte ihre Hand auf seinen Arm, der sie fest umschlungen hielt. Beruhigend streichelte sie darüber.

»Sie hat recht.« Yves nickte ihr bestätigend zu. »Deine Macht ist dir zugefallen. Du bist nicht verantwortlich dafür, was mit ihr einhergehen kann. Außerdem ist es nun auch wirklich nicht schade um die Königin.« Seine Stimme wurde hart. »Ruf dir nur in Erinnerung, was sie Eowyn angetan hat.« Er trieb sein Pferd an und setzte sich an die Spitze.

Eowyn blinzelte und starrte in die Ferne. Sie wollte nicht

mehr daran erinnert werden, was Königin Alexandra mit ihr angestellt hatte. Erst recht nicht wollte sie daran erinnert werden, dass sie ihre Tante gewesen war. Ihr eigen Fleisch und Blut.

Es dauerte keinen halben Tagesritt, da erreichten sie das Schloss. Wie alles andere auch war es schneebedeckt und in seiner weißen Pracht wunderschön.

Sie stiegen ab und führten ihre Pferde unauffällig in den Schlosshof. Roran wollte so wenig Aufmerksamkeit wie möglich erregen, nachdem er Prinzessin Alisa verschmäht hatte und Eowyn eigentlich des Hofes verwiesen war.

Wie sich herausstellte, hätte er sich seine Vorsicht sparen können. Die Dienstboten liefen aufgescheucht durch die Gegend, die Wachen versuchten sich vergeblich zu organisieren und es herrschte allgemein großer Trubel. Die Kamine brannten, wahrscheinlich das erste Mal, dass sie überhaupt in Benutzung waren, abgesehen von demjenigen in Rorans Zimmer.

Roran, Eowyn, Iain und Yves fielen in dem kopflosen Haufen nicht weiter auf, bis sie auf Traude trafen. Sie stand mit ihrem Mann Merlon in einer Ecke und beobachtete das Treiben hilflos. Als sie Eowyn bemerkte, trat ungläubiges Staunen auf ihr Gesicht. Sie schüttelte den Kopf und begann zu strahlen.

»Eowyn!« Traude hastete zu ihr hinüber und packte sie fest an den Schultern, wie um sich zu vergewissern, dass sie es tatsächlich war. »Eowyn, ich glaube es nicht! Oh, wie geht es dir? Alle Dienstboten haben sich Sorgen gemacht, als die Königin dich verletzt im Wald aussetzen ließ. Ich hatte ehrlich gesagt nicht gedacht, dich jemals wiederzusehen!«

Lächelnd legte Eowyn eine Hand auf Traudes. »Mir geht

es gut. Ich bin sehr erschöpft, aber dem Sommer sei Dank hat ein unglaublich freundliches Paar mich gefunden und sich um mich gekümmert. Und dann traf ich auf Prinz Roran.« Sie blinzelte zu ihrem zukünftigen Mann hinüber, dessen Augenmerk wachsam auf ihr lag, und konnte ihr Glück kaum fassen. Sie liebte eindeutig den wundervollsten Mann dieser Welt.

Mühsam riss sie ihren Blick von ihm los. »Aber sag, Traude, was ist hier geschehen?«

»Ach, wo soll ich da nur anfangen? Königin Alexandra hat es ganz plötzlich dahingerafft. Sie wurde immer blasser und blasser und einfach weniger, bis sie plötzlich tot war. Es muss der Schnee da draußen gewesen sein, sonst war sie doch kerngesund.« Sie schaute in Rorans Richtung und machte einen demütigen Knicks. »Wenn das Euer Werk war, Prinz Roran, möchten wir alle Euch danken. Die Königin war tyrannisch und despotisch, nicht nur mit Eowyn. Vielleicht sollte man es nicht laut aussprechen, aber wir sind froh, sie los zu sein.«

Roran riss die Augen auf und Eowyn senkte hastig den Kopf, um ihr Grinsen zu verbergen.

Er hätte sich niemals vorstellen können, für sein Tun auch noch mit Dank überhäuft zu werden. Andererseits kannte er die despotischen Seiten Königin Alexandras auch lange nicht so gut wie die Dienerschaft des Sommerhofs.

Traude wandte sich wieder ihr zu. »Nun sollte natürlich Prinzessin Alena Königin werden, aber …« sie senkte die Stimme, »die Berater, die für die Zeremonie zuständig sind, sind nicht sicher, ob sie die Rechte ist, denn sie scheint keine Kräfte über den Sommer zu besitzen. Alena ist außer sich, aber die Berater haben recht, man muss nur rausschauen. Und die Sommerlande brauchen keine Königin, die nicht in der Lage ist, Sommer zu bringen.« Traude fuhr sich erregt über ihren Haarknoten. »Niemand versteht, warum Alena die Kräfte nicht hat. Die Berater suchen verzweifelt nach irgendwelchen Aufzeichnungen von früher, die Belegschaft ist derweil kopf- und führungslos. Niemand hat Anweisungen bekommen, niemand weiß, was er tun soll. Nur gut, dass Königin Alexandra das nicht mehr erlebt.«

»Das ist in der Tat seltsam. Wer außer Prinzessin Alena sollte denn sonst die Sommergabe besitzen?«

Traude zuckte die Schultern. »Die einzige Idee, die wir hatten ist, dass Königin Alexandra vor Alena ein anderes Kind bekommen hat, das das Erstgeborene ist, aber niemand hält diesen Gedanken für glaubwürdig.« Sie zog eine Schnute. »Wer weiß, wie lange dies alles noch dauert. Ich werde mal in die Küche gehen, vielleicht kann ich mich da nützlich machen.« Sie packte ihren Mann, hängte sich bei ihm ein und lief in Richtung Küche.

Roran hatte die Augenbrauen hochgezogen. »Wir sollten die Gunst nutzen. Am besten packst du deine Habseligkeiten zusammen und kommst dann zu meinem Gemach. Ich werde mich ebenfalls abreisefertig machen und mein Gefolge unterrichten.«

Eowyn nickte. »Sicher, ich brauche nicht lange.« Sie raffte ihren Rock und eilte die Treppen zum Gesindetrakt hinauf. Ihr Bein pochte, aber die Schmerzen hatten bereits etwas nachgelassen.

Sie betrat ihre kleine Kammer und sank dort einen Moment aufs Bett. Sie konnte nicht fassen, was alles innerhalb dieser kurzen Zeit geschehen war.

Sie hatte Roran kennen- und lieben gelernt. Königin Alexandra war gestorben und konnte ihr nichts mehr antun. Ihre Erinnerungen waren zurückgekehrt.

Die Veränderungen waren so drastisch, dass sie sie alle noch gar nicht begreifen konnte. Nur eins hatte sich bereits fest in ihrem Herz eingenistet: Rorans Geständnis sie zu lieben.

Sie seufzte und ließ sich rücklings auf ihren dünnen Strohsack fallen. Als Roran ihr gestanden hatte, sie zu lieben, war sie noch ein Dienstmädchen gewesen. Kurz darauf war sie plötzlich die Tochter eines ehemaligen Prinzen.

Die letzten zwei Sommer hätte sie niemals gedacht, dass ein Prinz ihr eine Liebeserklärung machen könnte. Auch wenn ihre Stellung jetzt eine andere sein mochte, war es immer noch unglaublich.

Sie lächelte, rollte vom Bett und holte darunter seine Schneekugel hervor.

Sie ließ die Flocken tanzen und konnte sich an dem Gestöber kaum satt sehen. Es erinnerte sie an ihre Mutter und Roran zugleich.

Sie presste die Kugel an sich, klemmte sich ihr Ersatz-Leinenkleid unter den Arm und warf einen letzten Blick auf die kleine Kammer. Dann huschte sie hinaus. Ihrer Zukunft entgegen.

# Kapitel 30

Roran hatte seine Gefolgsleute über die anstehende Abreise informiert und die Vorbereitungen waren bereits fast abgeschlossen. Einige seiner Mitreisenden packten gerade die letzten Dinge in Rorans Gemach zusammen.

Er lächelte ihr entgegen, was Eowyns Herz zum Hüpfen brachte. Dann wanderten seine Augen zu ihrem Besitz. »Sind das alle deine Habseligkeiten?«

Sie nickte zögerlich, weil Roran plötzlich so schockiert aussah.

»Du besaßt nicht mehr als zwei Kleider, bevor ich dir die Schneekugel schenkte?«

Eowyn nickte erneut. »Vergiss nicht, dass ich hier ohne alles ankam und man im Dienst der Königin außer Kost und Logis nicht viel verdient.«

Roran hob die Augenbrauen. »Wenn wir in meiner Heimat angekommen sind, werde ich dir mehr Geschenke machen.«

Sie schüttelte abwehrend den Kopf. »Nein, ich brauche nicht mehr als das hier. Es reicht mir. Ich möchte nicht, dass du mir Geschenke machst, nur weil ich eine mittellose Dienstmagd war. Ich bin stolz auf die harte Arbeit, die ich täglich erbracht habe. Ich brauche keine Entschädigungen dafür.« Als sein Blick flackerte, fragte sie sich kurz, ob sie zu weit gegangen war. Doch für die Wahrheit sollte man sich niemals entschuldigen müssen.

Roran schloss kurz die Augen. »Ich denke, ich werde noch viel von dir lernen.« Er küsste sie auf den Kopf und strich ihr über die Wange, was ihr ein Lächeln entlockte und Schneeflocken in ihrem Bauch aufwirbeln ließ. Erleichtert atmete sie auf.

Rorans Finger stockte. »Du solltest dich niemals davor scheuen, mir die Wahrheit zu sagen, Eowyn. Niemals.« Er beugte sich vor und küsste sie, trotz der ganzen Leute. Als er sie losließ, schaute sie sich verlegen um. Es war seltsam, sich einer Person derart nahe zu fühlen und dieses Gefühl dann auch noch öffentlich kundzutun. Schön seltsam.

Noch am selben Tag, nachdem Iain ihr Bein behandelt und neu verbunden hatte, verließen sie das Schloss und ritten durch den Schnee in den Süden der Sommerlande, dort wo Eowyn aufgewachsen war. Beziehungsweise Harmony.

Sie mussten zweimal ihr Lager im nassen und kalten Schnee aufschlagen, um zu nächtigen, bis ihr schlichtes Elternhaus vor ihnen auftauchte. Ihre Finger begannen nervös zu zappeln und ihr wurde übel. Sie fürchtete sich davor, ihren Vater nach über zwei Sommern und so vielen Geschehnissen wiederzusehen, aber gleichzeitig sehnte sie die Begegnung herbei. Sie hatte lange genug ohne Eltern gelebt, um zu wissen, wie viel sie einem bedeuten konnten.

»Du bist aufgeregt, nicht wahr?« Roran, der hinter ihr auf dem Pferd saß und fest die Arme um sie gelegt hatte, schien ihre Unsicherheit zu spüren.

»Ja schon. Was, wenn er mich nicht mehr wiedererkennt? Oder mich nicht mehr will, nach den vergangenen zwei Jahren?« Hektisch verschränkte und löste sie ihre Finger.

»Das kann ich mir nicht vorstellen. Jetzt wo ich die echte Geschichte über seinen Verstoß kenne, scheint er mir ein liebenswürdiger Mann zu sein. Sicherlich hat er dich ebenso vermisst, wie du ihn.«

Sie schluckte und nickte. Sie hatte ihren Vater jeden Tag vermisst, auch wenn sie nicht gewusst hatte, wer er war. Vielleicht hatte ihr Vater seine Tochter ebenso sehr vermisst.

Roran gab den anderen die Anweisung ihr Lager in der Nähe aufzuschlagen und ritt alleine mit ihr weiter zu Eowyns Haus.

Plötzlich tauchten Yves und sein Schimmel neben ihnen auf. »Ich kann nicht zulassen, dass du alleine weiterreitest. Lass wenigstens mich dein Geleit bilden.«

»Nein, Yves, diese Angelegenheit ...« Roran stockte, als sie ihre Hand auf seinen Arm legte.

»Er sorgt sich nur um deine Sicherheit. Schon gut, Yves. Begleitet uns ruhig.« Der breitschultrige Krieger wirkte erleichtert, was sie zum Schmunzeln brachte. »Euer Pflichtgefühl in Ehren und Eure Eigenschaft als guter Freund ebenso.«

Yves runzelte die Stirn und blinzelte, bevor er rot anlief und sein Pferd eilig zurückfallen ließ.

Roran grinste. »So überrumpelt habe ich ihn noch nie gesehen.«

Eowyn drehte sich halb um. »Er ist dir wirklich freundschaftlich zugeneigt. Auf dem Schloss habe ich ein Gespräch von ihm mitangehört. Er hat verstanden, dass Prinzessin Alisa nicht die Richtige für dich war und hat nach einer Lösung gesucht, damit du sie nicht heiraten musst. Er ist dir sehr ergeben.«

Leichte Verlegenheit schlich sich in seine Züge. »Wenn du es so ausdrückst, klingt es komisch, aber wir sind tatsächlich gute Freunde.« Er sah über die Schulter zu Yves zurück. »Allerdings war er immer sehr diplomatisch, wenn ich ihn nach seiner Meinung über die Prinzessin gefragt habe. Ich hätte nicht gedacht, dass er ebenso über sie denkt, wie ich ...«

Roran zügelte schließlich sein Pferd und saß ab. Er hob sie herunter und drückte aufmunternd ihre feuchten Hände. Der Schnee rutschte in ihre Pantinen und vertrieb auch noch die letzten Empfindungen darin. Eowyn atmete aus und strich nervös ihr Kleid glatt. Yves saß ebenfalls ab und legte eine Hand an sein Schwert. Als er scharf die Umgebung um sie herum beobachtete, kam ihr plötzlich in den Sinn, dass Yves gerade begonnen hatte, auch sie zu beschützen. Es rührte sie.

Entschlossen atmete sie erneut aus und näherte sich der Tür. Der Garten davor war wie alles andere unter einer dicken Schicht weißen Schnees begraben. Früher hatte sie dort häufig gesessen und in die Sonne geblinzelt. Dort hatte sie lachend mit ihren Eltern Fangen gespielt.

Es war erschreckend, was sie alles vergessen hatte. Roran legte ihr stützend eine Hand an den Rücken und Eowyn nahm daraus die Kraft, weiter durch die Bilder ihrer Vergangenheit zur Tür zu gehen.

Ihr Herz raste und ihr Atem ging schneller, aber sie klopfte.

Leise Schritte näherten sich der Tür. Eowyns Herz blieb fast stehen, als die Tür sich quälend langsam öffnete und ein Gesicht dahinter hervorlugte.

Ihr Vater hatte sich verändert. Er ging gebückter als früher, seine Haare waren vollständig ergraut und in sein Gesicht hatten sich mehr Falten eingegraben. Was sie aber am meisten erschütterte, war der gebrochene Blick in seinen Augen.

In ihr stiegen Tränen auf, als er sie erst verwirrt musterte und dann plötzlich der Schock auf sein Gesicht trat. Er klammerte sich an die Tür, als ob er sonst fallen würde.

»Harmony?« Seine Stimme war leise und ungläubig. »Harmony?«

Sie begann zu weinen und auch wenn sie mittlerweile

Eowyn war, nickte sie und stürzte sich ihrem Vater in die Arme. Er umfasste sie erst vorsichtig, dann aber immer fester, um sie nie wieder loszulassen.

»Harmony! Mein Mädchen.« Er begann ebenfalls zu weinen, die Schluchzer brachen geradewegs aus ihm heraus. »Du bist wieder da. Und du bist fast schon erwachsen ...«

Es dauerte eine ganze Weile, bis ihr Vater sie wieder losließ. Seine Augen waren gerötet, doch sein Lächeln machte dies mehr als wett.

»Ich habe dich so sehr vermisst. So sehr. Ich habe jeden Tag an dich gedacht. Ich hatte kaum noch zu hoffen gewagt, dass du eines Tages zurückkehren würdest, aber dieser Schnee ... Ich habe so sehr gehofft, dass du ...« Seine Stimme brach und ihm stiegen erneut Tränen in die Augen.

»Ich habe auch jeden Tag an meine Eltern gedacht. Ich wusste zwar die gesamte Zeit über nicht, wer ihr wart, aber ich habe euch dennoch vermisst. Es ist irgendwie alles neu für mich und gleichzeitig altbekannt.« Sie wischte sich die Tränen von der Wange. »Ich bin so glücklich, wieder hier zu sein und mich an alles zu erinnern.«

Ihr Vater unterdrückte ein Schluchzen. »Du konntest dich an überhaupt nichts erinnern? An nichts?«

Eowyn schüttelte den Kopf und der Gedanke an ihre vorherige Erinnerungslosigkeit ließ sie wehmütig werden. Als ihr Vater jedoch zaghaft über das Haar streichelte, konnte sie trotzdem nur lächeln. Auch wenn ihnen zwei Sommer verloren gegangen waren und sie an manchen Tagen darüber außer sich vor Trauer gewesen war, begann sie den Verlust zu akzeptieren.

Sie war ohne Zweifel immer noch böse auf die schwarze Hexe, die sich aus Rache angemaßt hatte, zwei Leben zu zerstören. Doch sie wollte sich nicht über zwei verlorene Jahre grämen, wenn sie sich genauso gut über die Gegenwart und die Zukunft freuen konnte. Ohne Groll nahm sie die Hände ihres Vaters in die ihren.

»Wir holen die Jahre auf, versprochen. Wir werden alles aufholen, was wir verloren haben. Adretta hat nichts dadurch gewonnen, dass sie uns verflucht hat. Im Gegenteil.«

Sie drückte Adrian erneut an sich, der seine Wange auf ihr Haar legte.

»Du bist so erwachsen geworden. Ich wünschte, ich wäre dabei gewesen.« Sein Blick verschleierte sich kurz. »Komm herein, nach Hause. Erzähl mir, wo du gewesen bist, was du gemacht hast …«

Er stockte, als Roran und Yves das Haus betraten. Er neigte respektvoll den Kopf und erkannte ihre Herkunft sofort.

»Guten Tag, die Herren Winterländer. Ihr geleitet meine Tochter?«

Roran sah kurz zu ihr hinüber und neigte dann ebenfalls den Kopf. »In der Tat. Ich hoffe unsere Anwesenheit bereitet Euch keine Umstände.«

Eowyns Vater schüttelte den Kopf. »Aber nein, alle Freunde meiner Tochter sind mir willkommen.«

Er deutete auf einige geblümte Sessel, auf denen Eowyn früher zum Leidwesen ihrer Mutter begeistert herumgeturnt war. Als Roran ihr liebevoll über den Arm strich, trat erneut ein Schleier in die Augen ihres Vaters. Er sah betrübt aus und flüsterte nur zu sich: »Sogar das habe ich also verpasst.«

Er blinzelte, nahm ihre Hände fest in die seinen und ließ sie auch nicht los, als sie sich auf das eine Sofa setzten. Roran nahm ihr gegenüber in einem Sessel Platz, Yves blieb hinter ihm stehen.

»Erzähl. Wo warst du die ganze Zeit? Ich habe dich überall gesucht. Und wie genau hast du dein Gedächtnis wiedererlangt? Wie hast du es geschafft zu mir zurückzufinden?«

Eowyn drückte seine Finger. »Adretta hat mich mitgenommen und am Hof der Sommerkönigin abgesetzt.« Ihr Vater erbleichte und neuer Schmerz trat in seine Augen.

»Du warst bei Alexa? Meiner Schwester? Ich hätte niemals gedacht, dass du bei ihr sein könntest.«

»Ich war als Dienstmagd bei ihr beschäftigt. Ich hatte meine eigene Kammer und ... zumindest besaß ich eine Arbeit, die mich von der Leere in meinem Kopf ablenkte.«

»Hat sie ..., hat sie dich erkannt? Ich meine, sie wusste, dass ich eine Tochter bekommen hatte, aber sie hat dich niemals gesehen.«

Eowyn zögerte. »Ich weiß nicht recht. Noch vor einigen Tagen hätte ich mit Nein geantwortet, aber sie hat urplötzlich Andeutungen über dich gemacht. Ich war schockiert, dass sie all die Jahre über euch Bescheid wusste, ich euch aber nicht mal kannte.«

Adrian schaute bedrückt. »Ich wünschte, ich hätte ..., mir wäre es damals gelungen, die ...« Er stockte und Eowyn strich ihm aufmunternd über den Arm. »Schon gut, Vater. Lass nicht zu, dass sie sich auch heute noch zwischen uns stellt.«

»Weise bist du wohl auch noch geworden, Harmony.« Er zwinkerte ihr liebevoll zu.

»Vater ... Als ich am Königshof angelangte, wusste ich nichts über mich. Ich kannte meine Eltern nicht, mein Zuhause ... Ich kannte auch meinen richtigen Namen nicht. Daher suchte ich mir selbst einen aus.« Entschuldigend sah sie ihn an. Schmerzvolles Begreifen zeichnete sich auf seinem Gesicht ab. »Ich habe zwei Jahre mit diesem Namen gelebt in der Gewissheit, dass dieser neue Name mir bleiben würde. Ich weiß nicht ...«, sie stockte, »ich habe das Gefühl, nicht mehr die Harmony von damals zu sein. Deshalb möchte ich meinen neuen Namen beibehalten.« Sie biss sich auf die Lippe. »Eowyn ...«

»Eowyn.« Die Stimme ihres Vaters war rau.

Sie konnte sich vorstellen, wie schwer dieser Entschluss für ihn sein musste, der doch immer nur mit der Rückkehr Harmonys gerechnet hatte.

»Es ist ein schöner Name, den du dir ausgesucht hast. Eowyn ... Ich glaube, er hätte auch Amarie gefallen.« Er deutete auf das Bild an der Wand, das ihre lachende Mutter zeigte. »Nun denn ..., Eowyn«, er lächelte betont fröhlich, »wie ist es dir schließlich gelungen deine Erinnerungen wiederzuerlangen?«

Sie sah zu Roran hinüber. »Das ist eine etwas längere Geschichte ... Vielleicht sollte ich dir dafür zunächst meine Begleiter vorstellen.« Sie wies auf Roran. »Vater, Prinz Roran der Winterlande und sein Wächter Yves.«

Adrian schaute erneut zu dem Bild an der Wand, bevor er respektvoll den Kopf neigte. »Amarie, meine Ehefrau, hat Euch noch kennengelernt, Prinz Roran. Sie hat sich oft gefragt, wie es Leandra mit Euch erging.«

»Meine Mutter war eine energische Frau, die sich nicht leicht an der Nase herumführen ließ, aber ich fürchte, ich war in meiner Kindheit ein rechter Wildfang. Eowyn hat mir die wahre Geschichte von Amarie erzählt, aber meine Mutter grämte sich bis zu ihrem Tode darüber, dass sie ihre beste Freundin niemals wiedersehen konnte. Sie hat noch häufig an sie gedacht.«

Ihr Vater nickte traurig. »Es hätte Amarie gefallen, das zu hören. Sie hat Leandra und ihre Heimat sehr vermisst. Aber genug dieser alten Geschichten. Wie habt Ihr meiner Tochter Ihre Erinnerungen zurückgebracht?«

Roran räusperte sich und griff über den Tisch hinweg nach ihrer Hand.

»Nun, sicherlich hörtet Ihr davon, dass die Winter- und die Sommerlande einen Friedenspakt schließen wollten, der durch eine Heirat meiner Wenigkeit mit Prinzessin Alisa besiegelt werden sollte. Um meine zukünftige Braut kennenzulernen, reiste ich daher an den Hof der Königin, wo ich Eowyn begegnete. Sie fiel mir sofort auf, da sie als Einzige von meinem Schnee fasziniert zu sein schien.«

»Sie war schon immer schneeverrückt.« Ihr Vater warf ihr einen zärtlichen Blick zu. »Königin Leandra der Winterlande hatte Amarie einen Teil ihrer Gabe geschenkt, sodass auch sie über Schnee gebieten konnte. Harmony war bereits von der ersten Schneeflocke so begeistert, dass sie Amarie ständig dazu bringen wollte, Schnee zu machen. Amarie war sehr gefordert damit.« Er lachte, bevor er blinzelnd verharrte. »Ich meinte natürlich Eowyn ... Nun habe ich Euch unterbrochen, Prinz Roran. Bitte verzeiht mir.«

»Selbstverständlich. Jedenfalls lernte ich Eowyn kennen ... und lieben.« Sie lief bei diesen Worten rot an. »Vor wenigen Tagen musste ich dann miterleben, wie Königin Alexandra auf Eowyn einschlug und sie des Hofes verwies.«

Ihr wurde bei der Erinnerung daran ganz anders. Wenn Fertria und Ryber nicht gewesen wären ... Sie verbot sich den Gedanken an das Dann. Roran strich ihr schützend über die Finger und sah bei dem Thema selbst so aufgewühlt aus, dass wohl eher er ihren Beistand brauchte, als umgekehrt.

Adrian schloss die Augen und senkte den Kopf. »Bitte fahrt fort«, flüsterte er.

»Eowyn wurde in ihrem verletzten Zustand aus dem Schloss geschafft und ich war außer mir vor Sorge. Mir wurde klar, dass ich Alisa niemals heiraten könnte. Nicht nur, weil sie mir unsympathisch war, sondern auch weil ich niemand anderen an meiner Seite wünschte, als Eowyn, der insgeheim bereits mein Herz gehörte. Ich brach meine Verlobung mit Alisa und machte mich auf die Suche nach Eowyn. Ich wusste nicht, wie schwer verletzt sie war und meine Gabe war ebenso kopflos wie ich. Sie brachte einen sehr untypischen kalten Wind hervor, der weit über die Sommerlande wehte. Als ich Eowyn endlich lebend und einigermaßen unversehrt fand, war meine Erleichterung so groß, dass es weiträumig zu schneien begann. Und als Eowyn mir kurz darauf ihre Liebe gestand, machte mich das so glücklich, dass meine Kräfte …« Roran stockte. »Sie nahmen einfach überhand.«

Adrian nickte verständnisvoll. »Die Gaben sind zu sehr mit unseren Gefühlen verbunden, als das man sie ständig unter Kontrolle haben kann. Ich habe diese Erfahrung ebenfalls gemacht, bevor ich meine Gabe verlor. Amarie ist es auch einmal ähnlich ergangen.« Der Blick ihres Vaters veränderte sich und ging versonnen in die Ferne.

Roran nutzte die Gunst und drückte einen Kuss auf ihre Handfläche. Eine leichte Röte lag auf seinen Wangen. Es berührte sie, wie verlegen es ihn machte, über seine Gefühle zu sprechen. Mit einem Lächeln drückte sie ebenfalls einen Kuss auf seine Handknöchel.

Roran ließ ihre Finger los und erhob sich plötzlich. »Meister Adrian? Vielleicht ist dies nicht der rechte Augenblick für mein Anliegen, aber ich sehe mich außerstande noch länger damit zu warten.« Winzige Schneeflocken traten aus seinen Händen und wirbelten nervös durch die Luft auf den

Boden. »Ich möchte Euch um die Hand Eurer Tochter bitten.«

Geschockt starrte Eowyn erst Roran an und dann ihren Vater, der ebenfalls überrascht aussah.

»Die Hand meiner Tochter? Aber Ihr wisst, dass weder ich noch Eowyn von Adel sind?«

»Das weiß ich, aber es hält mich nicht davon ab, mir Eowyn für den Rest meines Lebens an meiner Seite zu wünschen. Niemand anderen als sie. Ich werde bald König der Winterlande sein und spätestens dann könnte ich heiraten, wen ich wollte. Auch eine Bürgerliche.«

»Nun gut ...«, hilflos sah ihr Vater sie an, »sicherlich verzeiht Ihr mir, wenn ich dieser Bitte nicht in offiziellem Rahmen nachkomme, aber da ich Euch erst wenige Minuten kenne, soll Harm... Eowyn selbst über Ihre Hand entscheiden.«

Roran ließ sich umgehend vor ihr nieder, als ob er mit einer solchen Antwort schon gerechnet hätte.

»Eowyn, möchtest du mir deine Hand reichen?« Er schaute sie ernst an. In seinen Handflächen erschienen plötzlich zwei einzelne Schneekristalle. Die Verästelungen wuchsen und nahmen Form an. Es waren zwei Herzen, verbunden mit einem Ring aus winzigen Schneeflocken.

Staunend starrte sie auf das winzige Kunstwerk, das er innerhalb von Sekunden für sie geschaffen hatte.

Roran räusperte sich und reichte ihr die Skulptur. »Ich liebe dich.«

Sie nahm die Schneekristalle entgegen, die sofort zu schmelzen begann. Symbolisch hatte Roran ihr gerade sein Herz überreicht. Gab es ein größeres Geschenk?

»Ich liebe dich ebenso.« Ihre Finger bebten, als sie ihm in

die strahlend blauen Augen sah, aber ihre Stimme war fest, gab es auf seine Frage doch nur eine mögliche Antwort. »Ja, ich möchte dir meine Hand reichen. Mit allergrößtem Vergnügen.«

Lachend fiel sie in seine Arme.

Der Rest des Abends wurde nicht minder sentimental. Eowyn und ihr Vater redeten lange. Über Königin Alexandra, die schwarze Hexe Adretta, den Traum, den sie immer wieder geträumt hatte und darüber, wie Adrian die Jahre verbracht hatte. Am Ende des Tages war sie so erschöpft, dass sie auf ihrem Stuhl einschlief.

# Kapitel 31

Erst am nächsten Tag bemerkte sie, dass Roran sie offensichtlich die Treppe in ihr altes Zimmer hinaufgetragen hatte.

Andächtig strich sie über das verzierte Kopfteil ihres Bettes. Sie konnte kaum fassen, dass sie tatsächlich hier in ihrem alten Zuhause war und das auch noch mit ihrer großen Liebe Tür an Tür. Sie schlich in das Zimmer nebenan, das seit jeher von Gästen genutzt wurde. Roran lag schräg auf dem Bett, ein Arm lag über der Bettkante auf dem Boden. Nahe seinen Fingerspitzen glitzerten schmelzende Schneeflocken.

Eowyn kniete vor seinem Bett nieder und betrachtete ihn. Ihr Herz klopfte schneller, als sie ihm eine Strähne aus dem Gesicht strich. Sie konnte nicht fassen, was für unfassbares Glück ihr hold war, dass dieser Mann ihre Liebe erwiderte. Zärtlich berührte sie seine Wange.

Mit einem letzten Blick auf ihn erhob sie sich und stieg die Treppe hinab. Ihr Vater saß in seinem Sessel und sie hatte das Gefühl, ihr plötzliches, breites Lächeln risse sie jeden Augenblick entzwei. Seine Augen leuchteten auf und er erhob sich für eine feste Umarmung. Es war ein so kostbares Gefühl, dass sie den Moment hinauszögerte. Ihr Vater lachte und wiegte sie wie früher hin und her.

Erst ein energisches Klopfen riss sie aus ihrer Verbundenheit. Sie löste sich von ihrem Vater, der sich verwirrt umdrehte. »Erwartest du jemanden?«

»Nein, zu so einer frühen Stunde sicherlich nicht.« Er öffnete die Tür dennoch.

»Meister Adrian?« Ein sehr alter Mann mit schütterem Haar und Knollennase musterte ihren Vater prüfend über seine Brille hinweg. Er kam Eowyn vage bekannt vor.

»Ich habe einige Nachrichten für Euch, die Euch sicherlich überraschen werden. Darf ich?«

Ihr Vater hob die Augenbrauen. »In welcher Angelegenheit, wenn ich fragen darf?«

»Es handelt sich um höchst private Angelegenheiten des Königshofes, die nur unter vier Augen besprochen werden sollten.« Adrian sah besorgt zu ihr hinüber und ließ den Mann eintreten.

»Vielen Dank. Mein Name ist im Übrigen Theobald, ich war sogar noch zu Euren Zeiten Archivar und Berater des Königs.«

»Es tut mir leid, aber ich kann mich nicht mehr an Euch erinnern. Worum geht es denn?« Er wies dem Mann einen Platz am Esstisch zu, doch Theobald blieb neugierig bei Eowyn stehen. Sie war sich sicher, ihn tatsächlich am Hofe gesehen zu haben.

»Wer ist diese junge Dame, wenn ich fragen darf?«

Ihr Vater lächelte. »Meine Tochter.« Er sprach das Wort wie eine Liebkosung aus.

Theobald erbleichte und fuhr herum. »Eure Tochter? Ihr habt demnach Kinder bekommen? Wie viele? Wer ist das Erstgeborene?«

»Ich hoffe, Ihr werdet mir den Grund für Eure Neugierde noch erklären, aber bis dahin: Ja, Harm… Eowyn ist meine Tochter, mein einziges Kind.«

Theobald musterte sie scharf, schloss ergriffen die Augen und sank auf die Knie. »Dann darf ich Euch hiermit die großartige Nachricht überbringen, dass die Sommerlande Ihre neue Königin gefunden haben.«

Eowyn musterte ihn mit gerunzelter Stirn. Ihr Vater schaute konsterniert.

»Bitte erhebt Euch, Theobald. Ich fürchte, Ihr verwechselt etwas. Weder ich, noch meine Tochter tragen einen royalen Titel. Die nächste Königin wird meine Nichte Alena sein. Sicherlich braucht sie nur etwas Zeit, bis ihre Kräfte über das Land erstarken und sie den Sommerthron besteigen kann.«

Theobald erhob sich und schüttelte strahlend den Kopf. »Dem ist ganz und gar nicht so. Prinzessin Alena besitzt keinerlei Sommerkräfte und nach einiger Zeit fanden wir in alten Unterlagen die Erklärung dafür, warum. Ihr, Prinz Adrian, wart bis zu Eurem Verstoß der Thronerbe der Sommerlande. Danach übernahm Eure jüngere Schwester Alexandra dieses Amt, doch es ging niemals die *Erbfolge* auf sie über. Ich kann heutzutage nicht mehr hundertprozentig genau sagen, ob dies ein bewusstes Vorgehen Eures Vaters war oder ein nicht bemerkter Fehler in den Verträgen. Alexandra fungierte so gesehen nur als Eure Vertreterin, Meister Adrian. Nach ihrem Tod werden die Erben des erstgeborenen Prinzen, nicht ihre eigenen Kinder, ihr auf den Thron folgen. Die Nächste in der Erbfolge ist demnach die Erstgeborene von Adrian: eure Tochter Eowyn.«

Ihr Vater lachte kopfschüttelnd, während Eowyn trotz der Abstrusität eine dunkle Vorahnung überkam.

»Meister Theobald, Eure Bemühungen in Ehren, aber Ihr habt sicherlich etwas übersehen. Mein Vater konnte Amarie so wenig leiden, dass er mich verstieß, als ich sie dennoch heiratete. Warum sollte er wollen, dass Amaries Tochter seinen Thron besteigt?« Nachdrücklich schaute Adrian ihn an. »Und kommt mir nicht damit, dass mein Vater einen Punkt von so enormer Bedeutung übersehen oder vergessen hat. Das wäre ihm niemals passiert.«

Theobald wurde nervös, doch das Strahlen wich nicht aus seinem Gesicht. »Vielleicht hat Euer Vater von Beginn an vorausgesehen, dass Königin Alexandra und auch ihre Nachkommen nicht dazu geeignet sind, den Sommerthron über längere Zeit und mehrere Generationen hinweg im erforderlichen Sinne zu führen. Trotz des großen Zorns, den er auf Euch verspürte, hat er daher in Verantwortung für sein Land nicht zugelassen, dass Alexandra und die ihren unbeschränkt auf dem Thron sitzen und die Sommerlande unter ihnen verkommen. Ich vermute, Euer Vater wusste sehr genau, was ein König der Sommerlande braucht und das Alexandra dies nicht zu bieten hatte.«

Ihr Vater wurde schlagartig so blass, dass Eowyn zu ihm stürzte, um seinen Arm zu nehmen.

»Ich hätte nie gedacht, dass Vater mich überhaupt für geeignet hielt, die Sommerlande zu führen.« Erschüttert ließ er sich in einen Sessel fallen. »Theobald! Diese Unterlagen ... Sind sie wirklich verlässlich? Ihr scherzt nicht mit uns?«

Theobald zuckte zusammen. »Gute Güte, nein. Über ein solches Thema würde ich mir niemals Scherze erlauben. Diese Unterlagen sind rechtskräftig und würden gegenüber jedem Kritiker standhalten. Meister Adrian, ich kann nachvollziehen, was für ein Schock dies für Euch bedeutet, aber es steht fest. Eure Tochter Eowyn ist die Erbin des Throns und bis dieses junge Fräulein ihren 21. Sommer vollendet hat, wird ihr gesetzlicher Vertreter für sie auf dem Thron sitzen.«

Theobald beugte erneut das Knie und senkte sein Haupt vor ihrem Vater. »Ihr, König Adrian der Sommerlande.«

Eowyn schlug sich die Hand vor den Mund und ließ sich

langsam zu Boden gleiten, da ihre Knie ihr den Dienst verweigerten. Ihr Vater blinzelte fassungslos.

Das konnte nicht sein. Sicherlich erlaubte Theobald sich doch einen makabren Scherz mit ihnen.

Der helle Holzboden verschwamm vor ihren Augen, während ihr Tausende Gründe einfielen, die Theobalds Theorie widersprachen. Vor nicht mal einer Woche war sie noch ein Dienstmädchen gewesen. Und jetzt? Eine zukünftige Königin? Es war unmöglich.

Warum nur hatte sie das seltsame Gefühl, dass endlich etwas an seinen richtigen Platz gerückt war?

Verzweifelt hob sie den Kopf, wobei sie Roran bemerkte, der am Fuß der Treppe stand. Erleichterung überkam sie und sie machte Anstalten aufzustehen. Da erst bemerkte sie seinen erschütterten Gesichtsausdruck. Er hatte alles mit angehört.

Er sah von ihr zu ihrem Vater zu Theobald, wobei sich ein zutiefst gequälter Ausdruck auf seine Züge schlich. Er kam einige Schritte näher und ließ sich vor ihrem Vater auf ein Knie nieder.

»König Adrian.« Er senkte den Kopf.

»Lass das, Roran.« Ihre Stimme klang schrill. »Das ist alles nicht … nicht echt. Meister Theobald hat die Unterlagen sicherlich falsch verstanden. Steh auf.«

Ihr Verlobter hob den Kopf, blieb aber auf den Knien. In seinen blauen Augen stand ein merkwürdiger Schimmer, beinahe wie überfrorene Nässe, was sie noch nie zuvor an ihm gesehen hatte.

Erst als ihr Vater ein Zeichen gab, erhob Roran sich und hockte sich vor sie. Er wollte nach ihren Händen greifen, ließ es dann aber bleiben. Verwirrt starrte sie ihn an.

»Ich glaube das nicht«, flüsterte sie.

Roran schüttelte langsam den Kopf. »Es stimmt aber. Du hast dich vielleicht niemals selber im Spiegel angesehen, aber ich habe dich angeschaut. Die Sonne lacht aus deinen Augen, dein Haar glänzt, als wenn immer ein Sonnenstrahl darauf fallen würde und du verbreitest eine Wärme, die imstande ist, alles zu schmelzen. Du *bist* der Sommer. Ich … Ich habe bloß nie die möglichen Zusammenhänge dafür gesehen.«

Ihr wurde schwindelig. Das konnte nicht sein.

»Irgendwo in dir stecken die Sommerkräfte einer Thronfolgerin, da bin ich mir sicher.«

Sie wünschte sich, Roran würde sie einfach nur fest umarmen, damit dieser Albtraum sich in Luft auflöste, doch er sah sie nur seltsam förmlich an.

Aus ihrer Ungläubigkeit wurde Angst. Sie wollte das alles nicht. Sie wollte keine Verantwortung für Hunderttausende Sommerländer. Sie wollte, dass für immer gestern blieb, als Roran sie herumgewirbelt hatte und sie nur seine Königin gewesen war. Endlich hatte sie gedacht ein normales Leben führen zu können mit einem Vater, dem Mann, den sie liebte und ihrer gesamten Vergangenheit. Sie starrte Roran in sein verzerrtes Gesicht und eine stählerne Faust presste plötzlich ihr Herz zusammen. Das Atmen wurde ihr entsetzlich mühsam.

Ihre Stimme war nur ein Hauch, denn eine schreckliche Vermutung stieg in ihr auf und erstickte alles andere. »Roran?«

Reine Qual trat in seine Augen. Er streckte seine Hand aus, zog sie erneut zurück. »Es …, es geht nicht mehr. Unsere Beziehung … Die Winter- und Sommerlande sind nicht dafür geschaffen, verbunden zu werden. Die zukünftigen Könige der beiden Länder können nicht heiraten. Niemals. Beide Länder müssen getrennt bleiben, sonst würde es eines der Länder und einen der Könige zerstören.« Ihre furchtbare Vermutung wurde bestätigt.

»Nein.« Sie schüttelte wild den Kopf. »Es gibt bestimmt eine Möglichkeit ...« Sie starrte ihren Vater an, der bedrückt aussah, dann Theobald, der mitleidig auf seine Lippe biss.

»Nein.«

Sie sah in das Gesicht, das sie so sehr liebte, welches sie aber offensichtlich nicht mehr haben konnte. Schmerz zerfetzte ihr Herz und riss alles in ihr entzwei.

Roran wischte sich über das Gesicht und stand auf. »Ich denke, ich werde meine Sachen packen und in die Winterlande zurückkehren.«

Eowyn sah ihm nach, wie er die Treppe hinauflief. Kaum war er außer Sichtweite, erreichte der Schmerz in ihr seinen Höhepunkt und sie begann zu schluchzen.

Ihr Leben war ein grausames Marionettenspiel. In dem einen Moment wurde ihr alles zuteil, was ihr Herz begehrte, nur damit es ihr im nächsten Augenblick entrissen wurde.

Sie hatte ihrem Glück getraut, hatte darauf vertraut, dass nun, endlich, alles gut werden würde. Sie hätte misstrauisch bleiben sollen. Misstrauisch gegenüber ihrem Glück. Dann wäre von ihrem Herzen nun vielleicht zumindest ein winziger Rest übrig. Ein Rest, den sie nicht an Roran gehängt hätte.

»Nein. Nein.«

Ihr Vater kniete sich neben sie, legte ihr besorgt eine Hand auf den Kopf und strich ihr zärtlich über die Haare. »Es gibt keine Worte, um zu beschreiben, wie leid mir das tut. Ich kenne deinen Schmerz.«

Eowyn schüttelte den Kopf. »Roran hat mich gerettet im Schloss. Nachdem ich meine Erinnerungen zurückerlangt hatte, wollte ich nichts mehr außer ihn. Ich dachte ... Ich dachte, jetzt wäre endlich alles gut.« Tränen rannen über ihre Wangen. Sie schaute nach draußen in den Schnee, was sie jedoch nur stärker weinen ließ. »Meister Theobald, bitte. Es muss doch eine Möglichkeit geben beide Länder zu vereinen?«

Er zögerte. »Ich weiß es nicht. Die Sommer- und Winterlande waren seit ihrer Entstehung getrennt. Die Länder sind in der Tat so verschieden, dass ich mir nicht vorstellen kann, wie sie vereint werden könnten. Ich denke, es würde das Volk stark verunsichern und sowohl die Winter- als auch die Sommerlande schwächen.«

Starr schaute sie durch das Fenster. Der Schmerz in ihrem Inneren wich langsam einer seltsamen Taubheit. »Dann werde ich auf den Thron verzichten.«

Ihr Vater richtete sich auf. »Nein, Eowyn. Du bist für dieses Land geschaffen! Du würdest ihm endlich zu neuem Glanz verhelfen. Bitte, nimm diesem Land nicht die Chance auf eine bessere Zukunft.«

Sie schaute ihn an. »Das sagst du mir? Auch du hast deinem Thron für deine große Liebe den Rücken gekehrt, auch du hast diesem Land die Chance auf eine bessere Zukunft genommen.«

Ihre Stimme klang hart und ihr Vater senkte beschämt den Kopf. Ihre Worte hätten ihr leidtun sollen, aber sie fühlte nichts mehr. »Schaut nach draußen. Was seht ihr?«

Theobald zögerte, trat aber gehorsam zum Fenster. »Ich sehe die Sommerlande, Prinzessin. Weites, flaches Land, momentan noch schneebedeckt. Ich sehe ...«

»Danke.« Sie unterbrach ihn. »Ich weiß nicht, wo diese Kräfte sind, von denen Ihr meint, ich würde sie besitzen. Vielleicht stecken sie tatsächlich irgendwo in mir, aber eins weiß ich genau: Ich werde niemals wieder glücklich genug sein, um den ganzen Schnee verschwinden zu lassen.«

Theobald sah entsetzt aus, ihr Vater erschüttert.

»Vater, du besaßt auch einmal die Gabe, Sommer zu schaffen. Du weißt, dass sie an die Gefühle ihrer Träger gekoppelt ist. Als du dachtest, Amarie würde in die Winterlande zurückkehren, hast du da Sommer verbreitet?«

»Nein, ich war nicht ... nicht in der Lage dazu.«

»Siehst du. Wenn sich diese Gabe tatsächlich irgendwo in mir verbirgt, wird es mir ohne Roran genauso gehen. Ich werde keinen Sommer verbreiten können.« Bei Rorans Namen krampfte sich ihr Herz zusammen. »Ich werde dieses Land in diesem Zustand nicht regieren können. Es wird das Beste sein, wenn ich auf den Thron verzichte und ein anderer regiert, der diesem Land seinen Sommer zurückgeben kann.«

»Aber, Prinzessin Eowyn, die Sommerlande brauchen Euch. Die ganze Zeit unter Königin Alexandra, die niemals rechtmäßige Thronerbin war, hat das Land nur auf Euch gewartet.«

Sie wollte protestieren, einwenden, dass sie die Sommerlande nicht wollte, aber es wäre eine Lüge gewesen. Erst jetzt, wo das Land unter Schnee lag, wurde ihr bewusst, wie sehr der Sommer ihr Zuhause war. Sie wollte für die Sommerlande da sein. Aber sie konnte es nicht.

»Ich kann den Sommerlanden nicht geben, was sie brauchen.«

»Doch, bestimmt. Ihr braucht nur etwas Zeit. Ihr könnt die Sommerlande nicht vor den Kopf stoßen. Nicht Ihr auch noch. Tut mir leid, König Adrian.«

Sie starrte auf ihre Finger und spürte ihr Herz erkalten. Ihre Schultern sackten herab.

Theobald hatte recht. Sie spürte tief in ihrem Inneren, dass das Land eine weitere Zurückweisung nicht ertragen würde. Sie durfte nicht egoistisch sein, wenn es um das Überleben dieses Landes ging. Sie starrte wieder auf den Schnee hinaus.

»Die Sommerlande rufen nach mir.« Ihre Lippen fühlten sich taub an.

Schwere Stiefel polterten die Treppe hinunter. Yves, der in einer weiteren Gästekammer geschlafen hatte, stand mit wirren Haaren und besorgten Augen vor ihnen.

»König Adrian, Prinzessin Eowyn.« Er beugte das Knie und auch er erhob sich erst auf Adrians Handzeig wieder.

Roran kam hinter ihm die Treppe herunter. »König Adrian, wir danken Euch für Eure Gastfreundschaft. Wir werden nun in unsere Heimat zurückkehren.« Seine Stimme klang flach.

Eowyn gelang es nicht, den Kopf zu heben.

»Es war mir eine Ehre Eure Bekanntschaft zu machen.« Ihr Vater erhob sich. »Ich hätte mich gefreut, Euch in meine Familie aufzunehmen.«

»Ich danke Euch. Wir empfehlen uns.« Roran tat einen Schritt in ihre Richtung, dann drehte er sich um und eilte durch die Tür nach draußen, Yves im Schlepptau.

»Geh nicht.« Schluchzer schüttelten ihren Körper und entgegen aller Vernunft raffte sie sich auf und lief ihnen hinterher.

Draußen war es genauso kalt wie in ihrem Inneren. Roran schloss gerade die Schließe am Gurt seines Sattels. Sein blondes Haar fiel ihm in die Stirn. Eowyn stand hinter der Tür im Schnee, aber sie hatte keine Worte, mit denen sie ihn hätte zurückhalten können.

So stand sie dort und sah zu, wie er sich auf sein Pferd schwang und ihm die Sporen gab.

»Bitte nicht. Komm zurück, Roran.« Sie stapfte durch den Schnee, aber aufgrund ihrer Tränen konnte sie nicht sehen, wohin sie lief und stolperte über einen Busch. Sie fiel in den Schnee, der ihre Tränen schluckte und blieb einfach liegen.

Roran entschwand ihrem Sichtfeld, wobei etwas in ihr lautlos zerbrach.

»Eowyn!« Ihr Vater eilte auf sie zu. »Hier draußen wirst du noch erfrieren.«

Ihm gelang es nicht, sie zum Aufstehen zu animieren, daher packte er sie kurzerhand unter den Achseln und schleifte sie durch die Tür ins Haus.

»Er ist weg.« Ihre Stimme klang unwirklich.

Ihr Vater legte sie auf das Sofa und zog ihr eine Wolldecke bis über die Schultern. »Ich weiß, wie schwer es ist, seine Liebe loszulassen.« Er griff nach ihrer Hand und keuchte auf.

»Theobald!« Seine Stimme klang plötzlich so scharf, dass Eowyn zusammenzuckte und ihre Augen öffnete. Theobald eilte herbei und wurde leichenblass.

Aus Eowyns Handfläche fielen Schneeflocken.

# Kapitel 32

»Wie machst du das, Eowyn? Hör sofort auf damit! Wenn noch mehr Schnee dein Land bedeckt, wird es dich umbringen.«

Ihr Vater umklammerte ihre Hand, aber durch seine Finger hindurch fiel weiter Schnee auf den Teppich.

Theobald fuhr sich verzweifelt durchs Haar. »Sie wird sich damit umbringen. Warum macht sie Schnee? Sie hat die Sommerkräfte, ich habe es in ihr gesehen! Wie kann sie Schnee machen?« Seine Stimme schraubte sich in die Höhe. »Es schneit sogar draußen!«

Eowyn fühlte sich plötzlich ganz weit weg, sie hatte das Gefühl zu schweben. Sie verstand wirklich nicht, warum ihr Vater so schockiert aussah, sie verstand überhaupt nicht, was er von ihr wollte.

»Vielleicht hat Roran ihr einen Teil seiner Gabe geschenkt, so wie Leandra es bei meiner Amarie gemacht hat.«

»Oder Prinzessin Eowyn hat es von Amarie geerbt.«

Adrian legte ihr eine nasse Hand auf die Haare. »Es ist unerheblich, warum sie es kann. Sie muss damit aufhören.« Helle Aufregung sprach aus ihm. »Eowyn, Schatz?« Seine Stimme klang immer weiter weg. »Eowyn? Hörst du mich? Du musst aufhören mit dem Schnee! Hörst du? Eowyn!« Schwarze Punkte tanzten vor ihren Augen und dehnten sich aus, bis sie weg war.

Sie schwebte über den Bäumen, über den Häusern. Sie war wie eine Schneeflocke dieses schneebedeckten Landes. Sie dachte und fühlte nichts. Wie die anderen Schneeflocken sank sie. Schwerelos.

Zwei Reiter ritten unter ihr dahin. Das blonde Haar des einen gab ihr einen Stich, aber sie schwebte einfach weiter.

Der Braunhaarige zügelte sein Pferd. »Roran? Wärest du in der Lage den Schnee etwas zu mildern?«

Die Stimme drang scheppernd zu ihr hinauf, aber es interessierte sie nicht. Sie schwebte nur weiter, immer weiter auf den Boden zu.

»Ich lasse es nicht schneien. Gerade du solltest wissen, dass ich nicht gerade in einer freudvollen Laune bin.« Die Stimme war schwer zu verstehen, da sie tränenerstickt war.

»Aber wer ist dann für den Schnee um uns verantwortlich?« Einen Moment herrschte Schweigen.

»Oh ... Ich habe keine Ahnung, woher dieser Schnee kommt. Ich selber bin es definitiv nicht.« In der Stimme schwang Verständnislosigkeit mit.

»Du ... Du hast Prinzessin Eowyn doch nicht einen Teil deiner Gabe geschenkt, oder? So wie Königin Leandra es mit Amarie gemacht hat?«

»Nein, das habe ich nicht getan. Für diesen Schnee kann nicht sie verantwortlich sein.«

Beide Männer ritten weiter. Sie hoffte, die beiden würden bald verschwinden und verstummen.

»Roran? Hast du jemals darüber nachgedacht, ob Amarie ihr Geschenk an Eowyn vererbt haben könnte?«

Der Blonde zügelte sein Pferd und brachte es zum Stehen. »Meinst du, so etwas ist möglich?« Die Stimme klang in ihrer Erschrockenheit so hart, dass die Flocken neben ihr vor ihr zurückwichen.

»Königin Leandra hat dir ihren Teil der Gabe vererbt. Ich

habe bisher nie darüber nachgedacht, aber warum sollte Amarie ihren Teil nicht ebenso vererben können?«

»Wenn das wirklich der Fall wäre … Weißt du, was das bedeuten würde? Als Thronfolgerin der Sommerlande und Trägerin der Sommergabe hält sie es nicht lange durch, wenn ihr gesamtes Land in Winter gefangen ist. Sie ist zwar noch nicht gekrönt und deshalb resistenter als Königin Alexandra es war, aber mit noch stärkerem Winter wird dies bald keinen Unterschied mehr machen. Wenn sie es noch länger schneien lässt, bringt sie sich damit um.«

Fassungslosigkeit peitschte von dem Blonden in die Luft hinauf und hielt ihre Flocke erneut davon ab, zu Boden zu segeln. Wann würden die Reiter endlich verschwinden und sie ihrem Fall überlassen?

»Nein, sie kann es nicht sein.« Die beiden ritten weiter.

Erleichtert über die Stille wirbelte sie einmal um ihre eigene Achse.

»Aber möglich wäre es …« Die Panik in der Stimme schrillte scharf zu ihr hinauf. Der Blonde riss plötzlich sein Pferd herum und trieb ihm die Sporen in die Seiten. Der Braunhaarige tat es ihm nach.

»Ich muss zu ihr, selbst wenn nicht sie es ist, die es schneien lässt. Es war idiotisch von mir, überhaupt fortzureiten.«

Die Verzweiflung in der Stimme des Blonden gellte in ihren Ohren. Sie sollten endlich verschwinden, sie wollte in Ruhe fallen. Ein Windstoß ließ sie jedoch trudeln und fegte sie den Stimmen hinterher.

»Ich kann nicht zulassen, dass sie stirbt!«

In der folgenden Stille sank sie wieder dem Boden entgegen. Es dauerte lange.

»Roran? Wenn es doch Eowyn ist, die es schneien lässt …«

»Was?« Die Stimme war schroff.

»Meinst du nicht, dass die Winterländer sie ebenfalls in ihre Thronfolge aufnehmen wollen? Sie trägt die Gabe Leandras in sich. Die Winterländer werden nicht zulassen, dass Eowyn sich ausschließlich in den Sommerlanden aufhält.« Der Mann räusperte sich. »Was ich damit sagen will ... Ich glaube, die Winterländer würden es sogar begrüßen, wenn du Eowyn zu deiner Braut machst, selbst wenn sie sich dafür mit den Sommerländern verbinden müssten. Eowyn ist die Tochter unserer allseits geliebten Amarie und sie trägt den Teil einer Winterkönigin in sich. Die Winterländer würden nicht akzeptieren, dass dieser Teil, sei er auch noch so klein, in den Sommerlanden verkommt. Sie werden euch beide als Herrscher haben wollen und ob ihr dies verheiratet tut oder nicht ...«

»Du brauchst nicht weiter zu reden, Yves. Es war töricht von mir, Eowyn zu verlassen. Ohne sie an meiner Seite könnte ich niemals der Herrscher sein, den die Winterlande verdienen. Alleine deshalb muss ich zumindest versuchen unsere Völker zu vereinen. Damit ich ein guter Herrscher sein kann. Ohne Eowyn werde ich nie wieder Schnee machen können ... So wie sie keinen Sommer.« Die Stimme des Blonden verstummte und er trieb sein Pferd zu einem noch härteren Galopp an.

Nachdem die beiden verschwunden waren, herrschte endlich Stille. Stille zum Fallen. Der Boden kam näher, doch nur quälend langsam. Eine Schneeflocke fällt gemächlich, doch sie wollte endlich unten auftreffen. Andere Flocken fielen um sie, doch sie war allein.

»Eowyn!«

Waren es die Flocken um sie herum, die sprachen? Der Boden war leer, wartete auf ihren Aufprall.

»Eowyn, komm zurück!« Die Stimme klang wie die des blonden Reiters. Aber er war weg. Es sollte Stille herrschen. Andächtige Stille für ihren Fall.

»Tu mir das nicht an! Tu dir das nicht an. Es war falsch, dass ich von dir fortgeritten bin und das werde ich nie wieder tun. Wir werden eine Lösung finden, um unsere Länder zu vereinen. Meine Winterländer werden dich lieben lernen, so wie ich dich liebe. Eowyn bitte, hör auf mit dem Schnee!« Die Stimme klang ängstlich und in seinen Worten steckte etwas, das sie reizte. Doch jetzt wollte sie nur noch fallen.

»Tu mir das nicht an, Liebling! Bitte, komm zurück.« Er wollte sie einfach nicht in Ruhe fallen lassen.

»Eowyn, ich liebe dich. Ich werde nie jemanden so lieben wie dich. Ich werde nicht mehr von deiner Seite weichen. Ich weiß, dass wir eine Lösung finden werden. Ich werde dich heiraten, komme was wolle.« Die Stimme des Blonden brach und zufrieden über die Ruhe sank sie weiter. Der Boden war nun nicht mehr weit entfernt. Es war verlockend.

»Mein Kind, geh nicht fort. Wir haben uns doch gerade erst wieder gefunden.« Jemand weinte.

Anscheinend wollte niemand ihr einen ruhigen Fall gönnen.

»Die Sommerlande brauchen Euch, Prinzessin Eowyn. Ihr könnt nicht gehen, Ihr habt eine Verantwortung zu tragen!«

»Eowyn, wenn Ihr mich hört ...« Die Stimme ähnelte verdächtig derjenigen des braunhaarigen Reiters. »Bitte kommt zurück. Prinz Roran wird ohne Euch zerbrechen. Er liebt Euch mehr als sich selbst. Er würde alles für Euch tun. Ohne Euch wird er es nie wieder in den Winterlanden schneien lassen können. Wenn ihr nicht für Euch zurückkommt, für Euren

Vater oder Euer Land, dann tut es für ihn. Er hat nicht verdient, dass Ihr einfach aufgebt.«

Einfach aufgeben. Sie wollte, dass die Stimmen aufgaben, damit sie dem Boden entgegensinken konnte, aber jede der Stimmen schien den Weg länger zu machen.

Plötzlich berührte sie etwas Warmes im Gesicht und hauchte ihr Wärme ein. »Eowyn, ich liebe dich.«

Das Etwas berührte sie erneut und die Wärme, die es durch ihre Adern schickte, verwandelte sich in Feuer. Grelle Hitze durchströmte sie und ließ die Flocke um sie herum schmelzen. Der Rest der Schneeflocke fiel zu Boden und sie wollte mit ihm fallen, doch die Hitze zog sie unerbittlich aufwärts. Hinauf.

»Geh nicht fort.« Die Stimme kam von oben und sie wurde dort hinaufgetragen. Sie raste in die Höhe und plötzlich war es das, was sie wollte. Nach oben, zu den Stimmen, zu dem Warmen.

Schwarze Punkte begannen vor ihr zu tanzen und hüllten sie schließlich ein. Sie brachten sie zurück.

Sie schlug ihre Augen auf. Rorans Gesicht schwebte direkt über ihr. Falten hatten sich in seine Mundwinkel gegraben, doch als er sah, wie sie aufwachte, wurden sie durch ein erleichtertes Lächeln ausgelöscht. »Oh Winter.« Er schloss erschöpft die Augen und küsste sie erneut. »Ich dachte, ich hätte dich verloren. Schon wieder.« Er strich sich wild durch das Haar und winzige Flocken aus seinen Händen blieben darin haften.

Er sank zurück und machte Platz für die anderen Personen.

Yves stand hinter ihm, fest die Hand auf seiner Schulter. Er sah aus, als wenn er in Tränen ausbrechen würde.

Neben Roran saß ihr Vater auf dem Sofa. Er hielt ihre Hand und war aschfahl im Gesicht. Als er ihren Blick bemerkte, füllten sich seine Augen mit Tränen und drückte ihr einen Kuss auf den Handrücken.

Am Ende des Sofas schließlich stand Theobald. Er wirkte mitgenommen, lächelte aber erleichtert. Zustimmend klopfte er ihr auf den Fußknöchel. »Es war die richtige Entscheidung, den Schnee zu stoppen und zu Eurem Land zurückzukommen.«

»Ich werde nicht ...«, ihre Stimme krächzte, »ich werde dieses Land nicht ohne Roran führen.«

»Das musst du nicht.« Roran streichelte ihre Wange. »Wenn wir die Throne besteigen, werden wir die Winter- und Sommerlande gemeinsam führen. Ich werde meine Leute lehren, dich zu lieben, wie ich dich liebe. Sie werden dich gerne mit den Sommerlanden teilen, solange sie nur ein Teil von dir abbekommen.« Sie hörte den Zweifel, die Besorgnis in seiner Stimme und zog es vor beides zu ignorieren.

»Ich wusste nicht, dass ich Schnee machen kann.«

»Das wusste niemand von uns.« Adrian drückte ihre Hand. »Ich habe noch nicht einmal deine Sommerkräfte gesehen, dabei besaß ich sie selbst einst. Du ähneltest jedoch auch deiner Mutter so sehr, dein klarer Verstand und deine ruhige Zurückhaltung. Manchmal habe ich Sommer in dir gesehen, aber dann war da auch wieder Winter, weshalb ich nie auch nur auf den Gedanken gekommen bin, du könntest Gaben in dir tragen. Solche Gaben sind normalerweise klar erkennbar ...«

Theobald wischte alles mit einer Handbewegung beiseite. »Das ist unerheblich. Um Thronfolgerin der Sommerlande zu werden, muss sie auch ihre Sommerkräfte beweisen. Man sieht zwar in ihr die Sonne scheinen, doch bisher hat sie nur Schnee hervorgebracht. In einer solch wichtigen Sache müssen wir sichergehen. Sie muss ihre Sommergabe zeigen.« Theobald zog ihr die Decke weg.

»Ich denke nicht, dass dies jetzt nötig ist.« Ärger klang in Rorans Stimme mit. Er schnappte sich die Decke und legte sie behutsam wieder über sie. »Eowyn ist blass und sieht erschöpft aus. Sie sollte sich erst mal ausruhen.«

Theobald trat nervös einige Schritte zur Seite. »Es ist aber von so enormer Bedeutung zu wissen, wer der alten Königin nachfolgt. Je früher, desto besser. Ich muss meine Kollegen benachrichtigen, wir müssen alles Mögliche organisieren. Das Land kann nicht so lange führerlos sein.«

Eowyn umklammerte ihre Decke und richtete sich auf. Ihr Kopf brummte und ihr war seltsam schwindelig. Langsam schien dies zu einem Dauerzustand zu werden. Mit zittrigen Beinen schwang sie ihre Beine vom Sofa. Sie fühlte sich wie dreimal durch die Mangel genommen.

»Was tust du, Eowyn? Ich finde auch, dass du dich erst mal erholen solltest.« Ihr Vater legte ihr seine Hand auf den Arm.

»Nein, Theobald hat recht. Im Moment sind die Sommerlande führungslos und dieser Zustand muss schnellstmöglich beseitigt werden. Was soll ich tun, Meister Theobald?«

»Oh, ich weiß nicht recht. Mit Thronfolgerkräften kenne ich mich nicht aus, ich war immer nur politischer Berater. Ihr müsst irgendeine Form des Beweises erbringen.«

Nachdenklich starrte sie aus dem Fenster. »Vielleicht sollte ich draußen Schnee tauen lassen«, schlug sie vor.

Theobald nickte. »Ich denke, dass wäre ein adäquater Beweis.«

»Gut.« Sie rutschte vom Sofa und erhob sich. Sofort sackte

die Zimmerdecke auf sie herab und sie wankte. Sowohl ihr Vater, als auch Roran griffen nach ihr.

»Ich finde nicht, dass wir diesen Beweis jetzt sofort erbringen müssen!«

»Bitte, Roran.«

Seine Kiefermuskeln zuckten, doch er gab nach.

Sie ging einen Schritt und taumelte sofort. Ihr Vater nahm dies kurzerhand zum Anlass sie hochzuheben und hinauszutragen. Nachdem er sie abgesetzt hatte, ergriff sie Rorans Hand. Sie hatte nicht vor, ihn noch einmal loszulassen.

»Und jetzt?« Hilflos starrte sie in den Himmel.

»Such den Sommer in dir. Mach die Augen zu und stelle dir ihn vor. Lass das Ergebnis einfach aus dir heraus fließen.« Roran drückte ihre Hand.

Gehorsam schloss sie die Augen und suchte in sich. Sie wusste nicht recht, wonach sie suchen sollte, aber sie wollte Roran und ihren Vater keinesfalls enttäuschen. Also suchte sie. Sie fand bloß nichts.

Leise seufzend ließ sie die Schultern hängen. Wenn sie die Gabe tatsächlich besäße, sollte es ihr ähnlich leicht fallen, Sommer zu schaffen, wie Roran Schnee hervorbrachte.

Er drückte aufmunternd ihre Hand. Seine Finger waren wie immer winterlich kühl. Der Sommer würde so etwas wärmen. Versuchsweise stellte sie sich vor wie ihre Finger warm wurden und Wärme und Helligkeit in ihr entstanden. Sie wollte den Sommer in ihrem Inneren finden, einen flüssigen Strom aus warmem Licht, getragen auf ihrer Liebe zu dieser Jahreszeit. Etwas in ihr wurde minimal weicher, aber sonst tat sich nichts. Sie öffnete gerade enttäuscht die Augen, als Roran abrupt seine Finger wegzog.

Alle starrten ihn neugierig an.

»Du bist heiß geworden, Eowyn, richtig heiß. Schau!« Er wies auf ihre Füße.

Der Schnee darum war verschwunden, verdampft. Stattdessen wuchs eine zartgrüne Pflanze neben ihrem rechten großen Zeh aus der Erde.

»Oh Sommer!« Theobald fiel auf die Knie. »Prinzessin Eowyn, Ihr seid es.«

Mit einem fassungslosen Lachen kniete sie sich neben das Pflänzchen und strich zart darüber. Einen kurzen Moment später öffnete sich die Knospe und zeigte eine reinweiße Rose. »Oh, schau sie dir an.«

Begeistert strahlte sie Roran an, der sich hinkniete, sie an sich zog und küsste.

»Pass auf.« Lachend schob sie seinen Fuß von der Pflanze weg. Sie hatte das Gefühl, dass plötzlich ein Knoten in ihr platzte.

»Sie ist ganz allein. Vielleicht willst du noch mehr machen?« Roran zwinkerte ihr zu, sie nickte, griff erneut nach seiner Hand und stellte sich eine warme Brise vor. Der Knoten gab immer mehr nach und mit etwas Locken kroch ein warmes Lüftchen daraus hervor. Sie öffnete die Augen. Der Himmel klarte plötzlich auf und die Temperatur stieg.

Völlig gefangen von dem Sommer in ihr, schloss sie erneut die Augen und lockte ihn weiter.

Sie konnte sich partout nicht erklären, warum sie nie etwas von ihm in sich gespürt hatte. Vielleicht hatten ihre Winterkräfte ihre Sommerkräfte eingefroren. Versuchshalber ließ sie Wärme in ihrem Inneren entstehen und bewahrte sie in sich. Der Knoten schmolz und verschwand.

Ihre Haare flatterten plötzlich in einem schwülen Wind, Wärme strömte aus ihr heraus und sie spürte, wie sie nach vorne gerissen wurde. Der Länge nach schlug sie auf dem Boden auf. Roran hielt ihr sofort seine Hand hin, doch seine Aufmerksamkeit war woanders. Eowyn folgte seinem Blick.

Die Sonne strahlte vom Himmel und verteilte angenehme Wärme über die grünen Hügel. Der Schnee schmolz in Windeseile. Als sie sah, was sie geschaffen hatte, streckten mehr Pflanzen ihre Köpfe aus der Erde. Einfach so.

»Alles in Ordnung? Das war gewaltig. Plötzlich war überall um dich herum Wärme und floss über das ganze Land davon. Hast du dir wehgetan?«

»Nein, alles gut.« Sie strahlte und rappelte sich auf. Die Pflanzen zu ihren Füßen begannen zu blühen.

»Schau dir das an, Roran!« So viele Blumen auf einem Haufen hatte sie zu Zeiten Königin Alexandras nie gesehen. »Ich fühle mich wie neugeboren, überhaupt nicht mehr erschöpft und meine Kopfschmerzen sind auch fort.«

Er strich ihr ein Haar aus dem Gesicht. In seiner Schaffellweste begann er erkennbar zu schwitzen.

»Du trägst die Sommergabe in dir. Wenn dein ganzes Land unter Schnee liegt, schwächt dich das.«

»Aber ich habe auch Schnee in mir.« Sie suchte danach, aber sie fühlte sich so befreit, dass nur mehr Pflanzen um sie herum zu wachsen begannen.

»Vielleicht lag es daran, dass deine Sommergabe in dir gefangen war und sie, als alles von Schnee bedeckt wurde, in ihrem Gefängnis so sehr dagegen rebellierte, dass es dir körperlich schlecht ging? Denn du hast recht, in dir lebt auch Schnee. Eigentlich sollte er dir niemals schaden können.«

»Wie auch immer.« Adrian kam auf sie zu und drückte ihre Hände. Er genoss die warme Luft sichtlich.

»Ich denke, dies hat bewiesen, dass du die wahre Königin der Sommerlande bist. Bis du 21 bist und mit Roran vielleicht zusammen über die Sommer- und Winterlande herrschen wirst, wird es mir eine Ehre sein, dich auf dem Thron zu vertreten.« Tränen stiegen in seine Augen. »Ich sollte mich nicht so darüber freuen, dass ich für zwei Sommer auf dem Thron sitzen darf, aber ich liebe dieses Land und ich werde meine Zeit nutzen, etwas an ihm wieder gut zu machen.«

»Ich verstehe schon.« Sie lächelte ihn an und umarmte ihn fest. Eine leichte Brise zog über sie hinweg. »Du wirst der beste Vertreter sein, den ich mir wünschen kann.«

»Prinzessin Eowyn. Oh, es gibt so viel zu besprechen!« Theobald raufte sich die Haare. »Wir müssen Euch und Euren Vertreter krönen, Eure Kräfte trainieren, Euer politisches Verständnis schulen und wenn Ihr wirklich die Lande vereinen wollt, müsst Ihr Euch nicht nur Eurem Volk vorstellen, sondern auch durch die Winterlande reisen. Oje, so viel muss bedacht werden. Ich muss sofort einen Boten zu meinen Kollegen am Hofe schicken!«

Theobald Äußerung brachte sie auf den Boden der Tatsachen zurück. Sie würde in naher Zukunft Königin sein. Sie würde Verantwortung tragen für die Sommerlande und alle Sommerländer. Sie schaute zu Roran, der sie musterte und dann wortlos umarmte. Wahrscheinlich würde sie auf dieser Erde niemanden finden, der sie besser verstand als er.

# Kapitel 33

Die nächste Zeit verging wie im Flug. Zwei Tage nachdem der Bote losgeschickt worden war, fielen mehrere Berater euphorisch in ihr Haus ein. Sie scharrten sich mit Theobald zusammen um den Küchentisch und organisierten Unmengen. Niemals hätte sie gedacht, wie viel es vor einer Krönung zu planen gab, aber jedes Detail, jede Kleinigkeit wollte besprochen sein. Ihr schwirrte schon der Kopf von den ständigen Vorschlägen der Berater.

Ihrem Vater schien das alles nichts auszumachen, allerdings hatte ihn diese minutiöse Planung von Kindesbeinen an begleitet.

Frustriert strich sie durch den Garten. Am nächsten Tag würde sie in das Schloss umziehen, drei Tage später zur Thronfolgerin ernannt und Adrian als ihr Vertreter zum vorläufigen König der Sommerlande gekrönt.

Mit der Fingerspitze strich sie über eine Rose, woraufhin jene den Kopf hängen ließ.

Eowyn seufzte.

Sie hatte Hemmungen, in das Schloss zurückzukehren. Es würde sie an eine Zeit erinnern, die sie gerne hinter sich gelassen hätte. Eine Zeit, in der sie unter Königin Alexandra gelitten hatte, eine Zeit ohne Freude, aber mit viel Verzweiflung. Sie hoffte, dass es in einigen Monaten anders in ihr aussehen würde, wenn ihr Vater seine ersten Tage als Regent hinter sich gebracht hatte.

Einige Nachbarn hatten die letzten Tage in ihr Haus gelinst, um nachzuforschen, ob etwas an den Gerüchten dran war, dass der verstoßene Prinz Adrian zum König ernannt werden sollte. Sie waren begeistert gewesen, als sich das Gerücht bewahrheitete und Theobald berichtete von ausschließlich positiven Äußerungen des Volkes. Wie es schien, hatte kaum jemand jemals gedacht, Adrian hätte seinen Verstoß verdient. Im Gegenteil, die Empörung darüber war nach dem Tod Königin Alexandras erneut hochgekocht.

Sie hoffte nur, das Volk würde sie ähnlich erfreut annehmen, wenn sie in knapp zwei Sommern den Thron bestieg.

Über das Volk der Winterlande wollte sie noch gar nicht nachdenken. Nach der Krönungszeremonie ihres Vaters würde sie zu Roran in die Winterlande reisen und sich den Winterländern präsentieren. Wenn jene ihr und die Sommerländer Roran ihre Zustimmung gaben, würden sie die Länder vereinen.

Drückende Hitze erhob sich um sie herum. Allen schien dies möglich, da sie vermuteten, die Winterländer wollten nicht auf sie verzichten. Aber wenn die Sommerländer Roran nicht annahmen, sie die Länder nicht vereinen konnten, wusste sie nicht, was sie anstellen sollte. Wie sollte ein Zusammenleben möglich sein, wenn sie in den Sommerlanden lebte und herrschte, ihr geliebter Roran dagegen in den Winterlanden? Verzweifelt starrte sie in den blauen Himmel.

»Eowyn?«

Erschreckt fuhr sie zusammen. »Ja?« Sie zwang sich dazu, ihren Vater anzulächeln, der ihr entgegenkam. Mit seinem Verstoß hatte er seine Sommergabe für immer verloren und als ihr Vertreter wurde ihm diese Gabe ebenfalls nicht zuteil, doch die Sonne, die auf seinem Haar spielte, konnte einen das allzu schnell vergessen lassen.

»Meister Rutkan möchte mit dir über das Kleid sprechen, das du bei deiner Ernennung tragen sollst. Er muss den Entwurf so schnell wie möglich fertigstellen, sonst wird es den Schneiderinnen nicht mehr gelingen, es in all seiner Pracht anzufertigen.« Adrian strich über ihre Hand. »Ich weiß, wie viele Entscheidungen dich im Moment erwarten, aber nach der Zeremonie wird es besser werden.«

»Nach der Zeremonie werde ich erst mal durch die Winterlande reisen und danach werde ich Schulungen über politische Führung, gütiges Regieren, Volksverständnis und Etikette erhalten. Meister Vorsac hat mich bereits auf mein Pensum hingewiesen.«

»Könige tragen die Verantwortung für ein gesamtes Land. Eine solche Aufgabe sollte niemand unvorbereitet übernehmen. Jetzt komm.« Er legte ihre Hand liebevoll in seine Armbeuge. »Du vermisst Roran sehr, nicht wahr?«

Kurz legte sie ihre Wange an den Arm ihres Vaters.

»Es ist schrecklich. Ich habe das Gefühl, er hat ein Stück von mir mit sich genommen. Dabei wird er zu meiner Ernennung schon wieder hier sein, zusammen mit der Winterdelegation.«

»Roran wurde in den Winterlanden gebraucht. Aber dann ist es doch bloß gut, wenn du beschäftigt bist. Das wird die Tage im Nu dahinfliegen lassen.«

Sie lachte und ließ sich von ihm ins Haus zurückführen.

Im Inneren fiel ihr Augenmerk zuerst auf den Stapel Briefe, der auf dem Tischchen neben der Tür lag. Es war die Ausgangspost. Sie grinste, als sie den obersten Brief erkannte. Fertria und Ryber würden über das edle Briefpapier die Stirn runzeln, ebenso, wie sie sich über den Inhalt des Briefes wundern würden. Es war eine Einladung zu ihrer Ernennung als Prinzessin und zukünftigen Regentin der Sommerlande.

Die beiden würden Augen machen, wenn ihnen aufging, wen sie damals tatsächlich gepflegt hatten.

»Kommst du, Schatz?«

Sie sah auf. Sie hatte gar nicht bemerkt, dass sie angehalten war. »Ja, natürlich.«

Ihr Vater griff nach ihrer Hand und lächelte sie an. Jedes Mal sah er sie an, als wenn er all ihre Gesichtszüge auswendig lernen wollte. Sie lehnte ihren Kopf an seine Schulter.

# Kapitel 34

Drei Tage darauf stand sie im ehemaligen Zimmer Adrians im Schloss der Sommerlande und drehte sich vor dem Spiegel, den ein Dienstmädchen in aller Eile für sie entstaubt hatte. Vor etwas über einer Woche noch hatte das Mädchen sie auf dem Flur gegrüßt, heute hatten ihre alten Kollegen allerhöchstens noch ein freundliches Kopfnicken für sie übrig. Es war verdreht. Die Adeligen, die sie früher selbst bedient hatte, behandelten sie plötzlich wie eine von ihnen. Ihre alten Leidensgenossen dagegen knicksten und verbeugten sich vor ihr, dabei fühlte sie sich ihnen weitaus näher, als den Menschen, mit denen sie nun auf gleicher gesellschaftlicher Ebene stand.

Sie verscheuchte das unangenehme Gefühl und betrachtete das bodenlange, aufwendig gearbeitete Kleid, das sie trug, im Spiegel. Bereits morgen würde sie eine Prinzessin sein und ihr Vater König.

Ein blasses Gesicht sah ihr aus dem Spiegel entgegen und sie trat seufzend ans Fenster.

Das Zimmer, in dem sie untergebracht worden war, war das alte Zimmer ihres Vaters. Meister Theobald hatte das Quartier der Königin für sie vorgesehen, doch sie hatte keinen Schritt über die Schwelle des Zimmers tun können. Überall in diesem Haus rannen schlechte Erinnerungen wie heißer Tee ihren Rücken hinunter. Der Geist Königin Alexandras schwebte in diesem Schloss umher, vor allem in ihren privaten Räumen.

Ihr Vater hatte einen Blick auf ihr Gesicht geworfen und

sofort veranlasst, sein altes Zimmer für sie herzurichten. Er selber würde sich ein anderes Zimmer suchen.

Ein Schmunzeln erhellte ihre Züge. Wenn ihr Vater nicht aufpasste, würde er sie noch verziehen.

Sie sah aus dem Fenster hinaus, auf die schwachen Hügel, die im Sonnenlicht leuchteten. Diese Hügel gehörten ab morgen ihr.

Nervös biss sie sich auf die Lippe und ging lieber wieder zum Spiegel zurück. Sie erkannte sich selbst nicht darin. Ihr langes, braunes Haar floss über das schmal geschnittene Korsett, deren tiefes Rot sich von ihrer gold gebräunten Haut abhob. Von ihren Hüften an floss das Kleid in einem schweren Rock zu Boden. Die Farbe verlief sich in ein zartes Orange, das von silbernen Ranken überzogen wurde.

Sie bückte sich, um einen Blick auf den Saum des Kleides zu werfen. Ächzend musste sie sich dabei am Rahmen des Spiegels abstützen.

Dieses Kleid war eine Pracht und es ließ sie wie eine wahre Prinzessin aussehen, allerdings raubten ihr das Gewicht und das enge Korsett jede Bewegungsfreiheit.

Niemals hätte sie gedacht, dass sie ihr altes, schäbiges Leinenkleid vermissen könnte. Sie lachte über den Gedanken und warf endlich einen Blick auf den Saum ihres Kleides.

Zarte, weiße Stickereien flossen dort über den Stoff. Eowyns Lächeln vertiefte sich. Sie hatte auf dieses winzige Detail bestanden, obwohl Meister Vorsac nicht zufrieden damit gewesen war. Nun, Meister Vorsacs Meinung war ihr egal. Es war nur wichtig, dass ihr Vater und Roran es bemerkten. Erneut schaute sie auf die winzigen Schneeflocken hinab, die ihr Kleid säumten. Es war ein Zeichen für den Mann, dem ihr Herz gehörte und gleichzeitig eines für ihre Familie.

Schließlich war nicht nur der Sommer ihr Erbe, sondern auch der Winter. Sie würde nicht vergessen, dass in ihrem Inneren neben der Sommergabe Schnee tobte. Schnee, den ihre geliebte Mutter ihr vererbt hatte. Die Schneeflocken blitzten ihr vom Kleidersaum aus entgegen und Eowyn hatte das Gefühl, auch ihre Mutter würde ihrer Ernennung auf dieser Weise beiwohnen.

Hinter ihr klopfte es und sie richtete sich schwerfällig auf.

»Ja, bitte?«

Die Tür wurde geöffnet und Traude marschierte in den Raum. Sie hielt einen ganzen Kasten Haarnadeln in den Händen. Sie bemerkte Eowyns Verwirrung und grinste.

»Die habe ich in Prinzessin Ale…, ah Verzeihung, in Alenas Zimmer gefunden. Sie scheint Tonnen davon zu besitzen, dabei hat sie einen Großteil ja schon mit auf den Hof ihres Onkels väterlicherseits genommen. Ach, ich glaube bei Fürst Hundolf sind Alisa und Alena gut aufgehoben. Er wird ihnen schon beibringen, wie die Welt wirklich funktioniert.«

Sie setzte die Truhe auf einem niedrigen Schemel ab und betrachtete Eowyns Haar. »Lass uns die Abwesenheit der Schneiderinnen nutzen. Bisher hat sich noch niemand Gedanken um deine Frisur gemacht.« Traude schüttelte den Kopf und steckte einige Strähnen von Eowyns Haar hoch. »Sie machen nur Aufhebens um das Kleid. Man könnte schon beinahe meinen, das Kleid wird morgen ernannt und nicht du. Wie hättest du deine Haare denn gern?«

Eowyn starrte ihr glattes, brünettes Haar im Spiegel an. Sie zuckte die Schultern. »Keine Ahnung. Einfach schlicht aufstecken? Das Kleid ist schon pompös genug.«

Traude runzelte die Stirn und steckte weitere Strähnen hoch. »Ich denke, wir sollten nicht zu viel aufstecken. Wenn dir auch noch die Krone aufgesetzt wird, hast du sonst viel zu viel auf dem Kopf.«

Sie nickte und machte sich weiter an Eowyns Haaren zu schaffen. Ein Klopfen ließ Traude stöhnen und Eowyn ein Grinsen unterdrücken.

»Oh nein, war es das etwa schon mit unserer Ruhe vor den Schneiderinnen? Halt das mal.« Traude drückte ihr einige Haarnadeln in die Hand und ging die Tür öffnen. Eowyn sah neugierig über die Schulter hinüber.

Meister Theobald streckte den Kopf durch die Tür. Das aufgeregte Leuchten auf seinem Gesicht war seit dem Tag, an dem sie ihre Gabe offenbart hatte, noch nicht wieder verschwunden.

»Da möchte Euch jemand sehen, Prinzessin. Unten in der Eingangshalle.«

Verwundert tauschte sie einen Blick mit Traude, bevor sie die Schultern zuckte, ihr Kleid raffte und aus der Tür trat.

Vom Ende des Flures kam ihr bereits eine schlanke, hoch gewachsene Gestalt entgegengeeilt. Unversehens spürte sie, wie ein Strahlen auf ihr Gesicht trat.

Sie begann zu rennen, so schnell es ihr in dem Kleid möglich war, und warf sich mit einem begeisterten Satz in Rorans Arme. »Du bist wieder zurück.«

Seine Augen funkelten und er nickte breit lächelnd. »Oh ja.«

Er klang atemlos von seinem Sprint durch das Schloss, zog sie aber fest an sich und küsste sie.

Seine Schneeflocken wirbelten hoch durch die Luft und landeten auf ihrem Haar. Die kühle Nässe spürte sie über ihre Wiedersehensfreude kaum. Auch die zarten Pflanzen, die ihr zu Füßen die Köpfe aus dem Marmorboden reckten und dabei ihre Beine streiften, bemerkte sie nicht.

Roran neigte schließlich seinen Kopf zurück und stellte sie wieder auf ihre eigenen Füße. Lächelnd strich er ihr eine Strähne aus dem Gesicht und berührte zärtlich ihre Wange, bis ihm endlich ihr Kleid auffiel.

Er trat einen Schritt zurück und betrachtete sie staunend von oben bis unten. Eowyn spürte, wie Hitze in ihre Wangen stieg. Ein bedeutungsvoller Glanz stand plötzlich in seinen Augen.

»In dem Kleid wird niemand mehr anzweifeln, wer die rechtmäßige Herrin der Sommerlande ist.« Er hob ihre Hand an seinen Mund und drückte ihr einen Kuss darauf. »Und die schönste Frau der gesamten Sommer- und Winterlande bist du außerdem.«

Sie lachte darüber. Er machte ihr ständig solche Komplimente.

Er wollte sie gerade erneut an sich ziehen, als er inne hielt und ihren Kleidersaum genauer betrachtete. Ungläubig sah er zu ihr auf. »Das sind Schneeflocken.«

Sie nickte. »Sie sind ein Teil von mir. Es wird morgen strahlender Sommer werden, aber ich möchte auch den Winter dort haben.« Sie wies zu ihren Füßen. »Auf diese Weise wird er es sein.«

Roran lachte. »Wenn ich da bin, wird der Winter sowieso anwesend sein.« Zur Bestätigung hob er seine Hände, aus denen zierliche Schneeflocken fielen, die im Sonnenlicht, das durch eines der Fenster fiel, glitzerten.

Sie legte ihre Hände um Rorans Gesicht, betrachtete das wertvolle Licht in seinen Augen, das so lange Zeit verschwunden gewesen war und zog ihn zu einem weiteren Kuss an sich. Als seine Lippen liebevoll die ihren berührten, schwor sie sich, darauf aufzupassen, dass dieses Licht niemals wieder verschwand.

Er löste sich zuerst von ihr und zog hastig eine Pergamentrolle unter seinem Mantel hervor, den er wohl noch von seinem Aufenthalt in den Winterlanden trug.

»Ich habe ein Geschenk für dich. Eigentlich sollte ich es dir erst morgen übergeben, aber das Warten wird mir zu lang.« Er reichte ihr die Rolle. Sein Gesichtsausdruck wurde plötzlich unsicher.

Überrascht öffnete sie die Rolle und betrachtete stirnrunzelnd die feinen Linien auf dem Papier. Sie sahen aus, wie von einem Kind gemalte Rechtecke. Meister Theobald trat sofort an ihre Seite, um die Rolle für sie zu halten und sie sah Hilfe suchend zu ihrem Verlobten hinüber. Ihr Verlobter ... Ein warmes Gefühl bereitete sich bei dem Wort in ihr aus. Der Schnee um Roran herum wurde unruhiger.

»Das ist ein Bauplan.« Er legte ihr einen Arm um die Taille und sah mit ihr zusammen auf das Pergament. »Direkt nach meiner Rückkehr in die Winterlande habe ich mit einigen Beratern gesprochen und sie diesen Plan anfertigen lassen.« Er zögerte. »Das wird unser neues Zuhause, wenn die Winterländer einer Vereinigung zustimmen. Es wäre vom Schloss der Winterlande oder auch demjenigen der Sommerlande aus schwierig, beide Länder zu regieren. Außerdem befürchtete ich, dass du dich in diesem Schloss wahrscheinlich niemals ganz wohlfühlen wirst. Also dachte ich, wir bauen ein Neues, im Zentrum des neuen Landes der Jahreszeiten.«

Er beobachtete den Ausdruck auf ihrem Gesicht aufmerksam. »Es ist recht klein, aber ich verstehe nicht, warum ein Schloss immer riesig sein sollte. Das lässt es einen im Winter nur schwerer heizen.« Er nahm Theobald nervös die Rolle ab.

Einen Moment schloss sie die Augen, um das süße Gefühl in ihrem Inneren zu bewahren. Roran hatte ihr erneut ein Geschenk gemacht. Und was für eines: Er schenkte ihr ein neues Zuhause.

Sie wandte sich zu ihm um und berührte sein Gesicht. »Es ist perfekt.«

»Da fällt mir ein Stein vom Herzen.« Er lachte erleichtert auf und schloss sie noch einmal in die Arme.

Traude betrachtete die Szenerie verzückt, bis ihr Blick eher zufällig auf den Blumenteppich zu ihren Füßen fiel. Nachdenklich runzelte sie die Stirn, betrachtete Eowyns Haar, dann wieder die Pflanzen, noch einmal Eowyns Haar. Zufrieden begann sie zu lächeln, kniete sich hin und pflückte rasch diejenigen mit orangenen Blüten. Eowyn würde am Tag ihrer Ernennung keine aufwendige Frisur tragen, sondern nur ein Zeichen ihrer Sommergabe.

# Epilog

Eowyn stand am Fenster und schaute auf ihr Land hinaus. Im Moment herrschte sie über das Land der Jahreszeiten, so wie sie es mit ihrem Mann vor sieben Jahren abgemacht hatte.

Es stand ihr noch kristallklar vor Augen, wie auch die damaligen Winterländer sie als ihre Königin annahmen, nachdem sie erfuhren, dass sie Amaries Tochter war und darüber hinaus über Schnee gebot.

Es hatte sie tief gerührt, wie viel Vertrauen die Winterländer ihr entgegenbrachten. Als Dank dafür und da die Sommerlande gerade erst ihre Ernennung und die Krönung ihres Vaters gefeiert hatten, wurde die Hochzeit damals in den Winterlanden veranstaltet.

Sie gluckste in Erinnerung daran. Sie war so glücklich gewesen an Rorans Arm, dass sie einen Pfad blühender Pflanzen auf dem Weg zum Altar hinter sich hergezogen hatte. Hinter Roran hatte eine zarte Schneedecke geglitzert, denn auch seine Gabe hatte sein Glück in die Welt hinausgetragen.

Die Winter- und Sommerländer hatten zusammen gefeiert und obwohl die Länder erst offiziell an ihrem 21. Lebensjahr vereint worden waren, hatten sie sich schon vorher zusammengehörig gefühlt. Es war erstaunlich, wie schnell die meisten der Winterländer den Sommer und meisten der Sommerländer den Winter angenommen hatten. Sie waren eben Jahreszeitler geworden.

Nach der Hochzeit hatten sie eine Eskorte Winterländer

mit der Mission durch die Sommerlande geschickt, den Menschen ein Leben im Winter näher zu bringen. Ebenso waren sie mit einer Handvoll Sommerländer verfahren, die in den Winterlanden verbreiteten, wie man ein Leben im Sommer lebte.

In dem halben Jahr, in dem Eowyn herrschte, befanden sich nun nämlich beide Länder im Sommer und in dem halben Jahr, in dem Roran den Thron unter sich hatte, im Winter.

Obwohl das Volk diese Aufteilung des Throns gar nicht wirklich zu sehen schien. Egal, ob gerade Rorans Amtshalbzeit war, die Frauen kamen trotzdem mit ihren Problemen lieber zu Eowyn. Die Männer hingegen fragten eher Roran um Rat, auch wenn eigentlich sie gerade herrschte.

Sie zuckte die Schultern. Vielleicht würden sie diese strenge Aufteilung der Herrschaftszeiten bald wieder abschaffen. Sie hatten die Aufteilung bewusst vorgenommen, damit jede der beiden Jahreszeiten einmal vorherrschen konnte, aber die Jahreszeiten schienen es nicht wirklich zu bemerken.

Es war außerdem überraschend gewesen, zu sehen, dass der Sommer im Gebiet der ehemaligen Winterlande nicht dem Sommer im Gebiet der alten Sommerlande entsprach. Er war dort viel milder, wobei der Winter im Osten mitunter knackig kühl wurde, etwas, das wiederum im Bereich der alten Sommerlande nicht vorkam. Eisiger Frost und Schneestürme waren dem Westen immer noch unbekannt.

Sie lächelte in Erinnerung daran, wie begeistert die Sommerländer-Kinder über den ersten Schnee in Rorans Amtshalbzeit gewesen waren.

Durch die leicht unterschiedlichen Jahreszeiten im Osten und Westen hatte sich auch die Vegetation nicht so stark verändert, wie sie zuerst befürchtet hatten. Im Westen des Landes der Jahreszeiten gab es Olivenbäume, Hibisken, Eukalyptus, im Osten überwiegend Tannen, Eichen, Buchen.

Die Pflanzen benahmen sich, als wenn sie für das Leben in verschiedenen Temperaturen gemacht wären. Exakt ein halbes Jahr Sommer und exakt ein halbes Jahr Winter.

»Mama?«

Lächelnd drehte Eowyn sich um. So war es zumindest früher gewesen.

»Mama, Tolias hat mich geärgert! Traude hat ihm gesagt, er soll aufhören mich zu bewerfen, aber er macht es trotzdem!« Ihre Tochter warf sich in ihre Arme. Eine frische, warme Brise folgte ihr.

»Kann es vielleicht sein, dass du ihn ein klein wenig provoziert hast?«

»Nein! Ich habe ihn ganz bestimmt nicht proweziert. Er ist einfach gemein!«

»Ach Elena.«

Tröstend und nicht im Geringsten von der Beteuerung ihrer sechs Jahre alten Tochter überzeugt, strich sie ihr über die braunen Haare und beobachtete schmunzelnd die grünen Stängel, die hinter ihrer Tochter die Fliesen zierten. Die Blumen, die die Gabe ihrer Tochter hervorbrachte, waren leicht von ihren eigenen zu unterscheiden. Elenas Gabe war jedoch auch nicht der Sommer, sondern Frühling, ein Übergang von Winter zu Sommer.

Elenas Blumen waren typische Frühlingsblumen. Schneeglöckchen, Krokusse ... Eowyn hatte noch nie derartige Pflanzen hervorgebracht.

»Du sollst deinen Bruder nicht immer als gemein bezeichnen.«

»Mama!« Ein schmal gebauter Junge mit rötlich-braunem

Haar schlitterte um die Tür herum auf sie zu. Die Kinder hatten bereits sichtbare Spuren in dem Schloss hinterlassen, obwohl es gerade mal sechs Jahre strategisch günstig auf der ehemaligen Grenze zwischen Sommer- und Winterlanden stand.

»Ich bin gar nicht gemein! Ich wollte nur ein bisschen Spaß machen!«

Eowyn kniete sich seufzend hin und legte den anderen Arm um ihren Sohn. Ob verschieden alte Geschwister auch so anstrengend waren wie Zwillinge?

Ihr Sohn legte seinen Arm um ihren Hals. Rot verfärbte Blätter wirbelten hinter ihm auf.

»Tolias, deine Schwester möchte nicht mit Blättern beworfen werden. Das musst du respektieren.«

»Aber ohne Blätter ist es langweilig beim Spielen.«

»Du weißt, dass deine Gabe etwas ganz Besonderes ist und andere sie nicht besitzen, oder? Diese anderen Kinder haben trotzdem Spaß am Spielen, auch ohne Blätter. Versuch es doch zumindest einmal.«

Tolias brummte und stieß seine Schwester an. Kühle Luft stieg von ihm auf. Die Gabe ihres Sohnes zauberte einen farbenfrohen Übergang von Sommer zu Winter. Sie hatten es Herbst genannt.

Da sie gleich alt waren, besaßen beide eine besondere Kraft. Es würde sich noch zeigen, welches Kind und welche Gabe ihnen eines Tages auf den Thron folgen würde oder ob sie, wie sie selbst mit Roran, zu zweit herrschen würden.

Sie drückte jedem einen Kuss auf die Haare. Roran würde in Ohnmacht fallen, wenn er wüsste, wie gespannt sie bereits auf die Gaben ihrer Enkelkinder war.

»Was ist schon wieder für ein Radau in diesem Haus«, erklang plötzlich eine Stimme von der Tür her.

Die Kinder rissen sich ohne Umschweife von ihr los und rannten jubelnd ihrem Vater entgegen.

»Du bist wieder da!«, krähte Tolias.

»Es war doch klar, dass er heute wiederkommt. Mama hat gesagt, er ist vier Tage weg und Opa Adrian hat uns extra gezeigt, wie lange vier Tage sind.« Entgegen ihrer neunmalklugen Antwort strahlte auch ihre Tochter.

Beide Kinder warfen sich ihrem Vater an den Hals.

Roran suchte Eowyns Blick und rollte die Augen. *Rette mich,* formten seine Lippen, aber der Schnee um ihn herum strafte seine Worte Lüge.

Ihr Herz machte einen Satz und sie lief ihrem Mann strahlend entgegen, der die Kinder absetzte und sie umschlang.

»Vielleicht waren es nur vier Tage, aber ich habe dich wie verrückt vermisst.« Er beugte sich vor und küsste sie.

Mit den Fingern fuhr sie ihm ins Haar und zog seinen Kopf noch einmal zu sich herunter, als er sich bereits von ihr lösen wollte. Er lachte und küsste sie bereitwillig noch einmal.

»Ich bin froh wieder hier zu sein, auch wenn es bei meinem Vater schön war. Vor allem die Ruhe. Ich habe euch etwas mitgebracht, ihr Racker.« Er strubbelte den Kindern durch die Haare.

Eowyn lächelte und vor lauter Glück begannen die Pflanzen auf dem Boden in all ihrer Farbenpracht zu blühen.

ENDE